# 水無月家の許嫁

## 十六歳の誕生日、本家の当主が迎えに来ました。

友麻 碧

イラスト――花邑まい
デザイン――豊田知嘉（ムシカゴグラフィクス）

目次

第一話　六月六日……9
第二話　天女の末裔……41
第三話　水無月家のおしごと……69
第四話　小姑あらわる……95
第五話　紙の声……121
第六話　月の幽霊……155
第七話　分家の人々（一）……189
第八話　分家の人々（二）……219
第九話　その幸せを許さない……259
第十話　死が二人を分かつまで……289
第十一話　七月七日……329
裏　文也、逃げ場のない結婚に祝福を。……363

# 人物紹介

## 水無月六花

高校一年生。天女の末裔、
水無月家本家の血を引く。

## 水無月文也

六花の許嫁。
本家の当主を務めているが、
本来は分家の人間。

### ｛六花の家族｝

**水無月六蔵**

六花の父。
月帰病でこの世を去る。

**片瀬彩子**

六花の母。六花への虐待が
原因で離婚する。

**片瀬六美**

六花の双子の姉。
天女の神通力を持たない。

### ｛洛曜学園｝

**土御門カレン**

洛曜学園の生徒会長。
陰陽師の名門の一族。

**芦屋大介**

同じく陰陽師の
名門の一族で、生徒会役員。

## ｛水無月家｝

**水無月葉**（よう）

文也の弟。六花と同じクラスで、美術部に所属している。

**水無月卯美**（うみ）

文也と葉の妹。結界の力を使って自宅を〝警備〟している。

**水無月皐太郎**（こうたろう）

分家・伏見の水無月の人間。時折、文也の付き人をしている。

**水無月千鳥**（ちどり）

文也の祖母で、伏見の水無月の総女将。優れた着物職人。

**水無月信長**（のぶなが）

分家・長浜の水無月の跡取り。本家と敵対している。

**水無月真理雄**（まりお）

信長の付き人。結界の力を持つ。

**水無月十六夜**（いざよい）

先代当主。最大の家宝である天女の羽衣を隠したまま、二年前に亡くなる。

# 水無月家の許嫁

十六歳の誕生日、本家の当主が迎えに来ました。

# 第一話

# 六月六日

六月六日。天気予報は曇りのち雨。

前に、お父さんが教えてくれた。

六月のことを、陰暦で水無月っていうらしい。

「ところで水無月さんって、何の病気だったのかしら」

「それが凄く変わった病気だったらしいのよ。ここだけの話……皮膚に光る石が生えて、体がミイラみたいに干からびてたって。だからお通夜もお葬式も、誰も呼べなかったって」

「ええ？　何それ、そんな病気聞いたこともない」

「娘さんの六花ちゃん、これからどうするのかしら。ほらあそこ、父子家庭だったし」

「こういう時って母方が引き取るのかしらね」

「それはないわよ。だってあそこの母親、六花ちゃんを虐待してたんですって。それで離婚したって噂よ」

「まあそうなの？　酷い話ねえ……」

喪服姿のご近所の人たちや、父の職場の人たちが、折り詰めを持ってセレモニーホールの外に出て行きながらヒソヒソと話をしていた。

同情しているようで、人ごとのような会話。

私の耳は、そんな声をも聞き取ってしまう……

四月の中旬に、父が奇妙な病で亡くなった。

お通夜やお葬式は、人を呼んでまともにできる状態じゃなかったから、今日の四十九日法要に父の知り合いを呼んで、簡潔に執り行った形だ。

「六花ちゃん、あたしちょっと家族に電話して来るから、ここで少し休憩してて」

「……はい」

法要の後、何かとお世話になっているアパートの大家さんの計らいで、エントランスの椅子で少し休憩をしていた。どうやら迎えのタクシーが遅れているみたいだ。

疲れていたし、一人でぼんやりとしたかったので、ちょうどよかった。

「……お父さんのお骨、どうしよう」

私は今日ずっと、そのことばかりを考えていた。膝の上には、骨箱に収められた骨壺がある。

四十九日を迎えても納骨ができない。それを納めるお墓がない。

父は親戚との関係を完全に絶っていたから、私は父の実家や、故郷の場所すら知らない。

いっそ、ずっと手元に置いてちゃダメなのかな……

「…………」

ふと、セレモニーホールの庭園に咲く紫陽花の花が気になった。

雲行きが怪しかったが、私は少しだけその花を見るつもりで、骨箱を抱えたままエントランスから外に出る。

新緑の中、大きな青と紫の紫陽花の花が点々としている。

実は今日、六月六日は、私の十六歳の誕生日だ。

この日にわざわざ父の四十九日法要を行ったのは、この日しか会場が空いてなかったのもあるけれど、私はこの日を、ただただ、忘れていたかったからかもしれない。

「あ……」

パラパラと、小雨が降り始めた。それが徐々に強くなってきて、自分も、お父さんの骨箱も濡れてしまうというのに、体が竦んで動けずにいた。

取り留めのない、未来への不安。

父が亡くなった直後は、なぜだか実感がさほど湧かなくて、だけど悲しいと言えば悲しくて。やることもたくさんあったし、色々と、深く考えないようにしていた。

だけど、じわじわと。そして、ガクンと。

深い穴に沈むような喪失感と孤独感は、ひと月が経った頃からやって来た。

今日、忌明けの法要が終わったことで、私は自分自身の、現実的な未来のことをも考えなければならなくなった。

これから、どうしよう。私はどこへ行くのだろう。

帰りたい。

無性に、どこかへ帰りたい。

でも、どこへ？

今日もこの後は、父のお骨を抱えて、ひとりぼっちの家に帰るだけ。

その家すら、もうすぐ出ていくことになっている。

すでに荷造りはほとんど終えているし、私は多分、少し遠い場所にある施設に行くことになるだろう。私には、こういう時に頼れる親戚が一人もいないから。

お父さん以外に私の家族はいなかった。私を愛してくれる人は、いなかった。

……いや。

そもそもお父さんは、私を、愛していたのだろうか？

お父さんの最期の言葉は、何だったっけ。

「……っ」

突然、ズキンと左手の甲が疼いた。私は顔をしかめて、その手を確かめる。

左手の甲に、世にも美しい、青緑色の石がポツポツと生えている。

これは、父を死に至らしめた病と同じ症状だ。

「……昨日より、大きくなってる」

私は淡々とつぶやいた。

父と同じ病にかかっていることを、まだ誰にも言ってない。

言ったところで、どうなるものでもない。

これが増えて、大きくなって、体の血と水と栄養を吸い取って育つ。

そうして体が動かなくなって、干からびて死ぬ。私、知ってる。

ずっと、この病に苦しむお父さんを見てきたのだから。

「私も……もうすぐ死ぬのかな」

なら、未来のことを不安に思う必要なんて、ないのにね。

「死ぬくらいなら、うちに来ませんか」

――――え？

この耳に、凛と響いて残る、印象的な声がした。

驚いて振り返ると、雨に濡れた私の方へと傘を傾ける、喪服姿の青年がそこに立っていた。

喪服の黒とは対照的な、色素の薄い端正な面立ち。

涼しげな目元の、右目の下にポツンとある泣きぼくろが印象的だ。憂いを帯びた美しさが、むしろ私を強張らせた。

誰だろう。浮世離れしていて、まるで、人ではないみたいだ。

「初めまして、水無月六花さん。僕は水無月家五十五代目当主、水無月文也と申します」

青年は落ち着いた佇まいで頭を下げた。彼の背後に控えていた大人の男性も、同じように頭を下げる。

この人たちにまるで覚えはなかったが、目の前にいる青年の、銀糸を彷彿とさせる細い髪が、どこか父を思い出させて、私の胸を一層ざわつかせていた。

それに何だか、不思議と心地よい、落ち着いた澄んだ声をしている。

「水無月……？」

「あなたとは曾祖父が同じ、はとこに当たる者です」

はとこ。要するに、少し遠い親戚ということだろうか。

私は自分の親戚というものに、生まれて初めて出会った。

「六花さん。行くところがないのでしたら、水無月の本家に来ませんか？」

予期せぬ言葉だったうえに、私は頭が真っ白になっていて、すぐに言葉が出なかった。

そして露骨に視線を逸らす。骨箱を抱きしめ、恐ろしいものを前にしているかのように、僅かに後ずさる。

「あ……っ、あなたたちは、人、ですか？」

妙な質問をしてしまったと思った。だが、

「ええ。妖怪やあやかしの類ではありません。あなたや六蔵さんと同じ、見えている者ではありますが」

青年の返事に、私はジワリと目を見開く。

彼は、目ざとく私の手の異変に気がついた。

「……その手の石ですが」

「あっ」

慌てて左手を背に回し、隠そうとした。

しかし青年は、強い口調で「見せてください」と言う。

どうしてか、その言葉に逆らえない気がして、私は素直に左手を差し出していた。

彼は躊躇いもなく私の左手に触れて、自分の方へと引き寄せる。

「いつからですか？」

「え……」

「いつから、この青緑色の石が？」

いつ、だったっけ。確か最初に気がついたのは……

「お、お父さんが死んだ……翌日の朝に……」

私は青年に手を取られたまま、目を泳がせ、おどおどと答える。

最初はキラキラした砂粒のようで、気のせいかとも思っていた。だけどそれは徐々に大きくなり、今は米粒ほどの大きさだ。

目の前の青年は、目を凝らしてじっと見ている。

そして、背後にいた大人の男性と少しばかり視線を交わすと、私に告げた。

「実のところ、これは〝月帰病〟と言って、我々水無月の一族にしか発症しない病なのです。普通の病院で治すことはできません。ですが、六花さんの状態は、まだ初期段階と言えるので、水無月の治療で完治が可能です」

「……え？」

キョトンとしてしまった。

だって、未知の病と聞いていた。どんな医者もお手上げだった。

それなのに、この青年はいったい何を言っているのだろう。

水無月の一族にしか発症しない病？

水無月の治療で、完治可能……？

「わ、私、別に長生きしたいと思っていません。私が死んだって、もう、困る人は誰もいませんから……っ」

首を振って、また手を引っ込めて、縋るように父の骨箱を抱きかかえたまま青年に背を向けた。まるで触れられたカタツムリが、ヒュッと触覚を引っ込め、すぐさま自分の殻に閉じこもるように。

治さなくていい。死んだっていい。

この先、たった一人で、どうやって生きていけばいいのかわからないのに。

「あなたに死なれたら、僕が困ります」

だが、魔が差し続ける私の思考を遮るように、青年がよく通る声で私に語りかける。

「水無月六花さん。ご存じないでしょうが、僕とあなたは〝許嫁〟の関係にあるのです」

……………え？

何かを聞き間違ったのだと思い、流石に振り返る。

しかし目の前の青年の眼差しは力強く、嘘を言っているとは思えないほど、真摯に私を見つめている。

許嫁。許嫁って……

それは、確か、結婚を約束した相手のことだ。

何もかも訳がわからないが、それは、生きることに意味を見出せずにいた私を、強引にでも〝生〟に引き止めるような言葉だった。

「だーっ、もうあかん！　ボンのダイレクトアタックや。その話は色々と落ち着いてからって言うたでしょ！　この調子じゃ恋の駆け引きも期待できそうにないわ〜っ」

「やかましいぞ皐太郎。場を弁えろ」

後ろにいた大人の男性が、嘆きながら頭を抱えていたのを、青年が単調な口調のまま叱る。

私はというと、地蔵のごとく固まって瞬きすらできずにいた。

その間にも世界は移ろい、雨は上がって、雲間から光がさす。

その柔らかな光を受けて、雨粒を纏った紫陽花も、キラキラと輝いていて……

「あ」「あ」

私はこの二人の前で、父の骨壺をひしと抱きしめたまま、パタンと倒れてしまった。

全てのことがいっぱいいっぱいで、限界だった。

頭がぼんやりとして、体が熱い。気が遠くなっていく。

六花さん、六花さんと、私の名前を呼ぶ誰かの声も遠ざかる。

だけど、わかっているわ。

何一つ期待してはいけない。この時代に許嫁だなんて……

私がいよいよ壊れたか、おかしくなってしまったのだろう。

○

あるところに、やんごとなき一族の跡取り息子がおりました。

男には幼(おさな)い頃から決められていた許嫁がいたのですが、大学で知り合った別の女性と恋に落ち、その人と結婚したいと願ってしまいました。

しかしその女性との結婚を、家族や親族に猛反対されたことで、男は一族との縁を切り家を飛び出してしまいました。いわゆる駆け落ちというやつです。

年月が経ち、男は女性との間に、双子の女の子を授かりました。

そして温かい家庭を築き上げ、幸せに暮らしました。めでたしめでたし。


そうだったなら、どれほど良かったことでしょう。


御伽噺(おとぎばなし)のようにはいかないのが、現実でした。

男が全てを捨ててまで結婚したその女性は、二人の娘のうち一人を、どうしても愛することができなかったのです。双子を常に比較し、姉ばかりを溺愛(できあい)し、妹のことを酷く毛嫌いし、拒絶し、虐げていたのです。

男は双子の妹を守るため、妻だった女性と離婚し、その子を連れて家を出ました。

——それから数年。

男と、その娘は、慎ましくも穏やかな日々を過ごしました。

しかし男は、未知の病を発症し、齢四十二にして亡くなりました。

それが、私の父、水無月六蔵の人生でした。

○

目が覚めると、私は布団の中で横たわって、暗い中で天井を見上げていた。

大きく開かれた縁側から、よく晴れた夜空に浮かぶ細い三日月が見える。昼間の雨が、嘘のように明るい夜だ。

それに不思議な匂いがする。苦いような甘いような、気分が落ち着く香り。

もしかして、私、かなりぐっすり寝ていたんじゃないだろうか。

なんだか気分がすっきりとしているのだ。父が死んでからというもの、うまく寝つけなかったから……

「目が覚めましたか」

真横から声がして、私は内心ビクリとして、そちらに顔を向けた。

そこに静かに座っていたのは、先ほど出会った青年だった。

私は強張ったまま、金縛りにでもあったかのようにじっとして彼を見上げている。

私は不思議と夜目が利く方なので、月明かり以外の光源がなくても、よく彼の姿が見えるのだ。この人もそうなのか、私の目を、じっと見つめ返している。

確か名前は、水無月文也。私のはとこに当たるという。

銀糸のような髪や、伏し目がちな目元にスッと伸びるまつ毛が、月光に照らされてますます神秘的に感じられた。最初、人ではないのではと思ったほど、浮世離れした綺麗な顔立ちの男の子だ。

すでに喪服を脱いでいて、薄灰色の着物と羽織姿で、背筋を伸ばして正座している。

その姿は洗練されていて、クラスメイトの男子とは纏う空気が全然違う。

そういえば本家の当主だと言っていた。

当主というのは、その家で一番立場のある人だという。お父さん、名のある旧家の出だと言っていたけれど、本当だったんだ。

「あ……っ！」

意識がはっきりとしてきて、ガバッと勢いよく布団から起き上がる。

「私、私、お父さんのお骨を……っ」

そもそも、法要の後の何もかもを、放り出して来てしまった。

「大丈夫、落ち着いてください。お骨は枕元(まくらもと)にありますし、その他のことも水無月の者に任せていますから。あなたは今すぐ、その手の治療をしなければなりません」

震えていた私を、文也さんは顔色を変えることなくクールに宥(なだ)めた。

振り返ると、確かに枕元には父の骨箱が置かれてある。それに、

「手の治療って……」

私はハッと、自分の左手の甲を見る。

ぽつぽつと青緑色の石が生えていて、それが暗闇(くらやみ)で鈍(にぶ)い光を帯びている。

ああ、そうだ。私、お父さんと同じ病気にかかっていたのだけれど、水無月文也という人がやってきて、この病は治せると言った。

私が死んでは、自分が困るのだと。

「あの。今、何時ですか」

「夜の八時になります」

「ここ、どこですか」

「水無月家の別荘の一つです。場所で言えば、まだ東京です」

「私、どうなるのですか。やっぱり……死にますか」

「いいえ、死にません。僕があなたを死なせたりしない」

どうしてそこまで私を……

「今から手の甲の石を除去します。左手を見せてください」

除去するという言葉から、何か痛い思いをするのではないかと不安になった。

だが私は、言われるがまま、左手を差し出していた。

文也さんは傍に置いていた桶から、濡れた布を取り出す。

桶の水は薄緑色に染まっていた。さっきから漂っていた苦甘い香りの正体は、これか。

「……文也さん。それ、何ですか？」

私が初めて名を呼んだからか、文也さんはチラリと私を見て、また視線を落とした。

「特別な薬草の汁に浸した布です。今からこれを手に巻きます。多少痺れるかもしれませんが、それは薬が効いている証拠ですので少しだけ我慢してください。次第に石の根元が浮いてきます」

石の根元が浮いてくるという感覚が、よくわからなかった。

巷でよく聞く、インチキ療法とか、そういうのだったらどうしよう……

ますます不安が募ったが、文也さんは真剣な顔をして、私の左手に薬湯の染みた布を巻いている。

「……っ」

グッと目を見開いたのは、確かにその手が痺れてきたからだ。手を覆った温かい薬湯が、じわじわと手の内側に染みていくのがわかる。

我慢できないほどの痛みではないが、熱を感じる。ピリピリと痺れるのは、本当に薬湯が効いているからなのだろうか。

五分ほどして、文也さんは手に巻いていた布を取り外してくれた。

すると驚いたことに、手の甲に生えていた青緑色の石が、確かに浮いていた。

最初より盛り上がっているというか、飛び出しているというか。

「どうして？　さっきまで、もっと深く埋もれていたのに……」

「薬湯に使った植物が、この石にとって天敵なのです。薬湯が染み込むと、石は逃げようとして浮いてくる」

「石なのに、逃げようとするのですか？」

「正確には、これは石ではなく植物なのです」

何もかも、さっぱりだ。

文也さんは再び私の手を取り、慣れた手つきで、ピンセットのようなものを使って石を取り除いていった。まるで刺さった棘でも抜くように。もしくは魚の骨を取り除くように。

少しだけ痛かったが驚きの方が大きい。

だって、父の時は何をしても取れなかった。

巨大化し増えていくばかりだったのに、こんなに簡単に取れるなんて。

「このように簡単に取れるのは、石が深い場所に根を張る前の、初期症状だったからです。……こちらをご覧ください」

文也さんが私の無言の疑問に答えながら、ピンセットでそれを掲げる。

私は思わず「あっ」と声を上げてしまった。

引き抜いた石には、細く短い根のようなものが生えていた。根も月光に照らされて、ボウッと光っている。

「とはいえ発症から一ヵ月以上がたっており、正直ギリギリでした。これ以上深く根を張ると、なかなかこうはいきませんから」

部屋を暗くしているのは、そちらの方が、石が光って見えて小さなものまで見逃さないからだという。

最後の一つを抜き終わると、文也さんはボコボコと穴の空いた私の左手の甲に、軟膏のようなものを塗った。そして、その上から白い包帯を巻く。

月明かりだけを頼りにした、無言の時間が過ぎていく。

こんなに長い間、近い年頃の男の子に手を触れられていたのは、初めてだった。

「今はこれで大丈夫です。しばらく薬を飲み続けなければなりませんし、完治までは長丁場になりますが、僕が見ていますのでご安心ください」

「……あの。あなたはいったい、何者ですか？」

文也さんが離した手を、私はまた胸元に引き寄せながら問いかけていた。

そうとしか、問いかけようがなかった。

どんな病院にかかってもお手上げだった奇病。その治療方法を知っている青年。

見た目は本当に、私より二つか三つ年上だろうかというくらいの、若者なのに。

文也さんは少し伏し目がちになり、

「その問いにお答えするには、まず、水無月家についてお話しする必要があります」

私に向き直り、畳に手をつき、深く頭を下げる。

「長い話になりますがどうか聞いていただきたい。我々水無月家の、事情について」

「……事情?」

文也さんはゆっくりと面(おもて)を上げて、私を見据えた。

彼の背後には、月があった。

「単刀直入に申します。我々水無月の一族とは、羽衣伝説に代表される、月より降り立った天女の末裔なのです」

天女——

そう聞いてイメージできるのは、羽衣を纏い宙にふわふわと浮いた女神のような、伝承や昔話の中の存在、というくらいのもの。

　にわかには信じられないが、水無月家とはその天女の末裔だという。

　私と文也さんは、もっと詳しい話をするため明かりの付いた隣の部屋に移動した。

　そこではスーツ姿の大人の男性が煙草を吸っていたけれど、私たちが来たとわかると「おっ」と声を上げ、煙草を灰皿に押し付け、立ち上がる。

　ああ、この人は、セレモニーホールで文也さんの後ろにいた人だ。

　ダークブラウンの髪をワックスで整えていて、見た目こそスマートで大人っぽいのだが、その人は私に向かって、思い切りよくニコッと笑った。

「六花さん、手の石のアレ、ちゃんと取れたんですねえ。良かった良かった」

　どう返事をしていいのかわからず、控えめに頭を下げた。

　そして私と文也さんは、お互いに用意されていた座布団に座って、向き合う。

　私は浴衣姿で小さくなって緊張している。というか、いつ浴衣に着がえたんだろう。

　さっきと違って明るい場所だし、畏まった感じがするし、私、きっと寝起きでボロボロだと思う。

「改めまして、僕は水無月家五十五代目当主、水無月文也と申します。そして、こちらは水無月皐太郎と申す者です」

「当主のご紹介に預かりましたとおり、俺は名を水無月皐太郎といいます。分家の人間です。ま、今回はボンの付き人って感じですかね」

文也さんの後ろに控えていた皐太郎さんは、私に向かって深く頭を下げながら、気持ちよく挨拶をした。本家とか分家とかよくわからないけど、同じ名字だし、普通に親戚ということでいいのかな。

「我々水無月の一族とは、先ほど申しましたとおり、天女の末裔に当たる一族です。六花さんは、天女の羽衣伝説をご存じでしょうか?」

文也さんが私に問いかける。

それは誰だって、一度は、絵本か何かで見聞きしたことがある昔話ではないだろうか。

「えっと、水浴びをしていた天女が、羽衣を盗まれて天界に帰れなくなったという……あの御伽噺ですか?」

「ええ。もう少し詳しくお話ししますと、天女が帰れなくなったのは月の世界です。我々は〝月界〟と呼んでいますが。天女はその後、自分の羽衣を奪った男に嫁ぎ、子を生し、人として生きたといいます。物語によっては、天女は羽衣を見つけて天に帰ったとも言われていますが……実際はそうではない。天女は月に帰れなかったし、最後は月に恋い焦がれながら死んだのです」

なんだか、予期しない方向に話が向かっている気がする。

「六蔵さんやあなたが発症した病は、我々の始祖である天女が、最後にかかった病と同じ病です」

〝月帰病〟といいます。天女の血を引く水無月の一族を、千年もの間、苦しめ続けている

「……月帰病」

そう言えば、出会った時にも、その病の名を教えてもらった。

「原因は、天女の血を継ぐ我々の体に宿る、小さな〝種〟だと言われています。それが発芽し、体に青緑色の石を生やす。やがて妄執に囚われ、心も体も枯れ果てて、抜け殻のようになり、死に至る……」

「………」

「あの石は、我々地球人にはただの鉱物に思えますが、月界における植物です。水無月の者であれば、その種を誰もが体内に宿しているのです。一生発芽しない者もいますが、一度発芽すると再発の恐れがあります。ゆえに、それを抑える薬を飲み続けなければなりません」

私は口を半開きにして、黙って聞いている。

それでも私が何とか話を飲み込めたのは、先ほどの、文也さんの治療を見ていたからだろう。あの石には確かに根のようなものがあったし、月の光に照らされて、ぼんやり光っていた。あれを見ていなかったら、きっと、何一つ信じられなかった。

「意味不明なお話を聞かせてしまい申し訳ありません。ですがご心配なく。あなたのこと

は僕が必ずお守りします。先ほどもお話ししましたが、僕とあなたは許嫁同士なのです」

許嫁、というワードが出て私はドキッとした。

色んなことがあって忘れかけていたけれど、そうだ。

この人は私と許嫁の関係にあると、出会った時にも言っていた。

「わ、わかりません。どうして許嫁なんですか？　そもそも誰が勝手に……っ」

「あなたの父、六蔵さんと、僕とで決めたことです」

「え？　お父さん……が？」

でもお父さんは親戚との関係を絶っていたはず。なのに、どうして。

「約一年前、六蔵さんが、本家を訪れたことがありました」

文也さんが、私の疑問を表情から読み取ったかのように、答えをくれる。

「六蔵さんはその頃より月帰病に侵されており、すでに治療困難な状態でした。もとより、六蔵さんにそれを治すつもりはなかったようですが」

文也さんは少しばかり私の顔色をうかがい、間をおいて、続けた。

「ただ、六蔵さんが気がかりだったのは、六花さん、あなたのことでした。水無月家の血を引き継ぐ以上、たとえその家と関係を絶ったとしても、血の因縁（いんねん）から逃れることはできない。六蔵さんは六花さんにいつか降りかかるかもしれない、水無月の呪（のろ）いを憂いていたのです」

水無月の呪い……それはこの、病のこと？

「六蔵さんは僕に、あなたのことを託したいと言いました。そこで僕は、結婚という形であれば六花さんを一生守ることができると告げた。そうやって僕らは取り引きしたのです」

「どう……して？」

意味がわからなかった。どうして、お父さんが？

「どうして、あなたが私と？　私なんかと……」

正直言って、文也さんがそこまでする意味がわからない。この人なら、もっと条件のいい婚約者なんて山ほどいると思うのに。私なんて、何も持っていないのに。

「実のところ六蔵さんは、本家の長子……正統な本家の後継者だったのです」

文也さんは、また私の疑問を読み取ったかのように、淡々と語り続ける。

「六蔵さんが家を出たことで、本家は跡取り問題に直面しました。色々あって、分家の人間だった僕の父が本家の養子となり、今は僕が当主の座にいます。ゆえに、僕は正統な本家の血を継いでいない。水無月家にとって本家の長子とは、その血にとてつもなく大きな力と、意味を持っているのです」

それって、父が家を出て行ってしまったから、文也さんは本家を正統な血筋に戻すため、私と結婚しなくてはならない……ということ？

本家の長子の血が持つ、力と、意味というのがよくわからない。

ただ文也さんは、いたく切実な面持ちだった。なんだかまるで、こんな婚姻は申し訳ないとでも思っているかのように。

「僕のことを、すぐに信用することはできないと思います。しかし、生きるため、どうか僕と共に本家へと来てほしい。僕との婚約を受け入れてほしい。酷なことを言いますが、それ以外に、あなたが生き延びる方法はないのです」

「…………」

文也さんは、あえて逃げの言葉を使わなかったように思う。

「もし受け入れてくださったら、あなたの今後の生活については本家が全面的に保証いたします。正式な結婚は、それぞれが成人してからで構いません。今はただ、許嫁として、僕とともに本家へ」

何も言えない私が、血の気のない怯(おび)えた表情でもしていたのか。

彼の視線が、どこか自信なさげに逸らされる。

「やはり、嫌、ですよね」

……嫌?

私は頭が真っ白だったが、それゆえに、純粋に、彼との婚約が嫌かどうか考えてみた。

嫌だという感情は全くなかった。というか、無だ。

文也さんのことをほとんど何も知らないし、何の実感もなかった。

だけど、この先のことを考えると、選択肢なんて他にない。

この先を、たった一人で生きてはいけないとわかっていたし、特殊な病を患っているのなら、水無月家の力を借りて治さなければならない。でも……

私は頭（こうべ）を垂れて、顔を両手で覆う。

悲しいわけではない。ただ、自分がこれからどうすべきなのか、目を覆って必死に頭で考えていた。

私は、この人と結婚してまで、生き延びたいの?

生きるって、どういうこと?

「……嫌では、ありません」

私はゆっくりと顔から手を離し、父の選んだ男の子を見る。

「むしろ、ありがたいお話だと思っています。恵まれ過ぎていると。私なんて、何も持っていないのに……」

言いながら、声も体も震えていた。

どうして震える。本心では、この婚約話をとても嫌がっているみたいじゃないか。

私はただ、この話をありがたいと思ってしまう自分が、無性に情けなくなったのだ。

もっと自分に自信があって、生きる力がある強い女の子だったなら、きっとこの婚約話を突っぱねるに違いない。自分の未来は自分で決めると言い切り、自分の足で歩き、運命の人だって自分で見つけるに違いない。

だけど私は、用意されたものを受け取るばかりで、それをありがたがっている。

なんて魅力のない、面白みのない、流されやすくて意志の弱い女だろう。

こんな私と結婚しなければならないこの人が……文也さんが、かわいそうだ。

「すみません。こんな……外堀を埋めるような、形になってしまって……」

文也さんもまた、悔(く)やむような表情を見せ、膝の上で拳(こぶし)を静かに握る。

「きっと、普通に恋をして、好きになった相手と結婚したかったと思います。六蔵さんがそうだったように」

「いいえ」

ただ私は、この時ばかりは、はっきりと否定した。

「いいえ。私は、父と母がどうなったかを、知っていますから」

かつて父は――

親が決めた結婚相手を拒否し、恋をした女性と結ばれるため、水無月の家を出た。

周囲の全てを敵に回してまで、愛を貫(つらぬ)き、情熱的な結婚を果たしたのだ。

しかし父と母は離婚した。母は娘の私を愛することができなかったし、父は一族特有の病を克服することができなかった。要するに、幸せになることはできなかった。

幸せになれず、子どもすら愛せず、家族もバラバラになってしまったのなら、その結婚に意味などあったのだろうか。

だから私は、燃え上がるような〝恋愛結婚〟は、はなから求めていない。

そこに憧(あこが)れは微塵(みじん)もない。嫌悪すらある。

それでも一人は怖い。家族が欲しい。ゆっくり眠れる居場所が欲しい。

心のどこかで……静かな愛情を注ぎ合い、ずっと側にいてくれる人が、この世に一人でも居てくれたらいいのにと願っている。

「そのお話を、お受けしても、いいでしょうか……」

だが、私の答えはとっくに出ていた。

受けてしまったら、きっともう引き返せない。

たとえそれが自分で見つけた運命の相手などではなく、他人に用意された〝許嫁〟だったとしても、私は、この人に縋ってしまいたかった。

「勿論(もちろん)です。受け入れてくださり、ありがとうございます」

文也さんは、今一度畳に手をつき、私に深く頭を下げる。

「あなたを、一生守り続けると誓います。今日この日より、死が二人を分かつまで」

死が二人を分かつまで。それはどこかで聞いたことがあるような、ないような。

——その、直後のことだった。

「⁉」

突然、開け放たれていた縁側から矢のようなものが飛び込んできて、それが私と文也さんの間を横切り、襖に突き刺さってボウッと燃え上がったのだ。

四方の襖や障子が勝手にぴしゃりと閉まり、真っ赤な炎が私たちを包む。熱い……っ。

「六花さん、逃げます」

「え？　え？」

こんな状況でも冷静な文也さんが、私の手を取り、立ち上がらせる。

そして懐から扇子のようなものを取り出し、それを片手でバッと開いて、

「——開け」

そう囁いて、強く扇ぐ。

すぐさま炎の勢いが弱まり、閉じていた四方の襖や障子がスパンと開く。

「さすがはボン！　ボンの命令が効いたってことは、やっぱ月のモノですかねぇ〜」

「適当に褒めてないで、お前も働け、皐太郎」

文也さんは私を連れて縁側から降りる。そして庭園を突っ切ってこの場を逃げる。

私は裸足だったし、何が何だかわからないままだったが、振り返ると背後の炎が、まる

で生き物のようにうねっていたので、ゴクリと唾（つば）を飲み込んだ。

「文也さん、こ、これはいったい……っ」

「実のところ水無月家は今、遺産問題で揉（も）めに揉めておりまして。僕の命を狙（ねら）う親戚は多いのです」

「えぇっ!?」

ち、ちょっと待って。それはまだ聞いてない……っ！

早くも水無月家の危うさを思い知らされたが、私はすでに、文也さんとの婚約を了承してしまったし、彼に手を引かれ、後戻りできない道を走っている。

ねえ、お父さん。私は本当に、この人についていって、いいんだよね？

だったらどうしてお父さんは、あの時、あんなことを言ったの……？

「それと、六花さん」

ハッとした。逃げている途中、文也さんは私に呼びかけ、振り返った。

「あなたにそのつもりはないかもしれませんが、僕はこんな、血の因縁でがんじがらめの婚姻であっても、恋はできると思っています」

「え……？」

「十六歳のお誕生日、おめでとうございます」

変わらない表情で、こんな時に、こんな風に言う男の子。

この男の子に手を引かれ走っているというだけで、未来が、予期せぬ方向へと塗り変わって行くのがわかる。

期待してしまう。その先に、心の底から欲しかったものが待っていると。

「まーたボンのダイレクトアタックや。この人、眠たそうな顔して結構グイグイいくでしょ。六花さん引かんといたげてくださいねぇ」

「皐太郎、やかましいぞ」

だけど私は、胸が苦しかった。

夜風の匂いが新鮮で、見上げた空にぽっかり浮かぶ月は、怖いくらい綺麗だ。

あまりに綺麗で、込み上げてくる感情が苦しくて、泣きたくなったが泣けなかった。

六月六日。

十六年前の、今日この日、私はこの世に生まれた。

愛し合った男女から、愛されるために生まれてきたはずだった。

だけど……ねえ、お父さん。

ならどうして、あの時、あんなことを言ったの？

『やはり、お前は水無月の娘。生まれてくるべきではなかったのだ……っ』

それが父の、最期の言葉だった。

文也さんという許嫁を用意しておきながら、父が最後の最後に行き着いた〝答え〟がこれだった。

あの瞬間、私の耳の奥でピシッと〝種〟の割れる音がして……

何かが、確かに芽吹いたのを、私はちゃんと知っている。

ねえ、お父さん。なら、私は……

『私は、何のために、誰のために生まれてきたの?』

知りたい。

生まれてきた意味を知りたい。

お母さんのところにも、お父さんのところにも、それが一欠片(ひとかけら)もなかったというのなら。

私は彼らとは正反対の道を選び、その答えを、探しに行ってみようと思う。

# 第二話　天女の末裔

昔々。

月の世界より、空飛ぶ羽衣を纏った美しい天女が降り立ちました。

天女は羽衣を柳の枝にかけ、湖で水浴びをしていましたが、そんな天女に一目惚れした人間の男が、羽衣をどこかへと隠してしまったのです。

羽衣を失った天女は、月の世界へ帰ることができません。

結局その男の花嫁となり、天女は四人の子どもを産みました。

男もまた、妻となった天女を心から愛し、慈しみ続けました。更には天女の羽衣の力によって出世し、時の帝に重用され、貴族の位を得たのです。

しかし天女は、毎晩、月を見上げて泣いたといいます。

帰りたい。

会いたい。

そう言って、嘆き悲しんだといいます。

○

また、知らないお座敷で目を覚ました。

障子から差し込む陽光は明るく朝の匂いがする。

ゆっくりと起き上がって、手に巻かれた包帯に気が付く。

「……そうだ。私、水無月の本家に行くことになったんだ」

私には決められた許嫁がいて、私はその話を受け入れたから……

向かい側にある大きな姿見に、自分の姿が映っている。長い前髪が目にかかりがちだが、それでも顔色が、少し前の自分よりずっといいのがわかる。

頰の血色がよく、唇もほんのり赤く、目が澄んでいる。

よく寝たからか、それとも、あの病の処置をしてもらったからか。

「……お腹すいた」

私は自分の腹部に触れた。色々と考えを巡らせたくとも、腹の虫は正直だ。

昨日は色々あって何も食べてない。確か高速道路を車でひたすら走っていたと思うのだけれど、どこからか記憶がないのだ。多分車の中で寝てしまったのだろう。

そもそもここはどこなのだろう。もしかしてここが、水無月家の本家？

隣の部屋から話し声がする。それに、なんだかいい匂いがしてくる。

誘われるように、私は襖を開けた。

「…………」

和室の机に無造作に広げられた、ファーストフードの包み紙や、ポテトの箱。

ちょうどマフィンにかぶりついている着流し姿の文也さんと、スーツのジャケットを脱いだ姿の男性。

二人は突如現れた私を見て固まっていた。私もまた、目が点。

「あ……と。おはよう、ございます」

文也さんは、口をもごもごさせながら、頭を下げる。

なんだか一瞬、年相応の、焦った男子の表情を見た気がした。

「お、お、おはようございます」

私も慌てて頭を下げる。天女の末裔などというやんごとなき一族の方々が、和装でファーストフードを食べているのは、何だか不思議な絵面だな。

「すみませんねえ。この辺こういうのしかなくて。六花さんお腹すかはったでしょう？エッグマフィンとオレンジジュースなんやけど、嫌いじゃないですか？」

文也さんの付き人である皐太郎さんが、私に紙袋を差し出した。

「あ、はい……好きです。ありがとうございます」

私はペコリと頭を下げ、朝ごはんをありがたく頂く。

空腹に、ほんのり温かなエッグマフィンがとても美味しい。泣けてくるほどに。

そんな私を、皐太郎さんはニコニコした笑顔で見つめていた。

大人の男性なのに、文也さんより表情がわかりやすい。あんまり見てくるので、顔に食べクズでもついているのではないだろうかと、私は心配になった。

「ええですねえ、ボン。こんな初々しくて可愛らしいお嫁さん。水無月の女はみーんないけずで気ぃ強いし」

「皐太郎、千鳥に言い付けるぞ」

「おっと、今のはナシで。オフレコで」

何だかお家事情が垣間見える会話だった。

お世辞とはいえ冷や汗が出る。私なんて、目の前にいる二人の美男子に比べたら……

そう言えば父も、元気な頃は、ご近所でも評判の美形だった。

もしかして水無月って美形の家系なのかな。天女の末裔なのだから、あり得る。

「落ち着いたらここを出ましょう。急ぎ、本家に戻らなければなりません」

文也さんが新聞を畳みながら言う。私は少し驚いた。

ここが本家だと思い込んでいたからだ。しかしどうやら、ここは移動の途中で利用した、水無月の別荘の一つであるらしい。いったいいくつ別荘があるのだろう。

「その、水無月家の本家って、どこにあるんですか?」

私はおずおずと問いかける。文也さんは顔を上げ、凛とした声で告げた。

「水無月の本家があるのは、京都嵐山です」

京都嵐山——そこは言わずと知れた洛西の名勝。

かつては貴族の別荘地だったというが、今は多くの人が訪れる京都の観光地である。

しかし水無月家本家があるのは賑わった観光地ではなく、桂川に沿った山中の、雄大な自然のド真ん中である奥嵐山であった。

「わあ……」

真横を流れる翡翠色の川に、目を奪われていた。

夏を前にした、濃い緑の木々が日光に透けて、私に覆い被さっている。

車を停めた場所から石段を登っていると、静寂の中を、葉擦れの音がサワサワと囁きかけてくる。濃い緑、木の陰影、木漏れ日に見下ろされ、まるで、時間が止まっているかのような不思議な心地に陥っていた。

やがて立派な門にたどり着き、私はあんぐりと口を開けた。

古く重苦しい、巨大な門。千年続くという、由緒正しき名門の威圧感のようなものを、否応なしに感じる。

門の中に入って、さらに度肝を抜かれた。

苔むした庭園の中を、敷石の道がずっと奥まで続いている。

小高い木々の隙間から零れ落ちる日差しが、青々とした苔や庭石を照らし、一帯を清涼な空気で満たしていた。そこには見たことのない形の石像や、古い石灯籠や手水鉢が点々と置いてあり、奥の方には色あせた鳥居も見えて、一層、神秘的だった。

中でも不思議に思ったのは、庭の隅にひっそりと佇む、少し大きめの石像だ。

「…………」

目と耳と口を、それぞれ手で隠した三つの石像が、並んで苔むしている。

随分と昔からそこにあるかのような風情があって、少しだけ不気味で、目が自然と吸い寄せられたのだった。それ以外にも、小さな石像が庭のあちこちに点在している。

いよいよ、古めかしく立派なお屋敷が見えてきた。

「凄い……。大きなお屋敷ですね」

それは深い深い緑の底に、沈むように存在する木造のお屋敷だ。

歴史を感じさせる趣に、私がすっかり圧倒されていると、文也さんは淡白な声で語る。

「この屋敷は築三百年ほどでしょうか」

「ち、ちくさんびゃく？」

「もちろん、修繕は繰り返し行っていますので、ご安心を。これだけ広くとも、今や本家に住んでいる人間はとても少ないのです」

「……？　文也さんのご家族は？」

「僕には弟と、妹が」

ご両親の話は出てこなかった。私もこれ以上は聞かなかった。

「ですが水無月家は多くの分家に分かれており、各地に散らばっています。今や、本家より規模の大きい分家が、いくつもあったりするのです」

なんとなく、それが水無月家の遺産問題の争点なのかもしれない、と思ったりした。

それにしても、静かすぎるほど静かだ。ここは。

振り返り、改めてこのお屋敷の庭園を見渡す。まるで由緒あるお寺の庭園のよう。

そんな私に、皐太郎さんがいそいそと寄ってきて、耳打ちした。

「ここのお庭、ボンが手入れしてるんですよ〜」

「えっ、これだけ広い庭を、文也さんが⁉」

「他にもボンは色々育ててはるんです。花とか野菜とか果実とか、月のあれこれとか」

……月のあれこれ？

非常に気になる話だけど、それが何なのか見当もつかない。

「水無月家いうたら、天女が持ち込んだ月の資源によって富を築いた一族ですからねえ。月界資源を求める陰陽師(おんみょうじ)や呪術師(じゅじゅつし)、退魔師の顧客はとても多いですから」

「……は、はあ」

もはや皐太郎さんが何の話をしているのかわからない。

そもそも月からやってきた天女というのも、いまだ、実感のない話だ。だって人類はすでに月面に降り立っているし、あの月に文明の跡なんてない。はず。

そもそも月の民って宇宙人じゃ……

あれ。皐太郎さんに対する文也さんのツッコミがないなと思っていたら、いつの間にか姿がない。どこに行ったのだろう。

「あれ～？　うちに知らない女の子がいるじゃん、珍しい」

代わりに、庭園の横道より、着崩した学生服の男子が現れた。

髪は明るく外ハネで、いかにも今時の高校生という風貌だ。この古めかしく奥ゆかしい場所とのギャップが激しい。

誰だろう。水無月家の人かな。向こうも向こうで私をきょとんとした目で見ている。

「ねえ皐太郎、この子誰？」

「誰って、葉君のお義姉さんになる人ですよぉ。学年は葉君と同じですけどねぇ」

「えっ⁉　兄貴の許嫁っていうあの⁉　うわー本当に来てくれたんだ。俺、正直無理だと思ってたわー」

わかりやすく仰け反った後、彼はゴホンと咳払いして、ビシッと背筋を伸ばす。

「初めまして。本家の次男、水無月葉と申します。末長く兄をよろしくお願いします！」

チャラチャラした見た目の割に、礼儀正しい挨拶をする。なんだか隠しきれない育ちの良さを感じる。

私もまた「よろしくお願いします。水無月六花です」とペコペコ頭を下げていたら、ちようど屋敷の玄関が開かれた。

「お待たせしました。どうぞ中へお入りください」

文也さんが、内側より戸を開けてくれたようだ。

促されるがまま屋敷の中に入る。敷居をまたぐと、ふと空気の温度が変わったような……

ゾクッとした感覚を覚えたのは、気のせいではないと思う。

お屋敷は広く、歩いている廊下の幅も広くて、私たちの歩く音だけがキシキシと響いている。

まずは、自分がこれから使う部屋に案内してもらった。

古い和室を想像していたが、予想外にも板の間の和モダンなお部屋で、木の深みと温かみを感じるデスクと、本棚とベッド、古めかしいがオシャレなステンドグラスランプが、あらかじめ備わっていた。

何より、この部屋の正面にある、横長の木枠の格子窓には目を見張った。

大きめな格子のガラス窓から、青い楓の葉や、たくましい桜の木の幹、このお屋敷が沈む豊かな樹林が拝めるのだ。外側の明るい新緑と、内側の木枠の黒が、見事なコントラストを描いていて……

　ああ、なんて素敵な窓のあるお部屋だろう。

　何よりこの場所、静寂の奥の方から、心地よい音がする。

「水の……流れる音がしますね」

　私が耳を澄ましていると、葉君が窓を開けながら「へぇ」と目を丸くしていた。

「確かにここは桂川沿いの山中だけど、よく聞こえたね。この辺の流れは、雨の日でもない限りほとんど音がないのに」

　部屋の窓が開くと、もう少しはっきりと、水流の音が私の耳に届く。

　心地よく、癒(いや)される水の音。知らない土地だけど、この音が側にあるというだけで、私は妙な安心感を抱いていた。

　そんな私に、文也さんがこの部屋の鍵(かぎ)を渡してくれた。

「この部屋に備わっているものは好きに使ってくださって構いません。六花さんの荷物や、生活物資もすぐに届くと思います。中で繋(つな)がっている隣の六畳の和室も、よろしければ自由に使ってください。必要なものがあれば何なりと」

「あ、ありがとうございます。こんな素敵なお部屋を用意してくださって。引っ越しや転校の手続きまでしてくださったみたいで。それに、その、色々と……」

　文也さんには、何から何までお世話になって申し訳ない。というか、まるでお客様だ。

文也さんは目を二度ほど瞬かせた。

「いえ。むしろ、受験して入った高校から編入させることになってしまい、心苦しいです」

「……高校は、父の介護もあったので家から一番近い学校に入っただけで、特に思い入れがあるわけではないんです」

入学してすぐ父の容体が悪化したから、正直まともに通えてなかった。

友人も、ほとんど作れなかったな……

「ご安心ください。六花さんに転校していただく高校には僕もいますし、同じクラスには弟の葉もいますから。何かありましたら遠慮なくこの愚弟にご相談ください」

「マジ？　俺、兄貴のお嫁さんと同じクラスなの？　緊張しちゃうなー、ていうか愚弟って何？」

「そのままの意味だ」

葉君が兄の文也さんに向かって「酷い！」「最愛の弟に向かって！」とブーブー文句を垂れている途中、何かを思い出したように「あっ」と声を上げた。

「つーか聞いてよ兄貴！　学校の食堂、夏休み明けまで使えねーんだぜ」

「は？　何だって？」

妙に焦った表情の文也さんが、珍しい。

「俺、朝も昼も夜も、コンビニ弁当かカップ麺とか嫌だ。そろそろお手伝いさん雇おうよ。今度は寝込みを襲ったりしないような、まともな人をさあ」

「うーん、一応、あちらに要請はしているんだが」

兄と弟で、何やら深刻そうな話をしている。

寝込みを襲うなどという物騒なワードも聞こえた気がする。

今朝のファーストフードでも思ったけれど、旧家のご子息でもコンビニ弁当とかカップ麺とか、普通に食べるんだな。

「実はこの家、こんなに大きいけど使用人が一人もおらんのですよねえ」

後ろから声がして振り返る。また皐太郎さんだ。

彼がニヤニヤしながら、この事情を詳しく教えてくれた。

「少し前まで一人いたんですけどねえ。まあ、ちょっとした事件がありまして。ボンが寝込みを襲われて暗殺されかけたっていう、ねえ」

「えっ!?」

「遺産問題で揉めに揉めている水無月家では、ようあることですよ！　あははっ」

皐太郎さんは笑って言うけれど、それが本当なら、やっぱりこの家、普通じゃない。

文也さんも葉君も命の危険に常に脅かされながら、生きてきたというのだろうか。

その危機を回避するためにお手伝いさんを雇っていないのなら、この大きな家に住みながら不便な生活をしているのかもしれない。

だけど、そういうことであれば、私もこの家に厄介になってばかりではなくできることがありそうだ。

その後、屋敷を一通り案内してもらった後、縁側を開け放した広いお座敷に案内された。

文也さんに勧められた座布団に素直に座っていると、葉君がヒョイッと縁側からやってきて、私の前に冷えた緑茶と茶菓子を出してくれた。

「うわあ……綺麗」

夏みかん寒天の涼菓子に、思わず心ときめいた。

本物の夏みかんの皮を器にしていて、見栄えがとても素敵だった。

寒天の透き通った橙色は美しく、爽やかな香りも相まって、私はすっかり魅入られる。

「嵐山にある〝老松〟っていう和菓子屋で買ってきたんだ。夏柑糖ってお菓子だよ。この季節しか食べられないし、涼しげなのがいいかと思って」

葉君がニッと笑って、兄の文也さんの前にもそれを置く。自分の分もあるみたいで、彼はそれを持って開け放たれた縁側に座り込んだ。

そういえば皐太郎さんがいない。どこへ行ったのだろうかと思っていたら、文也さんが、皐太郎さんは夕飯の買い出しに行っていると教えてくれた。

「ひとまずは、お茶でも飲んでお寛ぎ頂ければ。どうぞ召し上がってください」

「は、はい。……いただきます」

せっかくなので、夏みかんの寒天をひと口頂いた。

目の覚めるような爽やかさ。濁りなくスッキリとした後味。

夏みかんの苦みがしっかりと感じられ、何より強い柑橘の香りに驚かされた。

ため息が出そうなほどシンプルで上品で、夏を目前にした涼しげな味に、しばらく酔いしれる。

チリン、と縁側の風鈴が鳴った。

襖が開け放たれており、風通しが良く、緑に囲まれているからかとても清々しい。

静かで、美味しくて、涼しくて、癒される。こんな時間は本当に久々だと思った。

「お口に合いますか？」

「はい。とても美味しいです。私、柑橘の香りが好きなので……」

みかんとか、オレンジとかレモンとか。この香りには心落ち着かされる。

「俺がチャリかっ飛ばして、買いに行ったかいがあったよ。兄貴が、女の子が好きそうなものを買ってこいって言うからさあ～」

「バッ、バカ葉！」

文也さんが顔を赤らめ、縁側の葉君に向かって声を張り上げたが、すぐにハッとして、ゴホンと咳払い。

意外だ。いつも大人びていて丁寧な振る舞いの文也さんだが、弟の葉君に対しては年相応の反応を見せるのだ。それが、なんというかとても家族らしくて微笑(ほほえ)ましい。

「ふふっ。お二人は仲がいいんですね」

「…………」

文也さんと葉君が目を丸くしている。あれ、私、何か変なことを言ったかな。

「やっと笑ったね！　六花さん」

「え？」

「俺たちの兄弟コント、そんなに面白かった？　兄貴の恥ずかしい話とか聞く？」

「おい、葉……っ！」

「冗談だって兄貴。顔がマジだって」

私はというと、しばらく無言で考えていた。葉君に指摘されて初めて、私はここに来て、一度も笑っていなかったことに気づかされたのだ。

いや、違う。ここに来てからではない。ここ最近ずっとだ。

「六花さん？」

「い、いえ。なんでもありません」

私はあからさまに目を泳がせた。動揺していた。

ダメだな、私。お父さんの死を受け入れて、はやく立ち直らないと、自分の全てがダメになりそうだ。

何より、これからお世話になるこの家の人々を、嫌な気分にさせたくはない。

私は納得して、受け入れて、覚悟して本家に来たのだから。

「あの。そういえば妹さんはどちらに？　まだ学校ですか？　ご挨拶したいのですが」

無理やり笑顔を作り、話題を逸らすように私が尋ねると、今度は文也さんと葉君がギョッとして目を泳がせる。

「い、いえ。その、妹には少々事情がありまして」と、文也さん。

「あいつなかなか部屋から出てこないからなあ。まあ、この家で白髪の座敷わらしでも見たら、それが俺たちの妹だから」と、葉君。

「……へ？」

やはり水無月家は尋常ではない。わかってきたようで謎が増えるばかりだ。

「六花さんは、僕に聞きたいことが山ほどあると思います。可能な限りお答えするつもりです。ご質問があれば、何なりと」

落ち着いた頃合いで、私と文也さんは、真面目な話をし始めた。

「あの……私の父は、この家で生まれたのですか？」

「ええもちろん。六蔵さんは本家の正統な跡取りでしたから」

文也さんは伏し目がちに、話を続けた。

「六蔵さんは、先代当主であった水無月十六夜により、意中の女性との結婚を反対され、この家を出て行方をくらませました。結果、本家は跡取り不在に陥り、十六夜は自身の次男の息子を本家の養子としました。それが僕の父に当たります。そういう経緯があって、僕が現当主の座についているのです」

要するに、お父さんとお母さんの結婚に反対していたのは、私と文也さんの曾おじいさんに当たる、水無月十六夜という人なのだ。ちなみにお父さんの父、私から見ると祖父に当たる人物は若くして亡くなっているらしい。

文也さんは言った。

先代の水無月家当主であった水無月十六夜は、とても厳格で、恐ろしい人だったと。

「そもそも先代当主である十六夜が、二年ほど前に亡くなったのが、我々水無月家の遺産騒動の発端なのです」

「昨日、襲ってきた……あの炎の……？」

突然のことだったが、私たちを取り囲んだ、あの炎の色は鮮明に覚えている。

それは明らかに、狙って放たれたもののようだった。

「ええ。あれはおそらく水無月家の分家の者の仕業でしょう。分家は僕を新たな当主とは認めておらず、水無月十六夜の遺産を巡って争い、脅しあっている。僕がもっと、しっかりした当主であれば起こらない諍いだったのですが……」

文也さんは、複雑そうな面持ちだった。

あまり感情的な人ではないけれど、厄介な事情に苦しめられているのを感じ取れる。

「そのせいで、昨晩は六花さんを危険な目に遭わせてしまい、申し訳ありませんでした」

文也さんは律儀に頭を下げ、私はフルフルと首を振った。

由緒ある水無月家だと、遺産騒動も大きくなってしまうのだと思うから。

「にしても十六夜の曾じい様は、イカれた妖怪のような人だったたぜ。妖怪の方が幾分マシってくらい。六花さんが会わずにすんで良かったよ。ゼッテー執着したと思うしな。あの水無月六蔵の娘ってことで」

葉君まで、縁側からこちらを向いて言う。私の曾おじいさんとは、妖怪の方がマシとまで言われるほどの恐ろしい人物だったのだろうか。

「水無月六蔵の娘だと……どうして執着するんですか？」

「六蔵さんは、水無月家の跡取りとして、かなり期待をかけられていたそうです。〝天女の神通力〟も優れていたといいます」

文也さんの返答に、私はますます首を傾げた。

天女の神通力って……何？

「そうですね。わかりやすく言うのでしたら超能力とか、特殊能力というやつです。水無月の者は、血が濃いほど、こういった力を持って生まれてきます」

突然——目の前の皿がフワッと浮いて、宙で重なりながら、それが縁側にいる葉君の側のお盆の上まで移動し、綺麗にまとめられた。

葉君は兄の文也さんの方を振り返り「下げろってことかよ」と唇を尖(とが)らせている。

私はというと、おそらく青ざめて、小刻みに震えていたと思う。

「ま、まさか……今の怪奇現象は……」

「ええ、僕がやりました。このように思念だけでモノを操る力は〝念動(ねんどう)〟と呼ばれ、得手不得手はあっても、水無月家の者でしたら誰でも扱うことのできる能力です。月の民とは、地球の人間より思念の力がずっと強かったのでしょう。その他にも、各々が生まれ持った特殊な体質、能力があったりします。水無月家は天女のもたらした月の資源と、この神通力をもって、千年の間、魔都の重鎮たちに重用されてきたのです」

「………」

「六花さん、ついてこれてる～？」

葉君の声でハッとして、私はコクコクと頷(うなず)く。

「だ、大丈夫です。今のような力は、確かに父にも、ありましたから」

驚いてしまったが、実のところお父さんにも、今のような力があった。

というか、お父さんと同じだったから、驚いたのだ。

お父さんは文也さんがやって見せたような念動を、普段から使っている訳ではなかったけれど、時々私の前でやって見せた。私はずっと、手品か何かのように思っていた。

それだけじゃない。お父さんには普通の人には見えないものが見えたし、それは私にも、物心ついた頃から見えていた。

お父さんはその手のものを、あやかしとか、妖怪とか、幽霊だとか言っていた。

「やっと……やっと納得できました。どうして父が、普通の人と違っていたのか」

それは天女の血を引き継いだ者の、特別な能力だったのだ。

理解できている。飲み込めている。ちゃんとわかっている……はず。

「天女の血の力を維持するため、水無月家の者たちは、本家と、五つある分家の者たちとの間で、幼い頃より許嫁を決めるのが通例です。普通の恋愛結婚は決して認められません。それこそ、六蔵さんのようにこの家を出て、どこまでも逃げて行くくらいでなければ……」

そこまで言って、文也さんはグッと言葉を飲み込んだ。

「すみません。無礼なことを言いました」

「……いえ」

私は小さく首を振った。水無月家にそのようなしきたりがあったなんて、驚いた。

そしてそれは、あまりに時代に逆行した、自由のない縛りだ。

父にも、幼い頃から決められていた許嫁がいたと聞いたことがある。その人を捨てて、父は母と共にこの家から逃げたのだ。

本家や分家、遺産騒動、神通力、婚姻事情……

これらを聞いただけでも、この水無月家が、いかに普通の家柄ではないかを思い知らされる。まるで未知の世界にでも足を踏み入れたような心地だったが、同時に、やっとわかったこと、理解できたこともあって、妙に心がすっきりとしていた。

父の逃げ出したかった、複雑な水無月家の事情。

私はそこに、自ら身を投じることとなったのだ。


その日の夕方。私は文也さんに連れられて、父の骨壺を持って、本家の裏山にある竹林の小径を歩いていた。

顔を上げると、覆いかぶさるような竹林の隙間から、六月の夕焼け空に浮かぶ、白く薄らとした三日月が見える。

月。水無月家のご先祖様である天女は、本当にあんな場所から来たのかな。

今もまだ信じられないけれど、私も月の民の血を引き継いでいる。

ああ、でも。どこかで嗅いだことのあるような、竹林と、夏の夕方の空気の匂いだ。

サワサワ……サワサワ……

竹の葉の、揺れて擦れる音に囲まれて、私は一度、深呼吸した。

都会の排気ガスの匂いは知っていても、この匂いは知らないはずなのに。

それなのに、無性に懐かしい。どこかへ帰りたいような気持ちになる。

「六花さん、こちらです」

「はい」

竹林の奥には、立派な墓が一つあった。

あまりに古く、それを見ているだけで少々肌寒く感じられる。

「すみません、こんな時間に来る場所ではないですよね、普通」

「い、いえ。でも確かに一人だったら、怖い場所かもしれません」

私のご先祖様が眠る、本家の墓。歴史を感じるがよく手入れされており、名前を知らない美しい花々が供えられている。

その墓に、父の骨壺を納骨する。水無月家の人間のお骨は、月の輝き始める時間帯に、静かに納めるのが習わしだという。

納骨し終わった後、文也さんが線香を焚いた。ふわりと線香の香りが漂ってきて、それが、なんだか……なんだか、父の死をフラッシュバックさせる。

忌明け法要の後この本家の墓に入るというのは、父が自分の最期を見越して文也さんに頼んでいたことだったらしい。そもそも水無月家の人間の体はかなり特殊で、骨になっても利用価値があるらしく、外部に置いておくのは、とにかく危険なのだとか。

結局、父はこの家から逃げることはできなかった。そういうことだ。

「六蔵さんが本家の墓へ入ると言った一番の理由は、ここにあなたがいるからです。あなたを側で見守り続けたいのでしょう」

私の複雑な気持ちを汲み取ってか、文也さんはそう言った。

私は墓前で手を合わせ、目を閉じる。

ここに父と、父を産み育んだ人々が眠っていて、私という存在のルーツがあるのだ。

「……文也さん。私、不思議に思っていることがあるのですが、聞いてもいいですか？」

目を薄らと開けながら、私はすぐ隣にいる文也さんに問う。

「ええ、どうぞ」

「父は、亡くなるひと月ほど前から『帰りたい』『会いたい』と……窓から月を見上げて、うわ言のようにつぶやいていました。あれはいったい、何だったんでしょう」

病床に伏せた父は、最後はもうほとんど動けず、ぼんやりとして口数も少なかった。

だけど、窓辺から月光の入り込むような日は「帰りたい」「会いたい」と、かすれた声で囁いて、食い入るように夜空の月を見上げていた。

「それは〝月帰病〟の症状の一つです。月帰病を発症した者は、もれなく月への郷愁に囚われてしまいますから。発芽した種子が月光を求めて、宿主にそうさせているのです」

文也さんは、事情に詳しい水無月の人間らしく論ずる。

「そうだったのですか。……私、てっきり、父は〝母〟に会いたいのだとばかり思っていました。私のせいで、父と母は、離婚したから」

文也さんが、私と、父と母と双子の姉の関係を、知っているかはわからない。

だが彼は私の方をチラリと見て、落ち着いた声音で話を続けた。

「僕が見た六蔵さんは、誰よりあなたを心配していました。そうでなければ、二度と訪れないと誓っていた、大嫌いなこの本家へと足を運ぶことはなかったでしょう。子どもの僕に、頭を下げてまで……あなたを僕に託そうとした」

私は唇を震わせながら、隣にいる文也さんの言葉を聞いていた。

色んな思いがせめぎ合う。文也さんは、父が最期に放ったあの言葉を知らないから。

だけど、文也さんが言うように、私を守ろうとしてくれていた父が居たことも、確かなのだと信じたい。

「六蔵さんは言っておられた。あなたの笑顔を守りたいのだと。……ですが六花さん。僕らの前で、無理をして笑う必要はありません」

「え……」

驚いて、隣の文也さんを見上げた。

もしかして文也さんは、昼間、私が〝笑った〟ことで感じた戸惑いに、気が付いてくれていたのだろうか。その後、無理に笑っていたことも。

「もちろん、笑うことを我慢する必要もありません。しかし、無理やり笑うのはただただ疲れますからね。僕も、笑うのは苦手ですし」

文也さんは何を思ったのか、懐から剪定（せんてい）バサミを取り出した。そのハサミで、近くで咲いていた紫陽花の枝を切る。

「あなたはお一人で、ずっと頑張ってこられた。今はただ、静かなこの場所で、あなたのペースで、ゆっくり心と体を休めてください」

そして、その一輪の紫陽花を、私の方に差し出した。

大輪の紫陽花。

夜がくる少し前の、薄明るい空に浮かぶ三日月の下で、なお鮮やかに咲いている。

戸惑いながら、確かめながら、文也さんの差し出す紫陽花を受け取った。

それは迷いのない、誠実な青い色をしていた。

「………」

ああ……そうか。

私の心はもうずっと限界だった。あらゆる感情が麻痺してしまう程に。

死にゆく父をたった一人で看病し、その父と別れ、孤独と不安と病に蝕まれ……

文也さんは多分、初めて私に会った時から、そのことに気がついていたのだ。

「あ……ありがとう……っ、ございます……っ」

気がつけば、涙が溢れていた。

込み上げてくる感情を我慢できず、紫陽花を胸に抱いたまま。

どうしてだろう。安心したんだろうか。まるで、固く閉じられていた栓が抜けたかのように、拭っても拭っても、怖いくらい溢れてくる。

ポロポロ、ポロポロ。まるで紫陽花が雨に打たれているかのよう。

「すみません、すみません」

「いえ、構いません。たくさん泣くのがよろしいでしょう」

しばらく涙が止まらなくて、文也さんに謝ったりしながら泣き続けていたが、文也さんはハンカチをそっと差し出して、私が落ち着くのを待ってくれていた。

それ以上、触れるでも、慰めるでもなく。

竹林が囁く、夏の前触れのような、生温い風の中で。

# 第三話

# 水無月家のおしごと

私、水無月六花が、水無月家の本家にやってきた翌日の早朝。

「うわあああ〜」

本家の次男の葉君が、居間の座卓の前で、大げさな声をあげていた。

白いご飯と、お麩とわかめのお味噌汁。刻み大葉入りの、分厚いだし巻き卵。

切り干し大根と人参の煮物。ほうれん草の胡麻和え。冷蔵庫の奥にあった柴漬け。

この素朴かつ定番な朝食を前に。

作ったのは私だ。このお家では、日常の食事を作る人がいないようだったので、私がその役目を担えないかと申し出たのだった。私は父子家庭で育ったので、日常的に料理をしてきたから。

「ああ、手作りの味噌汁うめー。炊きたての白米うめー。てか卵焼きめちゃくちゃ綺麗に焼くじゃん！　うち誰も卵焼き作れないんだよね。六花さん凄いなあ〜」

「そんな、大げさな。普通です」

「いやいや。ほんとだって。それに出前とかコンビニ弁当ばっかりだと、こういうのが恋しくなるんだよなあ〜」

食べ盛りの男の子らしくガツガツ食べてくれる葉君。これには驚いた。

今まで、父以外に料理を振る舞ったことなどなかった。

こんな感じで良かったのだろうか？

「本当にありがとうございます、六花さん。うちの冷蔵庫の食材でよくぞこれだけ……」

　文也さんも、朝食を前に何だか少し驚いている。

「その……お麩やわかめ、切り干し大根は、まだ開けていないのを戸棚から発掘しました。台所には宝物がたくさん眠っていそうです。あと、卵と、野菜も意外とあったので」

「ああ、野菜であれば、いくつか裏の畑で採れるのです。後ほど少し収穫してきます」

「裏の畑……皐太郎さんに、文也さんは色々と育てていると聞きました。その野菜も、文也さんが？」

「ええ。水無月の家業の一環として」

　家業？　文也さんは、すでに働いているということなのだろうか。

「兄貴は庭や畑に集中する分、料理だけは適当でさあ。この前なんて朝、昼、晩とそうめんだったよな。野菜の漬物と、ぶぶ漬けだけの日もある。あ、ぶぶ漬けってお茶漬けのことね。マジ、何の修行してんのって感じ」

「お前が作ったっていいんだぞ、葉」

「嫌だな兄貴、忘れたのか？　俺の担当は風呂掃除と鶏小屋の掃除なんだぜ。それに料理するくらいなら出前とるって、いつも言ってんじゃん。高級寿司とか老舗の高級弁当とか」

　文也さんがため息をつき、呆れた顔をして弟の葉君を見ている。

そうして味噌汁をすすってくれたのだけれど、その時、文也さんは少し目を大きく開いた。普段使い慣れない味噌やお出汁を使ったので、変なところがあっただろうか。

「ど、どうですか……？　お味噌は赤味噌と白味噌しか見つけられなかったので、私の方で勝手に合わせました。味加減など、遠慮なくおっしゃってください。父が薄味派だったので、もしかしたら少し薄いかも……」

「いえ、六花さん。その、美味しいです。温かな手作りの味というのが久々で、少し驚いてしまいました。あと僕も薄味派です」

文也さんは気恥ずかしそうに答えると、今度はだし巻き卵を食べてくれた。

「あ、美味しい。大葉入りの卵焼きって香りが良くていいですね。初めて食べました」

「うちでは、大葉入りの卵焼き、定番だったんです。大葉って、使いたくて買っても余らせちゃうことがあって……そういう時は刻んで卵焼きに入れて、お父さんのお弁当の具にしてました」

「ああ、なるほど」

私はうつむきがちに、ポツポツと答えた。内心、とてもホッとしていた。

誰かに自分のご飯を食べてもらうのって、こんなに緊張するんだ。

それにしても文也さん、何だか昨日より、口調も表情も柔らかい気がする。

静寂、凜とした空気、洗練された佇まい……そういうものを纏った若き当主という印象だったけれど、もしかしたら文也さんも、昨日は少し緊張していたのかもしれない。

「六花さん。今日から毎日、こちらのお薬を飲んでください」

食後、文也さんが懐からあるものを取り出した。それは束になった薬袋だった。

「薬……」

「ええ。僕が調合した、月帰病の再発を抑える薬です。一日一度、食後のタイミングで飲むのがいいでしょう。食後であれば、朝でも昼でも夜でも構いません」

文也さん、この歳で薬を調合できるんだ。凄いな。

何かこう、月にまつわる特別な素材でも使っているのだろうか。

「わかりました。ありがとうございます」

私はただただ感謝した。体はもう元気だと思うのだが、あの病の恐ろしさは、父を見ていたからこそ知っている。

今はまだ、もう少し、頑張って生きてみたいと思っている。前向きにそう思い始めた自分に、ちょっとだけ驚くけれど……

ただその薬は想像よりずっと苦くて、飲みながら私は悶絶していた。

そんな私を、文也さんは傍らでオロオロしながら見守り、葉君は「頑張れ頑張れ～」と緩い感じで応援してくれたのだった。

朝の早いうちに私の荷物が届き、水無月家と縁があるという宅配業者の人たちが、部屋に運び込んでくれた。

もともとアパートを出る予定だったので荷造りはしていたのだけれど、分家の女性が我が家にあった荷物や家具を、全部まとめて送ってくれたらしい。

何はともあれ、服が、法要で着ていた制服しかなかったので助かった。

他にも必要な生活物資を一通り揃えてくれているらしく、とてもありがたい。

運び込まれる荷物の中に、見覚えのない立派な和箪笥があって、業者の人はそれを和室に置いた。

これ、いったい何だろう？

試しに一番上の引き出しを開けて見て、ギョッとする。

今まで、直に見たこともないような、華やかな柄の着物が仕舞われていたのだった。他の引き出しにも、それぞれ着物が入っている。

「う、うそ。この着物、私に……ってこと？」

心臓がバクバクしている。恐ろしいものでも見るみたいに、綺麗な着物を覗き込む。

流石は旧家の水無月。

しかしこんな高価なものを、タダで頂くわけにはいかない。

そもそも着方がわからない……っ。

なので私はそれを見なかったことにして、自分の荷物の中から白っぽいブラウスと水色のスカートを取り出し、まずは脱・制服を試みた。

そして再び、荷物の整理に取り掛かる。もともとあまり物を持っていなかったから整理に時間はかからないと思う。

しかしあるダンボール箱を開けて、私はハッとした。

それは、父の遺品をまとめていたものだった。

「…………」

革の財布。よく着ていたジャケット。お気に入りの靴。よく読んでいた詩集。

何より目に留まったのは、父が肌身離さず持っていた手帳だ。

私はそれを取り出し、戸惑いながらも、開いてみた。

仕事やスケジュールに関するメモ書きばかりだったが、最後のページから、ひらりと何かが舞い落ちる。拾い上げると、それは写真だった。一目見てわかる結婚式の、写真。

「これ、お父さんと……お母さん」

ドッと冷や汗が出てきた。久しぶりに、母の姿を見たせいだろうか。

純白のドレスとタキシードに身を包み、この世で最も幸せだと言わんばかりのキラキラした笑顔で、未来に何の心配も、疑いもなく、ただ希望だけを信じている若き夫婦の姿が、そこにはあった。

教会で式を挙げたようで、二人の背後に美しいステンドグラスが写っている。

写真を裏返すと、父の筆跡でこう書かれていた。


病める時も健(すこ)やかなる時も、死が二人を分かつまで。


このフレーズ、どこかで聞いたことがあると思っていたけれど、そうだ。

結婚式の誓いの言葉の一節だ。

徐々に動悸(どうき)がしてきて、私はこの写真を手帳に挟み込んで、ダンボール箱の奥へと仕舞ってしまう。そして意識して呼吸を整える。大丈夫、落ち着け。落ち着け……

ふと目に留まったのは、窓辺の花瓶(かびん)に飾っていた、紫陽花の花だ。

「文也さんに……貰(もら)った花」

その誠実な青を見ていると、ゆっくりとゆっくりと、心が落ち着いてくるのを感じる。

正午を知らせる古時計の音が、どこからか聞こえてきた。

そのおかげで完全に気持ちを切り替えることができ、私は台所へと向かった。

そろそろお昼ご飯の用意をしなくては。

せっかく食事係という、この家でできる役割をもらったのだから。

朝食を作った時、台所を少し調べてみたのだけれど、冷蔵庫には漬物と卵と野菜以外の食材はあまりない。

その代わり、戸棚には頂き物らしきそうめんや蕎麦(そば)、高級なお出汁や調味料などがたくさんある。あと、保存食の缶詰や、乾物、レトルト食品なども。

「うーん。でもやっぱり、お肉かお魚があるといいな。買い物に行けたらいいんだけど」

今日は日曜日だが、文也さんは庭で仕事をすると言っていた。

葉君も学校の部活に行っている。何の部活をしているのだろう?

そう言えば妹さんがいると言っていたけれど、まだお目にかかったことがないな。

朝食の時も、居間に現れなかった。

「はっ。もしかして私、避けられてるんじゃ……っ」

突然この家に現れた怪しい女。それが私だ。

年頃の娘さんであれば、家に見知らぬ人が来ただけで嫌かもしれないし、警戒しないはずはない。まずはちゃんと会って、ご挨拶をしなければ!

「お助け〜、お助けくだしゃ〜〜」

そんな時だ。どこからか間の抜けた声が聞こえた。

それはとても小さな声だが、確かに聞こえる。どこかから助けを求めている。

私は慌てて玄関から外に出た。耳元に手を当てて、目を閉じ、耳を澄ます。

「あっちから……？」

声を辿って石敷の道を歩いていると、昨日、文也さんと行った竹林の小径に出た。

助けを求める声は、この辺りから聞こえてくる。

「あ」

顔を上げると、竹と竹の間に張られた蜘蛛の糸に絡まっている〝何か〟がいて、それが必死になってもがいていた。

暴れるほどに蜘蛛の糸が絡まりついて、動けなくなっているようだった。

「あれ、何かな」

薄緑色の、謎めいた生命体。小さくプニプニと動いている。

よくよく見ると、頭に小さなお皿が付いていて、背中に亀のような甲羅を背負っている。

おそらく普通の人には見えない、妖怪の類だと思うのだけど……

「お助けくだしゃ〜、ヘルプミーヘルプミー。この声が聞こえましかーっ」

薄緑色の生命体が、蜘蛛の糸に絡まったまま猛烈に泣いてる。この手のものには関わるなと言われてきたけれど、正直かわいそうになってきた。

「聞こえてる、聞こえてるから……っ！　少し待ってて」

しかし手を伸ばすも、私の身長では届かない。

オロオロして周囲を見ると、ちょうど長柄の箒が立てかけてあったので、それで蜘蛛の糸を絡め取る。箒の先にくっついて降りてきた謎の生命体を、無事救出したのだった。

「はあ～。どこのどなたか存じ上げませんが、ご親切にありがとうございまし。このご恩は一生忘れないのでし。多分。きっと。おそらくメイビー」

手のひらサイズのその子は、私の目の前で丁寧に座礼しつつも、あまり期待できそうにないお礼を述べた。

「ねえあなた、もしかして河童？　河童ならお父さんと一緒に川原で何回か見たことあるけど……こんな姿だったかな」

もっと硬質で、鈍い緑色をしていて、結構マッチョで生臭かった気がする。

だけどこの子はゼリーのようにぷるんとしているし、色もパステルだし、生臭くない。

何よりつぶらな瞳と嘴が、小動物のようでかわいい。マスコットキャラクターっぽいというか……

「はあ～。ミーは河童界で最もレア、かつ意識の高い〝月鞠河童〟でし。闇市に売り出される時は手鞠河童属の亜種（ルミナスカラー・生臭くない）と記されるでし。時価でし」

「闇市？　時価？　要するに貴重なの？」

　この小さな河童が何を言っているのか、もはやわからない。

　この子もこの子で「嵐山の清らかな水に育まれしナマモノでしゅえ」と意味不明なことを述べ、目の前で水かきのお手入れを始めた。

「はあぁ〜。水かきをちょこんと切っちゃってるでし……ついでといっちゃなんでしが、ボスのところに連れてってくだしゃ〜」

　小さき河童は、自分の水かきおててを私に見せつけてきた。

　目を凝らすと、確かに水かきがちょこんと切れてる。妖怪でも、痛いのかな。

「その、ボスって？」

「ボスはボスでし。ミーの雇い主。みなづきのふみやしゃま」

「ああ、文也さんね」

　私はその子を連れて、文也さんを探すことにした。

　本家の庭はとても広い。迷子になってしまいそうだが、この河童が道案内をしてくれたので助かった。

　竹林を出て石畳に沿って戻る途中、先ほどは見つけられなかった小さな畑を見つけた。

　横に逸れた細道を下ると、その畑に出る。トマト、シシトウ、ナス、キュウリ、かぼちゃなどの夏野菜が豊かに実っている畑だ。

しかし文也さんの姿はどこにも見当たらない。

あ。畑の向こう側に、ガラス張りの立派な温室のようなものが建ち並んでいる。

私は誘われるように、そこへ向かった。

「わあ……」

驚いた。そこは清々しい空気に満ちていて、温室なのにとても涼しい。

それに、不思議な紋様のある白金の小さな蝶々が、音もなくひらひらと舞っている。

その翅が翻る度に煌めいて、目で追うだけで不思議な心地になる。

無数に飛び交う蝶々に気を取られてしまったけれど、よくよく見てみるとこの温室では、氷砂糖のような果実が、列を成してたくさん育てられていた。

「これ、何……？」

実り方はイチゴのようだが、氷のように透き通っていて、冷たくて固そう……

「わっ！」

白金の小さな蝶が、いつの間にか自分の周囲に群がっていた。

あまりに多くの蝶が群がっているので、思わず驚きの声を上げてしまい、それに気がついたのか、文也さんが温室の奥からひょこっと顔を出す。

「六花さん……っ！」

私が白金の蝶々に覆われているのを見て、慌てて駆けつけてくれた。

彼が「散れ」と一声かけるだけで、蝶々は不思議と私から離れていった。

「すみません六花さん。あの蝶は〝金環蝶(きんかんちょう)〟といって、月界生物の一種なのです。大丈夫でしたか？」

「え、ええ、大丈夫です」

いや、実際はかなりびっくりしたけれど……。

「金環蝶があんなに反応するとは。やはり六花さんは、僕よりずっと天女の血の力が濃いのでしょうね。天女の血の香りや、月の気配というものに、とにかく敏感な蝶なのです」

「……？」

そういう文也さんは、袴(はかま)姿でたすき掛けをしている。

首には手ぬぐいをかけていて、使い込まれた麦わら帽子もかぶっていた。

和装だが作業着という装いで、意外な姿を見た気がしたけれど、土いじりをしているのだから当然と言えば当然だ。

「ところで、どうしてここに？」

「あっ！　あの、すみません勝手に入ってしまって。私、文也さんを探していて……っ」

私は手のひらで包み込んでいた、小さな河童を文也さんに見せた。

その子はなぜか、私の手のひらの上でちょこんと膝を抱えていた。

「6号。朝から見ないと思ったら。お前、どこに行っていたんだ」

文也さんは指で甲羅の部分をつまんで、その子を持ち上げる。6号って名前かな……？

「はあ～。竹林で蜘蛛の巣渡りを究めていたら、蜘蛛の巣が絡まって取れなくなったのでし。でも見知らぬこの女人が、ヘルプに来てくれたのでし～」

「……竹林で？」

文也さんが私の方を見たので、私は慌てて説明する。

「私、台所にいたら、必死になって助けを求める小さな声がしたんです。その声を辿っていたら、この子が……」

「なるほど、竹林の蜘蛛の巣に絡まっていたという訳ですか」

文也さんはすぐに理解してくれた。この小さな河童が蜘蛛の巣に絡むという事態は、割とよくあることなのかもしれない。蜘蛛の巣渡りを、まるで究められていない……。

「六花さん、ありがとうございます。こいつは月鞠河童の6号といいます。元々は手鞠河童というありふれた低級妖怪だったのですが、桂川付近に住むこいつらは少し変わった進化を遂げた亜種なのです。そのせいでかなりレアな扱いを受けます」

「あ、この子も自分で、レアだって言ってました」

「ええ。甲羅に美しい月模様があるのです。ご覧ください」

文也さんが6号をつまみ上げたまま、私にその甲羅を見せる。6号はされるがまま。

「本当ですね。綺麗な三日月の模様があります」

「桂川の月鞠河童には必ずこの様な月模様があり、それは6号のように三日月だったり、弦月だったり、満月だったりします。また、月光を浴びると発光するという特徴も。これは水無月家の土地に出入りし、月界の食物を食べ続けたせいだと言われています」

「月界の……食物」

周囲を見渡して、この場で育まれたものたちの、妙な気配のようなものを意識した。

そこにあるのは、見知らぬ植物だとさっきも思ったのだが。

「もしかして、ここで育っているものがそうなのですか？」

「ええ、その通りです。目の前のこれは、天女によって月よりもたらされた果実で、名を〝宝果(ほうか)〟といいます。ここで飛び交う金環蝶が受粉を手伝わなければ、決して実らない果実なのです」

文也さんが、実っている氷砂糖のような果実に触れながら、説明してくれる。

「一般人が普段から食べるものではありません。どちらかというと、霊的な妙薬の素材といいますか。霊力の質と濃度、純度が異常に高い果実なんです。この世に、これ以上高品質の霊力を宿した食物はない、と言われるほどに」

霊力……って何だろう？

この果実は水無月家最大の名物商品であり、まさに宝の果実、なんだとか。

宝果の隣の温室には、また別の植物が、支柱に絡まりつきながら列を成して植わっていた。なんだか見覚えのある細長い野菜が、たわわに実っている。

「こっちは〝三日月瓜〟というものです」

「なんだか、曲がった小さめのキュウリみたいですね……」

「はい。というかほぼキュウリです。これは僕も食べますが、実際に味もキュウリと変わりありません。ただ、妖怪やあやかしにとっては凄く美味いみたいで。得意先の陰陽師や退魔師が、使役している式神の餌として買い付ける商品です。これを与えていれば、人を食ったり襲ったりしないのだとか」

　文也さん、今とても物騒な話をサラッと言ったな、とか思っていたら、

「六花さん、足元を見てください」

「え。わっ⁉」

　思わず声を上げて、飛び上がって驚いてしまった。

　いつの間にか、足元にわらわらと小さきものたちが蠢いていたのだ。

　さっき私が助けた6号と同じ、月鞠河童たち。よくよくこの温室を見てみると月鞠河童は至る所にいて、器用に蔓を渡って三日月瓜の収穫に勤しんでいる。

「はああ〜。忙しいのでし忙しいのでしー」

「収穫の季節でしから」

「今日も今日とてミカヅキューリの奴隷」

「一本満足でし」

なんか言ってる。甲高い声でなんか言ってる。

彼らは機敏な動きで働いているものの、どこかぽけっとした表情が愛らしく、その行動は見ていて飽きない。

「月鞠河童はよく働くので、僕はこいつらと菜園や庭を管理しているのです。あ、もちろん対価は払っています。こいつらの好物である、この三日月瓜、一日一本の契約で」

「一日一本……」

いや、ブラックな職場とかそんなことはなく、月鞠河童にとっては願ってもない条件なのかもしれない。多分。

「それにしても文也さん。この子たちにとても好かれているのですね」

足元に集まった月鞠河童たちが、くっつき虫のごとく文也さんにしがみついていた。

「ボスー」「ボスー」

懐かれているというのか、慕われているというのか。

「こいつらは食べ物をくれる者をボスと崇め、懐いて従う習性があるのです。それに多分、僕の声のせいでもあるでしょうね」

「声……？」

文也さんは、摘んでいた6号を地面に置き、ちょいちょいとその頬を撫でた。

「天女の神通力の話をしましたね。水無月の人間には特殊な能力や体質を持った者たちがいる、と。僕の場合、それがこの……月の気配を帯びた生命体が、無視することのできない〝声〟の力なのです」

文也さんは自分の喉(のど)に触れながら、言う。

確かに文也さんの声って不思議だ。美声というと安っぽいが、落ち着いていて、でも透き通っていて安心する。初めて会った時もそう思った。

「六花さんの場合は、きっと聴覚……耳に、何か特殊な力があるのかもしれません。僕にすら聞こえなかった、6号の助けを求める声が聞こえたようですから」

「耳に、ですか……?」

私は自分の耳に触れて、ふと、ずっと昔のことを思い出した。

この耳が特殊な者たちの〝声〟や〝音〟を、やたらと拾うようになった、そのきっかけ。

それは一度、耳が聞こえなくなったことが、原因だったのだけど……

「六花さん?」

「あ、す、すみません」

暗い記憶に飲まれそうになって、ぼんやりとしていた。文也さんに変に思われたかもしれない。私は話を逸らすように、この菜園を見渡した。

「文也さんは凄いですね。ここにあるものを全て育てているなんて。同じ高校生なのに、特別なお仕事をされていて」

だけど、文也さんは苦笑して、目を逸らす。

「そんなに凄いことでもないですよ。そういう家に生まれたというだけで」

「…………」

「努力して、勝ち取ったものではありません。水無月が積み上げてきたものを引き継いだだけですから」

チクリと胸が痛んだ。

自分が話を逸らすために発した言葉は、とても安易なものだったかもしれない。

それは文也さんにとって、私にもあるような、仄暗(ほのぐら)い影の部分だと思ったから。

なぜだろう。わからない。

月鞠河童たちがいるとはいえ、一人でこの菜園を管理するのは、並大抵の努力ではないはずなのに。だけど無責任にそう断言するには、私はまだ、文也さんのことも水無月家のことも知らなすぎる。

「あ……っ、あの！　お昼は何が食べたいですか？」

代わりに出て来た言葉はこれだった。

「カレーか炒飯(チャーハン)なら作れそうなのですが……っ」

こんな庶民的な料理、笑われるかもしれないと思ったけれど、文也さんはハッとする。

「カレー……いいですね。実は妹が好きなんです」

「え、そうなんですか？　ならカレーにしましょう！」

なんと、今まで謎のヴェールに包まれていた妹さんの情報が、ここにきて手に入る。

カレーを作ったなら妹さんが食べてくれるのでは？　ご挨拶できるのでは？

「ですが、うちのあの〝無〟の冷蔵庫でカレーができますか？　カレールーも、肉も何もなかったかと」

文也さんが心配そうに眉を寄せていたが、私は少しもじもじしながら答えた。

「開けていないカレー粉があったので大丈夫です。あと、ツナ缶がお肉の代用品になったりします。たくさんあったのですが、一つ使ってもいいですか？」

「ツナ缶？　もちろん使ってください。野菜は畑に実っているものがあるので、必要でしたら今から収穫しに行きましょう」

私たちは温室を出て、夏野菜をいくつか収穫し、お屋敷に戻った。

文也さんは昼食作りを手伝ってくれようとしたが、朝からずっと畑仕事をしていたので、ここは私に任せて下さいと伝えた。

その間、文也さんはシャワーを浴びに行ったようだ。

「よし。頑張ろう。文也さんも、月鞠河童たちとお仕事を頑張っているんだから」

なんだか張り切ってしまうのは、同じ高校生の男の子が、あんなに頑張って特別なお仕事をしている姿を見たからか。

本家のお屋敷の台所は、居間の隣にある。

そこは、広い土間と一段上がった板の間に分かれた古い作りだったが、板の間はリフォームされていて今風のシステムキッチンが備わっている。調理器具も割と新しいものが一通り揃っているので、以前はここで誰かが料理をしていたのかもしれない。

土間は裏口から奥の方までずっと続いていて、二階まで吹き抜けになっており、このお屋敷を支える立派な梁も見える。高い場所にある窓から光が差し込んで、趣があって素敵だ。そこには古い竈もそのまま残されてあって、ちょうどその上の壁に「火迺要慎」と書かれた古いお札が貼られている。火の用心、ってことかな……？

「はっ。ぼんやりしてる場合じゃないわ」

お昼に作ろうと思っているのは、ツナとトマトのカレーだ。

用意するものは、ツナ缶と、カレー粉と、玉ねぎとトマト。そしてニンニクと生姜、コンソメとヨーグルト。これがベースのカレーになる。

カレー粉は開けていない缶を戸棚から発見していた。調味料も一通り揃っている。ヨーグルトはプレーンの蓋の開いた箱入りのものがあるので、少し分けてもらおうと思う。未開封のものがいくつか常備されているので、誰かが日常的に食べているのだろう。

まずは厚手の鍋で油を熱し、みじん切りにした玉ねぎを、すりおろしニンニクとすりおろし生姜、お塩と一緒に炒める。たまねぎは飴色になるまでと言われるけれど、私はもっともっと濃い茶色になるまでひたすら炒める。

玉ねぎを炒め終わったらザクザクっと切った赤いトマトをこの鍋に投入。潰しながら炒め、水分を飛ばし、ここにカレー粉を加える。ささっと炒め、水と固形のコンソメ、よく溶いたヨーグルトを加えてしばらく煮込む。徐々にカレーらしくなってきた。

煮込んでいる間に、トッピングの具を用意する。

文也さんの畑で収穫した夏野菜と、卵。

まずは別の鍋で卵を茹でておく。小ぶりのナスは縦に四等分に切り、皮に格子状の切れ目を入れておく。かぼちゃは薄切りに。

シシトウ……と思っていたものは〝伏見とうがらし〟という京野菜らしい。普通のシシトウより長くて大きいなと思っていた。文也さんはこの京野菜が好きなんですって。好きだから育てているんですって。これはヘタをとって半分に切っておく。

これらトッピングの夏野菜を、油で素揚げして……と。

煮込んでいたカレーを混ぜてみる。すると、フワッとスパイスの香りが漂ってきた。

市販のカレー粉には、何十種類ものスパイスやハーブが使われているという。

そこに主役のツナを投入し、また少し煮込む。最後に塩加減を調節し、全体を混ぜ合わせたら出来上がり。もう少しでご飯も炊き上がる。

「……ん？」

居間の方から、カタンと音がした。文也さんがシャワーから上がったのだろうか。

しかし、引き戸を開けて居間を確認するも、誰もいない。

勘違いだったかな、と思って再び台所の方を向く。

「…………」

息が止まるかと思った。

土間に、白い着物を纏った、見知らぬ少女がひっそりと佇んでいたからだ。

うねりにうねった長い白髪をしていて、着ている浴衣も白い。とにかく全体的に白い。

私の頭の中も真っ白。

「か……か……れ……の匂い……」

少女はぐわんと顔を上げ、血走った眼（め）のまま板の間に飛び上がって私の胸ぐらを摑（つか）む。

「カレー食わせろおおおおおおお」

「きゃーっ！」

自分でもびっくりするほどの、甲高い悲鳴を上げてしまった。

ドタドタと走る足音が聞こえてきて、台所の戸がスパンと開かれる。

「大丈夫ですか、六花さん！」

シャワー上がりで髪の濡れた文也さんが、私の悲鳴を聞きつけてやってきたのだった。

この状況に文也さんはぎょっとして、白髪白衣の少女を後ろから取り押さえた。

「卯美っ！　やめろ、六花さんを襲うな！」

「ぎゃあああ、放せ、放せ文兄～～っ、あたしはカレーが食いたいんじゃー」

カレーを求めて暴れる少女は、別に幽霊でもなんでもなく、実体のある人間だった。

その名も、水無月卯美。

文也さんと葉君の、妹君である。

# 第四話

# 小姑あらわる

「すみません、すみません」

文也さんが、大人しくなった美少女の頭を押さえながら、深くお辞儀をして詫びた。

「妹の卯美です。中学二年生になります。見た通り少々気性が荒いといいますか、空腹になると我を忘れるといいますか、人を襲います」

「文兄！ あたしはお腹が空いてんだ！ カレーを食わせろ！」

「お前がいつまでたっても蔵から出てこないからだ！ どうせゲームばかりしていたんだろう」

「仕方ないじゃん。新イベ走ってたんだから！」

卯美という少女は、血眼で唇もカサカサ、髪や着物も乱れに乱れているが、それでも余りある超絶美少女だ。ただこの家の雰囲気もあって、ぱっと見は化けて出てきた幽霊のようで、いまだに胸がバクバクいってる……

ウェーブのかかった長い白髪や、色素の薄い肌や瞳。

浮世離れした儚げな雰囲気は、兄の文也さんに少し似ている。

しかしその気性は文也さんとは似ても似つかず、荒波のごとく猛々しいようだった。

「卯美。こちらは水無月六花さん。昨日からこの家で暮らして頂いている」

「はっ。んなもん知ってるよ。水無月の敷地に入ってくるの、ちゃんと見てたもん」

「ならご挨拶しなさい」

卯美ちゃんは仁王立ちして腕を組み、私を上から下まで舐めるように見た。

「ふーん。で、あんたが文兄の嫁なわけだ」

「よ、よめ?」

「あたしは水無月卯美。さしずめあんたの小姑な訳だけど、別に文兄が誰と結婚しようがどーでもいいから、あたしの娯楽の邪魔だけはしないでよね。ってなわけで、ほら、さっさとあたしのカレーを用意するんだよ。デカ盛りでな!」

「こら卯美っ! そのくらい自分でやれ!」

「うるさい禿げろ文兄」

卯美ちゃんは兄の文也さんに暴言を吐き、隣の居間の座卓に落ち着くと、バンバンと座卓の天板を叩いている。早くカレーもってこい、の合図だ。

「わかりました。ちょうどカレーができたところですので、すぐ用意します!」

小姑な卯美ちゃんの仰せのままに、私は作りたてのカレーライスをお皿に盛り付けて、居間へと運んだ。文也さんも申し訳なさそうに手伝ってくれた。

「ツナとトマトのカレーです。ゆで卵と、揚げ焼き夏野菜盛りで」

「は? なんだそれ。でもいい匂いだなー」

半分に切ったゆで卵や、夏野菜のトッピングが色鮮やかな大盛りカレーライス。

それを目の前に置くやいなや、卯美ちゃんは「待て」を解除された犬のごとく飛びついて、ガツガツ食べる。それはもうガツガツと。

そんなにお腹が空いていたなんて驚きだ。

しかし作った私としては、この食べっぷりを嬉しく思ったりする。

「こら卯美、行儀よく食べろ！　お前はいったい何年生だ」

「中学二年生だよ。今は自宅警備員だけどな」

「偉そうに言うな……っ！　って、ああ、こぼすんじゃない。誰がその浴衣のシミ取りをすると思っているんだ！」

「おめーだよバカ。あ、おかわり。これ美味しいネ」

文也さんの心配をよそに、卯美ちゃんはダイナミックに食べ終わり、更にはおかわりを要求する。そして二杯目のカレーにもがっついている。文也さんは頭を抱えていた。

「卯美は……卯美は僕が留守にしている間、ずっと母屋の隣の蔵に引きこもっていたらしいのです。大量のカップラーメンと水と湯沸かし器を運び込んで、家を守るという名目で学校すらサボって。食べ物が尽き、空腹を思い出したことでやっと蔵から出てきたのでしょう。そうに違いない……っ」

文也さんはブツブツとぼやき、やっと、彼の目の前に置かれたカレーを一口食べる。

食べた後、表情が僅かに変わった。目を丸くしている、というか。

「これ、うちにあった材料で作ったのですか？　トマトと玉ねぎの風味が豊かで、まるでお店で食べる本格的なカレーのようです」

「市販のカレールーがなくても、カレー粉と玉ねぎとトマトがあれば、カレーが作れるのです。ヨーグルトも少しお借りしました。鶏肉や豚肉があれば、よりカレーらしくなったと思うのですが、ツナも癖がなく、味をまとめてくれるので重宝します」

そしてシンプルなルーだからこそ、カレーに添えた夏野菜が映える。揚げ焼きした野菜の味や甘みも、たっぷり感じられるのだ。

「六花さん、カレーにお詳しいのですね。よく作っていたのですか?」

「父が……カレーが好きだったので」

私はもじもじしながら答えた。文也さんは改めてカレーを褒めてくれた。

「美味しいです。とても」

「……あ、ありがとうございます」

大したものではないけれど、父によく作っていた料理を、美味しいと言ってもらえたのは素直に嬉しい。

文也さんは食べ方こそ綺麗で上品だが、細身の体で、思っていたよりたくさん食べてくれる。朝から働いて、お腹が空いていたのかもしれない。卯美ちゃんなんて小柄なのに大盛り三杯は食べた。

そういえばお父さんも大食いだったな。私も普通の量だとすぐにお腹が空いたりする。

もしかして水無月家って、大食いの家系……？　天女の血が関係しているのかな。

「ごちそうさま！」

卯美ちゃんはひたすら黙々と食べたあと、満足したのかパチンと手を合わせ、勢いよく立ち上がる。

そして、座卓を挟んだ向かい側でカレーを食べ始めていた私を見下ろし、指差した。

「おい、そこの兄嫁」

「は、はいっ！」

「後で、コンビニでアイスキャンディーとポテチとコーラ、買ってきて。アイスはガリガリ君ソーダ味、ポテチはわさびマヨネーズ味だからな。そしてあたしの蔵に持ってこい」

「へ？」

「卯美！　失礼だぞ、六花さんを小間使いのように扱うな！」

「くたばれ、文兄」

文也さんが度々叱るも、兄の言うことなど全く聞かず、卯美ちゃんはドカドカと居間を出て行った。居間はしんと静かになった。

「あ、嵐（あらし）のような方ですね」

「すみません、すみません六花さん……っ」

文也さんは心苦しそうに謝る。

「一番下の妹ということもあり、甘やかしてしまったがばかりに……っ、気がつけばあのような厚顔無恥の無礼者になってしまいました。しかし自分の蔵に呼んだということは、六花さんのことを家族と認め、受け入れた証拠だと思うのです」

「え、そうなんですか？　いったいなぜ？」

「カレーが……とても美味しかったからでしょうね……」

文也さんは少々、遠い目をしながら。

な、なるほど。ひとまずカレーのおかげで合格を頂いたらしい……

「実のところ、我が家が広大な敷地を安全に管理していられるのは卯美のおかげなのです」

「え……？」

文也さんは立ち上がると、居間の高い場所にある神棚に手を伸ばす。

今の今まで気がつかなかったが、神棚の端には、歪な形の小さな石像が鎮座していた。

二頭身のお地蔵様というか、石の雪だるまというか。

「これ、庭のあちこちで時々見かけました」

「ええ。さっき、卯美は自分で自分のことを〝自宅警備員〟だと言いましたね。実はそのままの意味でして。ここ水無月の本家の敷地に大規模な結界を張り、呪詛の侵入や、不法侵入者がいないかどうかを常に監視、警備警戒しているのが、妹の卯美なのです」

文也さんは石像を持ってきて、それを私によくよく見せてくれた。

「この石像は〝月の羅漢像〟といい、結界の目となっていて、敷地のあちこちに配置されています。危険が迫ってきたら、卯美は石像を通して、すぐに気がつくのです」

「凄い……っ、卯美ちゃんはそんな凄いことができるのですか⁉」

「それが卯美の神通力なのです。水無月でも〝結界〟の神通力はとても重宝されます」

話を聞く限り、まるで魔法だ。だけど水無月の人間であれば、そういった人間離れした能力を持っていてもおかしくないのだろう。

「それと、コンビニには僕が行きますので、六花さんはゆっくりとなさっていてください」

「い、いえ！　私もちょうどお買い物に行きたいと思っていたんです」

「しかし」

「では、ついて行ってもいいですか？　この辺のことを、私、知りたいですし」

一番近いコンビニやスーパー、日常で使うお店の位置くらいは把握しておきたい。

文也さんは顎に手を添え、少し考え込んでいたが、わかりましたと頷いてくれた。

しかし私は、文也さんがやけに心配そうにしていた理由を、水無月家の敷地から一歩外に出ただけで思い知るのである。

嵯峨（さが）嵐山の、人の多い観光地を歩いているだけなのに。

「ひゃあぁ～っ、ぎゃー！」

「お、落ち着いてください六花さん！」

あっちにもこっちにも、人ではない何かが、いる。

それに出くわす度に、私は気の抜けるような悲鳴を上げ、ガクガクと震えて、文也さんの腕に縋り付く。後になってそれに気がつき、顔を真っ赤にしながら慌てて離れる始末。

「すみません、すみません！」

これをもう十回ほど繰り返している。コンビニに、買い物に行っただけなのに。

「いえ。やはり驚きますよね。六蔵（りくぞう）さんはあやかしや妖怪の少ない土地を選んで暮らしていたようですが、京都は魔都と呼ばれるほど、この手のものが極めて多い土地なのです」

「……そ、そうだったのですね」

泣きべそをかきながら、私は密（ひそ）かに凹（へこ）んでいた。

あまりにビビりすぎている。あまりに情けない。

今までも、あやかし、幽霊、妖怪の類を見ることはあった。しかし文也さんの言うように、父はそれらを避けるように暮らしていたようで、それらは遠巻きにしか見たことがなかったのだった。まさか嵐山の街中に、こんなにも人ならざるものが存在したとは。

一般人には見えていないものもいるが、人に混じって行動しているものもいて、普通に観光していらっしゃる。化け猫、ろくろ首、狐、狸、天狗、人の幽霊……

「僕はここで生まれ育ったので何てことはないのですが、六花さんも、徐々に慣れて行くかと思います。大抵は、人に危害を加えませんから」

「そうなんですか？」

「京都は古来、地域ごとに大妖怪の縄張りがあって、低級や中級の妖怪たちの統率が取れているのです。それらを監視する人間も多く、人とそうでないものの秩序は保たれています。水無月家が独占する〝月の資源〟の顧客とは、こういった、妖怪たちを相手にする人間の側に多くいるのです。……むしろ恐ろしいのは〝人間〟の方かもしれません」

文也さんは、嵐山で有名な渡月橋の真ん中で立ち止まる。

そして、紅葉の名所としても有名な、雄大な山々を背負った美しい桂川を眺める。

私も彼の視線の先を見つめた。

あ、河原で遊ぶ、無邪気な月鞠河童たちがいる。あの小さな月鞠河童たちは、人畜無害な感じが伝わってきて、怖くないんだけどな……

「六花さんは六蔵さんから、この手の魑魅魍魎にどう対処しろと習いましたか？」

「え？　えっと……できるだけ目を合わせるな、話をするな、と。見かけたら距離を取るように、と」

父に言われたことを思い出しながら、私は自らの耳に触れた。

「しかし私の耳は〝声〟をどうしても拾ってしまうんです。時に、父にも聞こえないような不思議な声を……拾うことがありました」

それが一体、何者の声であったのか、わからないことも多かった。

その声が私を慰め、助けてくれることもあれば、私を惑わすことも多々あった。

文也さんは目を細め、何か、思うところがありそうだったが……

「あ、すみません。結構歩かせてしまいました。車があると便利だったのですが、今日は皐太郎もいなくて」

「いえ。私、歩くのって好きなんです。それに……嵐山や嵯峨野の街並みを見て回ることもできましたから」

私はもじもじしながら言う。そして隣の文也さんをチラッと見る。

文也さんは和装のままお屋敷を出たが、観光客にも着物姿の人がちらほらいるので、気にする人はあまりいない。むしろ嵐山の景観に自然と溶け込んでいるし、誰より着物がしっくりきている。たとえ片手にエコバッグを持っていたとしても。

「来月には僕も十八になり、普通免許を取得するつもりですので、六花さんに不便な思いをさせずに済むと思います」

「えっ、もう免許を⁉　はやいっ！」

それには流石に驚いた。文也さんはすでに教習所に通っているんですって。

「この辺、観光地なだけあって交通の便は悪くないのですが、家業には車がどうしても必要ですからね。あのような山奥に家があって、我が家には、大人がいないので」

「…………」

大人がいない。改めて言われると、確かにその通りだ。

本家は文也さんと、葉君と卯美ちゃんだけの家族だ。分家には皐太郎さんのような大人がいるのだろうが、本家には子どもだけ。これからお世話になる、私も、子どもだ。

だから文也さんが、こんなにも大人びて見えるのだろうか。

きっと本人が、早く大人にならなければと思っているから……

「文也さんは、やっぱり、凄いです」

「え？」

「私、文也さんのお仕事を見てから、ずっと思っていました。文也さんはただ家業を引き継いだだけだと言ってましたが、それでも凄く……凄く、努力している方なんだなって」

俯きがちではあったけれど、何とか言葉にしてみる。

文也さんと初めて会った時は、見目麗しい名家の若当主で、自分とは違う、何もかもを持って生まれたような男の子だと思っていた。

表情も口調も大人びていて、落ち着いていて、何事も余裕でこなしそうで、隙がない。

それが冷たそうに見えて、最初は少し、怖いとすら思っていた。

だけど、淡々としつつも彼の言葉には人としての温かさや、不思議な力があるように思う。一つ一つの真実を、誠実に教えてくれているのだと感じる。

畑仕事をする姿、家族と接する姿、月鞠河童に慕われる姿を見るたびに、おそらく、本家の当主であるために多くの努力をした人なんだろうと、私は考えを改めた。

ただ、一方で、何が彼をこれほど頑張らせているのかが、気になった。

本家としての重圧、と言うには正体の分からない何かが、文也さんやあの家に纏わり付いている気がしてならない。

「私、まだ知らないことだらけだけど、でも……文也さんを見ていたら、頑張らなくてはと思ったんです。それは無理をしようとしているとか、悪い意味では決してなくて。ただ前向きに、顔を上げて、一つ一つを知りながら生きて行こう……って」

「……六花さん」

過去の傷や、孤独がすぐに癒えることはなくても。

絶望を感じた瞬間を、時に、思い出すことがあっても。

何もしないまま、ただただ生きる力を失っていくのは、もうやめたい。

そう思わせてくれたのは、文也さんだ。

まだ会って数日しか経っていないけれど、他人に生きる希望を与える人、欲しい言葉をくれる人は、やはり何か、強く惹きつけられるものを持っている。

許嫁という関係に、まだ実感はなくても、一人の人間として凄いなと思わずにはいられないのだ。

「す、すみません！　こんな、私、偉そうにわかったようなこと……っ。だけど本当に、文也さんに助けていただいたこと、色々と教えていただいたこと、感謝、していて……っ」

　言いながら頬に手を当てて、顔を真っ赤にさせ、いっそう俯いた。

　なんだかな。もっと上手く気持ちを伝えられたらいいのに。

「……いえ。そのように、言ってもらえるとは思いませんでした」

　ただ文也さんも、視線を横に逸らしつつも、少し照れ臭そうにポツリと言った。

「ありがとうございます。少し、報われます」


　本家のお屋敷に戻り、卯美ちゃんから頼まれた品は私が持って行くことにした。

　卯美ちゃんにもう一度、ちゃんとご挨拶をしなければと思っていたし、二人きりで話がしてみたかった。文也さんは猛烈に心配そうにしていたけれど。

　大きく深呼吸。そして卯美ちゃんが引きこもっているという、母屋と隣り合った土蔵の扉をノックした。すると扉が勝手に開く。

「ようこそ、あたしのアジトへ。頼んでいたもの、持ってきてくれた？」

卯美ちゃんはヘッドホンを外して首にかけ、椅子に座った状態のまま
くるりと私に向き直り、私が手に持っていたアイスなんかを念動の力で自分のもとに引き寄せた。

「靴脱いで上がって。あんたもどっか座って」

「は、はい」

って、どこに座ればいいんだろう。

蔵の中は想像と違い、板の間の快適そうな部屋にリフォームされていて、冷房も利いているが大層モノで散らかっていた。

結界に使用する手作りの石像や、謎の工具も散乱していて足の踏み場がない。ちゃぶ台が埋もれる形で中央にあり、その脇に一人座れる隙間を見つけて、ちょこんと座る。

どこからか、カラカラと音がすると思ったら、部屋の隅の棚の上に何かいる。

あ、ハムスターだ。小さくて可愛いジャンガリアンハムスターが、ケージの中で必死に回し車を回している……

卯美ちゃんはというと、私が買ってきたソーダ味のアイスキャンディーの包装を剝いで、かぶりついていた。

彼女の座っている椅子の前には大きな画面のパソコンやモニターがいくつもあって、そ

れが四角く発光している。どうやら椅子に座ってゲームをしていたようだ。オンラインゲームってやつかな。

窓もなく、女子らしさもない、籠った空気の漂う部屋……というか蔵。

「今、汚い蔵だなとか思っただろ」

「いえ、滅相もありません！」

疑わしげな表情で、彼女はポテチの袋をバリッと破る。そして念動を駆使して、私の目の前にコップを置く。部屋の隅にある小さな冷蔵庫が勝手に開き、冷たいアイスティーが出てきて、目の前のコップにそれが注がれる。

「念動って、便利ですね」

「まあな。あたしのような出不精には最高の力だよ。てか、あんただって使えるだろ。水無月の人間なんだから」

私は首をフルフルと振る。父は使えていたけれど、私にそんな力はない。

卯美ちゃんはますます不審がっていた。不審がりながら「それ飲んでいいよ」と言うので、アイスティーをありがたく頂く。実は喉が渇いていたので嬉しい。美味しい。

「六花ちゃんだっけ。いくつ？　何年生？」

「十六歳です。高校一年生です」

「へー。文兄より二つ年下か……。てかその歳で、よく許嫁の話を受け入れたな。普通嫌だろ、外で育った女子高生がいきなり許嫁とか言われても。キモッとか、ウエッとか思わないわけ？　それとも何？　文兄の顔が好みだったとか？」

「え」

そ、それは……

そりゃあ、涼しげな目元や整ったお顔立ちは素敵だとは思うけれど……

なんて言い淀んでいると、卯美ちゃんは「けっ」と悪態をつく。

「やめといた方がいいぞ。確かに顔は悪くないが、あいつクールキャラに見せかけた熱血キャラだぞ。クソ真面目だし、口煩いし、笑わないし」

「……もしかして、お兄さんが結婚するの、寂しいとか？」

「はあああ⁉　んなわけないだろ、ラノベの妹キャラじゃあるまいし！」

卯美ちゃんが額に筋を浮かべ、憤慨した様子で机をバンバン叩いている。

「うちの一族って普通じゃないんだよ。小さい頃に許嫁決められるし、許嫁がいることは当たり前。あたしにだっているぞ。超、嫌いだけど！」

「えっ。卯美ちゃんにも許嫁がいるんですか⁉　では、葉君にも？」

「……いや、葉兄にはいないけど」

あれ？　どうして葉君には許嫁がいないのだろう？

私が首を傾げ不思議に思っていると、卯美ちゃんは食べ終わったアイスキャンディーの棒を遠くのゴミ箱に投げ入れる。

「でもあんた、文兄があんたと結婚する理由、ちゃんとわかってる？　本家に一番必要なのは、あんたと文兄の子どもなんだってこと」

「…………」

「本家を正統な血筋に戻すって、そういうことだよ」

十四歳の年下の女の子に、身も蓋もない現実的（リアル）な話をされてしまった。

「そう……ですね。私、まだ、その辺の実感がないんだと思います」

今はただ、知りたい。文也さんがどういう人なのか。

父が嫌った水無月家が、どういう一族なのか。

どんな形であっても、生きていることを肯定してくれる場所、必要としてくれる人がいるのなら、私は……

卯美ちゃんは私の方をチラっと見てから、はあ～と長いため息をつく。

「あんたみたいな人間が、水無月家の猛毒にやられちゃわないか心配だよ。あんた見るからに儚げで気弱そうだし。分家には、時代錯誤で性悪の親戚がわんさといるんだぞ。あらゆるプレッシャーかけてきて、本家の嫁はそれに耐えきれなくて、ぶっ壊れるって」

「卯美ちゃん……？」

「だって……あんたに何かあったら、かわいそうだよ」

口調こそ荒々しいが、文也さんがなかなか言えないことを、私に教えてくれているのだとわかる。

「卯美ちゃん、心配してくださっているんですよね。ありがとうございます」

「ち、違う！　いや違わないけどっ！」

卯美ちゃんは顔を真っ赤にして、また机をバシバシ叩いていた。

だけど、強烈だった第一印象とは違って、卯美ちゃんは優しくて誠実だ。

そういうところが、やはり文也さんに少し似ている気がする。兄妹(きょうだい)なんだなあ……

「ゴホン」

卯美ちゃんは咳払いして、調子を取り戻したようだった。

「あとな、水無月家で生き残るために小姑からのアドバイス。あたしはカレーと、アイスとパンケーキが好物だ。小姑の機嫌を取りたいならこれらをそつなく進呈(しんてい)すること。オーケー？　あとあんた、うちに本気で嫁入りするつもりなら、着物くらい着られるようになった方がいいぞ」

「へ？　着物？」

「うちは着物が基本だから、分家の連中に舐められたり、嫌味を言われたり笑われたりしないように、着慣れてた方がいいってこと。毎年秋に親戚たちがこぞって集まるイミフな集会があるんだけど、それに間に合わせた方がいいかも」

「…………」

きっと私は青い顔をしているだろう。ガクガク、身震いを披露しているに違いない。

確かに届いた物資の中に、綺麗な着物が仕舞われた和箪笥があった。

まず着ることができないし、自分が着ているイメージもなくて放置していた。しかし水無月の本家に嫁ぐということは、ああいう着物を着こなすということ。

言葉を失っていると、何やらゲーム機のようなものを抱え側に寄ってきた卯美ちゃんが、私の肩をポンポンと叩いた。

「まあまあ、そう怯えなくても大丈夫だって。小姑のあたしが着付けくらい教えてやるからさ。そりゃもうビシバシとな！　あ、でも文兄も、女ものの着物を着付けるの上手だぞ。いっそ毎回、着付けてもらう？」

「い、いえ……っ。教えてください。着付けを、今度、絶対、教えてください！」

私は誓った。

まずはこの家で、着物を着ることからマスターしよう、と。

それから約一時間後。

なかなか卯美ちゃんの蔵から戻ってこない私を、文也さんが心配して、様子を見に来てくれたのだけれど……

「く、くそ。なぜだ、なぜなんだ！　うちに来た新参の嫁を、小姑らしくゲームでいびり倒してやろうと思ってたのに……っ、どうしてあたしがえげつなく処刑されてんだ！」

卯美ちゃんは四つん這いになって、床をドンドンと叩きながら、猛烈に悔しがっていた。

「卯美ちゃん、意外と弱いですね？」

「く、くそう～っ、鬼嫁め～っ、なんて残酷な技を～～っ！」

卯美ちゃんが、水無月家の嫁なら小姑の遊び相手ができなければならない、などと言うので一緒に〝国民的ゲームキャラが集結して戦う的な格闘ゲーム〟に興じていた。そして私が、卯美ちゃんに三回連続で勝ったところだ。

その様子を見た文也さんは、しばらく呆然としていたのだが、

「凄いですね、六花さん。万年ゲームしてるような卯美に勝つなんて」

「えっ！　あ、その。父の影響でしょうか。ゲーム好きな父の相手を時々させられていたので……」

照れながら頬を掻く。実のところ、昔から父と共にテレビゲームで遊んでいた。古いものから新しいものまで。

私自身は、のめり込むほどゲームが好きだった訳ではないが、なぜかいつも父より上達

してしまうのだった。てっきりお父さんが劇的に弱いのかと思っていた。

「あれ？　みんな卯美の汚蔵に集まって、何してんの？」

葉君が部活から戻ってきて、ひょっこりとこの蔵を覗いていた。

「たった今、卯美の天狗の鼻を六花さんがへし折ってくれたところだ。これに懲りて、少しは謙虚になることだな。あと明日からちゃんと学校へ行け」

「う、うわーん。お兄ーちゃーん」

「今更縋って甘えたって、まるで無駄だ」

あ、文也さん。ちょっと意地悪な感じだったけれど、少し笑った。

あまり笑うことのない人だけれど、やはり家族の前では、気さくに笑ったりするんだな。

「あ！」

突然、卯美ちゃんのアホ毛が、ぴーんと立った。

彼女はスッと立ち上がり机につく。そして真面目な顔をしてパソコンを弄り始める。

「文兄、葉兄、敷地内に侵入者だよ」

「何だって!?」

卯美ちゃんの机の周辺にあるモニターに、外の景色が映し出された。水無月家の敷地内で、背中に籠を背負った黒ずくめの男が二人、何やらコソコソしているのがわかる。

「何が目的だ……？」

「観光客が迷い込んだ、とかじゃねーよな、あの格好的に」

文也さんは眉を寄せながら、葉君はニヤニヤしながら、侵入者をチェックしていた。

私もまた、ハラハラしながらモニターを見つめる。

「あ、あいつら、花畑に入ってったな。花泥棒か～」

「……七星桔梗（ななほしききょう）が目的だろうな。あれは花も根も、高値で売れる」

葉君と文也さんの言った通り、黒ずくめの男たちは、咲き乱れる綺麗な花を根っこから引き抜き、背中の籠に入れていた。

七星桔梗とは月界植物の一種で、特殊な病の薬の材料になるらしく、かなりの高値で売れるらしい。私が飲んでいる月帰病の薬にも、七星桔梗の根っこが使われているのだとか。

水無月家の敷地は、こういった高値で売れる月界資源の宝庫であり、それを知った侵入者や密猟者が、後をたたないのだという。

「ふふん。あたしの本当の力を見せる時が来たようだな……っ！」

卯美ちゃんは、美少女らしからぬ形相でゲーム用のコントローラーを手に持ち、それをガンガンに操作していた。

何をしているのかと思ったら、モニターの向こうで、敷地内に配置されている苔むした石像が動きだし、侵入者を追いかけ始めた。

あの、不気味な月の羅漢像だ。これは怖い。

「追え！　戦え！　あたしのゴーレムしか勝たん！　フハハハハッ」

「月の羅漢像だ。ゴーレムじゃない」

「あーもーっ、いちいちこまけーんだよ文兄は！」

コントローラーを使い、念動の力を操って、モニター越しにあの石像を動かしているということなんだろうか？　それなら凄すぎる。

侵入者たちは石像に追いかけられたり、激突されたり、のしかかられたりして、水無月の敷地内を這いずり回って逃げていたが、やがて庭に仕掛けられていた罠に引っかかって、深い落とし穴に落ちてしまった。

顔がアップにされる。中年の男が二人、口から泡をふいて気絶していた。

「たいしたことのない奴らだったな。おそらく金で雇われた連中だ。うちの庭の植物でも盗んでこいと言われたんだろう。何でも金になるからな」

「はあ〜。最近よくあるやつだよ。全くバカな奴らだぜ。水無月の人間じゃないと、どのみち上手く使えねーってのに」

やれやれと首を振りながら、文也さんと葉君が、この蔵を出て行こうとした。

「あ、あの、文也さん。お二人で向かうのですか？　危険ではありませんか？」

心配になって声をかけると、文也さんは振り返り、

「大丈夫です。六花さんはここに居てください。卯美の側なら安全ですから」

それだけ言うと、足早に行ってしまった。

言われた通り、おとなしくモニターで行方を見守っていたのだが、文也さんと葉君は穴に落ちた侵入者を見つけると、彼らに少しも触れることなく念動で浮かべて、桂川の方まで放り投げたのだった。何と容赦のない……


かくして私は、水無月家のやんごとなきご兄妹の皆さんと、無事に対面を終えた。

そして彼らの、不思議な生業(なりわい)の一端を知ることができた。それに伴うご苦労も。

待ち受ける日々は、風鈴を鳴らすそよ風か。

それとも山を揺り動かすほどの、嵐か。

# 第五話

# 紙の声

デスクに置いた鏡の前で、目にかかるほど長かった前髪を切る。

私は、すでに新しい制服に身を包んでいる。

この部屋の、木枠の窓から拝む、嵐山の鮮やかな緑。

開け放っていた格子窓から、その嵐山の清らかな空気を吸い込んだ。

「……よし」

今日から私は、新しい高校に編入する。

部屋の窓を閉め、最後にもう一度、姿見の前で自分の髪型や格好をチェック。

新しい学校の制服は、前の学校のセーラー服と違ってブレザーだ。夏服は白い半袖のスクールブラウスに、ツヤのある群青色のリボン、紺地のスカートといった爽やかなものだが、着てみると形が綺麗で、私立高校らしい品のある制服だと実感した。

「すみません、用意できました！」

玄関にはすでに文也さんと葉君がいて、二人とも制服姿で待っていた。

葉君の着崩した制服スタイルは見ていたけれど、文也さんは初めてだ。

いつも和装だったので、高校の制服姿はとても新鮮だ。葉君とは真逆の、きっちり着こなした姿に思わず見とれてしまう。

爽やかというか、スタイルが良くて羨ましいというか。

制服の白いシャツやネクタイが、よく似合うなあ……

一方で、文也さんと葉君も、何だかキョトンとした顔で私を見ていた。

もしやどこか、変なところがあっただろうか⁉

「六花さん、前髪切りました？」

「あ、はい！　伸ばしっぱなしになっていたので、自分で……」

文也さんに気付かれ、恥ずかしくなって、俯きながら前髪をちょいちょいと撫でる。

「いいね！　絶対そっちの方がいいよ！　似合ってる！」

葉君が何のためらいもなく手放しで褒めてくれた。

「あ、ありがとうございます。……葉君、学校でモテそうですよね」

「俺？　まあここだけの話、結構ね。でも人気は兄貴と二分しちゃってるんだよな〜、俺たちキャラが違うからさあ」

葉君は底抜けに明るく、自然体で、話しやすくて優しい。

人タラシというんだろうか。いつも笑顔だし。

「つーか兄貴も何か言えよ、許嫁だろ〜？　いつものダイレクトアタックはどうした」

「え？」

葉君が兄の文也さんに振る。

文也さんは私をじっと見て、何か口を開きかけたが、

「だ、大丈夫です！　ただ前髪を切っただけですから……っ、その、お構いなく」

私が目の前でブンブンと手を振って、それを阻止した。

これ以上はお世辞でも恥ずかしすぎるし、前髪を自分で切ったせいで、変なところがあるかもしれないし。今度ちゃんと、ヘアサロンに行こう。


京福電鉄嵐山駅(あらしやまえき)より〝嵐電(らんでん)〟と親しまれる電車に乗って、高校の最寄りの四条大宮駅(しじょうおおみやえき)で降りる。

徒歩五分のところに、これから私が通う学び舎(まなびや)、洛曜(らくよう)学園高校があった。

「大丈夫？　六花さん、なんかガチガチだけど」

校門の前で、葉君が私の引きつった顔を覗き込む。

「だ、大丈夫です。緊張しているだけで」

今までも転校することはあったが、この緊張感に慣れることってないんだろうな。

「……葉。六花さんを不安にさせるんじゃないぞ」

「はいはーい。兄貴のお嫁さんは俺のお義姉さんってことですから、そりゃもう完璧(かんぺき)に、スマートに、フォローしますよ」

自信満々に宣言する葉君。明るい葉君が同じクラスというのが救いだ。

「六花さん。入りたい部活などありますか？」

文也さんが不意に尋ねる。私は少し考えてから、首を振る。

「……いえ。私はずっと帰宅部でしたので、今のところはありません」

「でしたら、放課後は僕と一緒に帰りましょう。一時間ほど生徒会の話し合いがあるのですが、その間、図書館で待っていてくれますか？」

「はい。……え！　文也さん、生徒会役員なのですか？」

ワンテンポ遅れて驚く。だって初耳だったから。

「こう見えて兄貴は、学園の副会長なんだぜ〜。会長じゃなくて副会長ってのが、いかにも兄貴らしいよな」

葉君が笑う。文也さんは葉君を横目で軽く睨んでいた。

「前の会長に任命されたから、引き受けただけだ。とてもお世話になった人だったから。それに、うちの学園の生徒会にいると色々と欲しい情報が手に入る。都合がいい」

二人の会話で、なるほどと思うこともあったり、やはり色々と分からなかったり。

「では六花さん。僕はここで」

「はい」

校舎に入ると、学年の違う文也さんとは廊下の途中で別れることとなった。

しかしさっきから、熱い視線をやたらと感じる。私が転校生だからだろうか……

「見て。水無月兄弟よ。今日も麗しさ半端ない」

「私、葉君派〜」

「うっそ、あたし絶対副会長派」

いや、みんなが見ているのは私などではなく、文也さんと葉君のご兄弟であった。

当然だとは思うけれど、やっぱり人気者なんだな。


「水無月六花です。よろしくお願いします」

緊張しつつも、新しいクラスで挨拶をした。水無月という苗字に案の定クラスメイトはざわついたが、席は一番後ろの窓際にいる葉君の隣でホッとした。

しかし休み時間になるや否や、私の席の周りはクラスメイトの女子で埋め尽くされる。

「ねえねえ、水無月さんって、葉君の親戚なの？」

「じゃあさ、じゃあさ、三年生の水無月文也先輩とも親戚？」

思わず「はい」と敬語で頷いた。ここ最近ずっと敬語だったから。

だけど、そっか。文也さんって学校じゃ先輩になるのか。何だか新鮮な響き。

「……あの。文也さんと葉君って、やっぱり有名人なんですか？」

「そりゃそうよ！　なんてったって顔がいい、いい！」

女子の一人が、私の机をガツンと叩いて熱弁する。

水無月兄弟は我が学園に舞い降りた国宝級イケメン、なのだと。

それに続くように、四方八方から水無月兄弟についての評価を耳にすることになる。

「副会長の水無月文也先輩は、端正なお顔立ちと、古風で気品溢れる立ち居振る舞いがたまんない！　いかにも良家のご子息って感じ」

「成績も常にトップクラスだし！」

「あの綺麗なお顔であんまり笑わないところが、クールで硬派っていうか……っ」

「まさに正統派ね。日本が誇る正統派美男子ね」

それそれ～、と女子たちが猛烈に頷いている。

「弟の葉君は、その真逆なのが最高なの」

「ジャ〇ーズ系だよねー」

「誰にでも分け隔(へだ)てなく優しくって～、話しやすくって～、背も高くって～」

「気さくで笑顔が可愛くって。でも成績優秀で運動神経も抜群で」

「それ！　チャラッとしてそうで真面目なのがギャップ萌(も)えっていうか。あと美術部ってのも、更なるギャップっていうかー」

「……え？　美術部？」

降りかかるような言葉の中から、初耳の情報を得た。

葉君が部活動に入っているのは知っていたけれど、美術部だったなんて。確かに葉君のイメージとはギャップがある。てっきり運動部だと思っていた。

「なになに、俺の話〜？」

途中、葉君が笑顔で話に割り込んできた。女子たちがキャッキャと色めき立つ。

確かに葉君は気さくな人だ。私と出会った時も、最初からこんなノリだった。

文也さんが凛とした静寂の空気を纏う一方で、葉君は華やかで賑やかで笑顔が眩しい。

寒色と暖色、というのかな。顔立ちは兄弟なだけあって似ているところもあるのに、表情や雰囲気は真逆なのだ。

そう、葉君が言っていた通り、キャラが違う。

きっとそこが、女子たちにたまらなく魅力的に映るのだろう。

お昼休みも、私は女子たちに囲まれて質問攻めにあいそうだったのだが、

「悪いけど、転校生で親戚の六花さんは俺が連行しまーす」

多くの女子たちの「えー」という声を背に、お弁当箱を持った状態で、私は葉君に連行されたのだった。

葉君は、廊下を歩けば男女問わず声をかけられる。私はその背中に隠れていた。

それでなくとも、水無月兄弟の親戚というだけで注目を浴びてしまっているのだから。

「あの、葉君。今からどこへ行くんですか？」

「んー？　俺の縄張りっていうか、美術室だよ。俺、美術部員だから」

「あ、さっきクラスの女の子たちに聞きました。少し、意外だなって」

「俺、こう見えて小さい頃から絵描いたりするの好きでさー。ここの美術部結構レベル高くて、美大受験対策もしてくれるから。それでまあ、土日とかも学校出て、デッサンとか着彩とかしてるわけ」

「葉君は、美大を目指しているんですか？」

　少し驚いた。そこまで本格的にやっているとは。

「そうそう。大変よー美大受験って。今から対策しとかないといけねーから」

……凄い。まだ高校一年生なのに、将来を見据えて、しかももう受験対策までしているなんて。チャラチャラして見えるのに、めちゃくちゃ真面目だ。

　そんなこんなで、葉君の縄張りだという美術室についた。

　美術室は不思議な匂いでいっぱいだ。絵の具の匂いかな。石膏像や、リンゴや瓶などのモチーフが積み上げられた台の周りに、点々とイーゼルが立っている。白い紙に、すっごく上手で立体的なモノクロの絵が描かれているのだけれど、どれが葉君のだろう……

　葉君は窓を開け、準備室にある冷蔵庫も勝手に開けて、緑茶やらオレンジジュースやらを持ってくる。なるほど。使い慣れている。

私たちは美術室の大きなテーブルについて向かい合い、お弁当を開ける。

お弁当は私が作ったもので、焼き鮭がメインの王道弁当だ。

「わあ、すっげえ美味そう。俺、焼き魚大好きなんだよね！　まさに俺のための弁当！」

葉君が喜んでくれてよかった。敷き詰めたご飯に大葉を敷いて、その上に焼き鮭をドーンとのせているので、見た目もダイナミック。

他のおかずは、伏見とうがらしのおかか炒め、マヨネーズ入りの卵焼き、チーズと大葉入りちくわに、えのき茸のベーコン巻きだ。隙間に茹でたブロッコリーと、プチトマトも。

「ところで、六花さんは部活に入らないって言ってたけど、やりたいこととか、好きなことってないの？」

「え？　私のやりたいことや、好きなこと……ですか？」

前の学校では帰宅部だった。

家事全般は私の仕事だったので、すぐ家に帰って掃除や洗濯、夕食の買い出しや準備をしなければならなかったし、父が病に伏せてからは、とにかく看病に必死だった。

「悲しいことに……よく考えたら何もないですね」

「あはは、そっか」

なんだかへこんできた。文也さんは水無月の家で色んな植物を育てているし、学校では生徒会副会長だ。葉君だって美術部で、将来に向けて熱心に取り組んでいるのに。

私はこういう時に、言える特技や好きなことが一つもないのだ。

「でも、弁当スッゲー美味しいよ。一つ一つが丁寧だし、なんていうか、手慣れているのがわかる。昨日のカレーもめちゃくちゃ美味かったしな～」

「あ、カレーは父の大好物だったので、作り方をたくさん調べて、色々と作ってきたんです。スパイスでカレーを作ると、油を少なめにできて健康的ですし」

「え、うそ。マジで？　六花さんスパイスからカレー作れるの？　それは流石に予想外」

葉君がかなり驚いていらっしゃる。

「でも、それって十分、特技だよね。毎日毎日、お父上のために家事やお料理を頑張ってきたんだから。凄いね、六花さん。俺にはできないや」

葉君は何かに納得した様子で頷き、明るく褒めてくれた。

照れ臭いが、確かにこればかりは、頑張ってきたことと言えるかもしれない。

「でも、やっぱり少し、葉君や文也さんとは差を感じてしまいます。お二人は、やるべきことや、やりたいことを、ちゃんとわかっているのに」

「……ま。俺が自由にしてられるのは、全部、兄貴のおかげなんだけどね」

葉君がポツリと呟(つぶや)く。今までの明るい表情と違って、どこか含みのある表情で。

それって、どういう意味なんだろう……？

「ねえ。六花さんは、どうして兄貴との婚約を受け入れたの……？」

ふと、葉君が尋ねた。

葉君は私の方をじっと見つめ、私はというと、少しの間、固まっていた。

先日、卯美ちゃんにも似たようなことを聞かれたから……

「ごめんね、いきなり。だけど、女の子にとって今まで関わりあったことのない男と婚約するなんて、どうなんだろうと思って」

葉君は、眉を寄せたまま微笑んだ。どうやら私のことを心配してくれているようだ。

私は目を何度か瞬かせ、素直な気持ちを、自分自身に問いかける。

「そう……ですね。私、あの時は行くあてもなくて、生きたいっていう気力もあんまりなくて……だけど文也さんが、命を助けてくれたから……」

あなたに死なれたら、僕が困ります――

その声が、言葉が、酷く素直で胸に響いた。

文也さんのことなんて何も知らなかったけれど、私の耳が、この人の言うことを信じてもいいのではないかと、そう判断した。

そして、差し伸べられた手に縋るように、婚約のお話をお受けしたのだ。

今は許嫁というより、居候させてもらっている身であるという感覚が強く、文也さんもどこか私の保護者のようだ。むしろ、そうあるべきと考えているようにも思う。

「そっか。外で育ってきた女の子が、水無月の仁義なき婚姻事情に巻き込まれるんだから、それは少し酷かなって思ったんだけど」

「じ、仁義なき婚姻事情……⁉」

「でも、人によりけりだよな。こういう結婚が救いになる人だっている訳だし……」

葉君はそうポツリと呟いた後、ズイと私の方に顔を近づけた。

「それで、六花さんは兄貴のことどう思う？　ほら、顔の好みとか性格の相性とか、経済力とか将来性とか、色々あるじゃん！　女の子にとっての、結婚の条件って」

「え、えと……」

私はすっかり困ってしまった。そういうことなら文也さんのレベルはとにかく高くて、本当なら私なんて関わり合うこともできないような、素敵な人だから。

「ふ、文也さんは、とても凄い人だなって思います。最初は、私と結婚しなくちゃいけないこの人がかわいそうだと……そう思いました」

「え？」

「そのくらい、私の方が釣り合っていなくて。大人っぽくて、紳士的で、言ってくれる言葉とか、佇まいが、とても高校生に思えなくて。……凄く、ちゃんとしてるっていうか」

育ちがいい、という言い方とは、何かが違う気がするのだ。

あの徹底した雰囲気は、水無月家の当主という立場からくるものだろうか。

「ただ……何と言っていいのかわからないけれど。文也さんはずっと、気を張っているのかなって」

例えば、水無月家のしきたりに。

そして、さっき葉君が言ったような、水無月の仁義なき婚姻事情に。

そこに自身の感情はなく、ただただ、当主としてやるべきことを全うしているような、異様なほどの緊張感が、彼にはある気がする。

多分、私との結婚も、文也さんにとっては義務であり、当主としてやるべきこと、なんじゃないだろうか……

私が戸惑いながら語る言葉に、葉君がジワリと目を見開いた。

そして、小さな声で「そうだね」と言う。

「兄貴には敵が多くて、やるべきことも、守らないといけないものも多くて。俺や卯美はこんなだし……誰にも頼れないっていうか」

言いながら、葉君は顔を上げ、美術室の窓から外を見る。

青い空。白い雲。悠々と飛ぶ自由な鳥を。

「幼い頃から、兄貴は水無月家の当主になるための教育を、あの妖怪ジジイに徹底的にほどこされた。そりゃあもうしんどかったと思う。見てられないほどに、厳しい修行と躾の数々だったから。あんなの……虐待だ」

「……………」

「そもそも兄貴や俺って、本家の直系じゃないでしょ？　だからできないことも多くてさ。天女の神通力。血の力ってやつ。本家の長子にしか引き継がれない力や権利ってのが色々あって、兄貴は当主として持っていなければならないものを、持ってない」

「……あ、あの。本家の長子にしか引き継がれない力や権利とは、何ですか？」

それは以前、文也さんの話でも出てきたけれど、詳しくは知らない。

「んー。確か、本家の長子だけが開ける扉があったり、使える月の遺物があったり……って感じ？　特に本家の長子である女の子は〝天女に一番近い〟って言われるくらい、天女の血の力を強く持って生まれてくるんだって。きっと念動力とか俺たちよりずっと強いと思うよ、六花さん」

「えっ!?　ま、全く使えないんですけど……っ、私、本当に本家の長子なんでしょうか」

「アッハッハ。大丈夫大丈夫。きっとそのうち覚醒(かくせい)するって〜」

か、覚醒……

私が青ざめる一方で、葉君はお気楽に笑っている。

だけどその笑顔は、すぐに、憂いあるものに変わった。

「前に……誰かが言ってた。俺たち水無月の一族は、世にも珍しい天女の血を引き継いでいる。ゆえに、血統書付きじゃないといけないいんだって」

「血統書……付き……？」

それは人に対して使う言葉ではない気がして、胸の内側がヒュッと冷え込んだ。

「だからこそ、本家の長子じゃない兄貴が当主になるのを、反対している分家の連中は多いんだ。その力も、権利も持っていないから。……あの妖怪ジジイも、死ぬ間際まで、兄貴を出来損ないのように蔑んでたよ」

完璧に思える文也さんが、出来損ない……？

だけど、そうか。時々文也さんから感じる憂いや、生き急ぐ、焦りのようなものの理由が、少しだけわかった気がする。

それは父の水無月六蔵が、本家から出ていったことで起こった〝歪み〟だ。

父が本家を出たせいで、本来本家の人間ではなかった文也さんや葉君のお父さんが本家の養子となり、そして、文也さんがそれを引き継いだ。その権利や力を持っていないのに、引き継がなくてはならなかった。

私の父と母の駆け落ちの結果、全てを押し付けられたのが、彼らなのだ。

私はそんなことを何も知らずに、外の世界で育った。

恨まれてもおかしくない存在なのに、文也さんも、葉君も卯美ちゃんも、私に優しい。

「……私にできることって、何か、あるのでしょうか」

お箸を持つ手が力んでいた。葉君はそんな私をチラリと見て、お茶をゴクッと飲んでしまってから、ふうと息を吐いて優しい声で言った。

「それは、六花さんが六花さんのまま、ずっと兄貴の側にいてくれることだよ」

そして、切なげに微笑む。

「兄貴は弱音を吐かない人間だ。弱音を吐いたら、そこで何もかもが終わると思ってる。そのくらい人生に緊張している。……兄貴には、多分、六花さんみたいな人が必要なんだ」

「………」

人生に緊張している。その言葉が、いたく私の胸に響いた。

クラスの人には話せない、理解できない多くの事情が、当主の文也さんや、水無月家にはある。だから葉君は、私をここに連れてきたんだろうな。私にこの話をする為に。

「その。葉君は、本当に文也さんが好きなんですね」

「え？　ああ、まあ。俺って極度のブラコンだから」

「え」

「なんだかんだ言って、卯美もそうだよ。俺たちは兄貴に甘えている。兄貴は言ったんだ。お前は自由に好きなことをしろって。……俺は兄貴に、返しきれない恩があるんだ」

兄弟なのに、返しきれないほどの恩。それはいったい、なんだろう。

葉君は表向きこそとても明るいけれど、水無月家にまつわる仄暗いものを、彼も確かに抱えている気がする。

その日の放課後、私は図書館にいた。文也さんが一時間後に迎えに来てくれる予定だ。

「今晩の夕食、何にしようかな」

せっかくなので、図書館で京都らしいおばんざいのレシピ本など読んでいた。

今までは父の好きなものを優先的に作ってきたけれど、これからは水無月家の皆さんに自分の料理を振る舞うことになる。

そういえば、文也さんって何が好きなんだろう。嫌いな食べ物ってあるのかな。

今日のお弁当、食べてくれたかな……

『コロさなくちゃ……コロさなくちゃ……』

ゾッと寒気がして、私は顔を上げて周囲を見回した。

どこからか、異様な囁き声が聞こえてきたからだ。

しかしここは図書館で、本を読む生徒しかいなくて、声の主は見当たらない。

生徒たちも、不自然な声を聞いたという様子の人はいない。

「今の声……きっと、人のものじゃないわ」

いきなりのことで戸惑ったが、それだけはわかっていた。

私は図書館を出て、耳元に手を当てながら声の正体を探す。声は『殺す』と確かに言っていたし、何かとんでもないことが、この学校で起きる前触れかもしれない。

ふと、文也さんが危ないのではないかと、思った。

葉君が言っていた。文也さんには敵が多いって……

廊下の途中で、再び声を聞いた。抑揚(よくよう)のない口調で『コロさなくちゃ』と囁く声。

「あ」

その声の主も見つけた。なんと、宙を飛ぶ白い〝鳥〟だった。

白い鳥といっても、それは一枚の紙きれのようで、宙をスーッと横切っている。

「あれ、何……?」

その紙の鳥を夢中になって追いかけた。鳥は何か、標的を探しているような動きだ。

階段を下った踊り場で、紙の鳥はその標的を見つけた。

文也さんだ。文也さんがいる……っ!

生徒会の腕章を付けた文也さんが、同じく生徒会の腕章を付けた女子生徒と、神妙な面持ちで何か話をしている。随分と近い距離感だ。

「え……っ」

私があれこれ動揺している隙に、例の紙の鳥が、文也さんの頬に張り付いた。

しかも文也さんは、その紙の鳥に気がついていない。

「文也さん！　危ない……っ！」

嫌な予感がして、私は無我夢中で階段を駆け下りる。そして何かを考えるより先に、自分の手のひらで、思い切り文也さんの頬を引っ叩いていた。

パシン！

と、いい音がして、文也さんはその勢いで少しよろけた。

同時に、あの紙の鳥が文也さんの頬から剝がれ落ちる。それはひらひらと舞い落ちていきながら、床に着く前にピンと直立し、滑るように床を這って逃げてしまった。

文也さんはというと、いきなり私に叩かれて、すっかり驚いている。

「……六花……さん？」

ハッとした。私はやっと、自分が何をしでかしたのかを理解した。

「あああああっ、ごめんなさい、ごめんなさい！」

凄い勢いで後ずさり、踊り場の壁に背をつける。

私は、何だか全てが終わったような心地だった。

だって、自分でもびっくりするくらい思い切りぶってしまった。本気のビンタだった。

命を救ってくれた恩人を平手打ちするなど、嫌われても仕方がない所業だ。

「すみませんすみませんすみませんっ、ごめんなさい、ごめんなさい、ごめんなさい」

ぐるぐる目を回し、ぶったばかりで熱い右手を胸の前で握りしめ、念仏のように謝罪の言葉を繰り返していた。

文也さんはツカツカと私の方に歩み寄り、何を思ったか、私の右手を掴んで手のひらを確認した。手のひらはなぜか、墨を触ったように黒く汚れていた。

それを見て、文也さんは目をジワリと見開く。

「驚きました……っ。僕ですら気がつかなかった形代（かたしろ）の呪詛に気がつき、一発で剝がしてしまうとは」

「か？　形代？」

私には何が何だかわからない。ただ赤く腫（は）れた文也さんの頰を見ていると、自分のやってしまったことを改めて思い出し、血の気が引いてしまう。

「ふふっ、あっははは！」

さっきまで文也さんと話をしていた生徒会の女子生徒が、声を上げて笑っていた。

「また水無月君のファンが、私と君の関係を勘違いしたのかと思ったよ」

「ああ、すみません、会長」

文也さんはその女子に謝罪すると、私の方に手を差し向けて、

「こちらは一年生の水無月六花さん。僕の許嫁です」

堂々と紹介する。まさか許嫁であることを躊躇いもなく告げるとは思わなかった。

「なるほど、噂はかねがね。水無月のご当主にいよいよ婚約者が現れたとあって、我が家もここ数日、この話題で持ちきりだ」

「もう情報が伝わってるんですね……さすがは土御門家です」

「当然だ。水無月家本家の婚姻事情は、陰陽界の未来にも関わる一大事だからな！」

その生徒会の女子生徒は、思いのほか理解ある反応だった。

まるで水無月家の事情を、それなりに知っているというように。

「六花さん。こちらは我が校の生徒会長、土御門カレンさんです」

「せ、生徒会長さん……ですか!?」

私が驚いていると、土御門カレンという人はいつの間にか私の手を握りしめており、それを熱心に上下に振る。

「初めまして水無月君の許嫁殿。私と水無月君は商売仲間といったところだ、安心したまえ。そして今後とも土御門家をご贔屓に！」

古風で、覇気のある、男勝りな語り方をする人だ。肩で切りそろえられたボブカットの、目鼻立ちのはっきりした長身の美女で、何だかモデルさんのよう。

オーラがあるというか、存在感が凄まじい。

「は、初めまして、水無月六花です」

彼女の圧に押されつつ、私もまたぺこりと頭を下げ、挨拶をする。

商売仲間って、どういうことだろう。以前文也さんが言っていた、月の資源を買い求める、人の側の者……ということかな。

それとも水無月家と、何か協力関係にある人なのだろうか？

「それより六花さん。どうしてあの形代に気がついたのですか？」

文也さんが、少々険しい見幕で、私に問う。

「あ、あの紙の鳥から声がしたんです。殺さなくちゃ、殺さなくちゃ……って、言っていたと思います。それで、危険なものかもしれないと思って追いかけたら、文也さんたちが……」

ドギマギしながら答えると、文也さんと生徒会長が、お互いに目配せする。

「うむ。逃げたあれは、月の気配を帯びた形代だった。陰陽師もなかなか認識できず厄介な代物なのだ。君の許嫁殿はよく気が付いたな」

後ろ手を組み、状況を語る生徒会長に対し、文也さんは淡々と返した。

「おそらく六花さんの神通力に関係があるのでしょう。彼女は耳がいい」

「月のモノの音域を拾うということか。大したものだな！　あっははははは」

爆笑している生徒会長。月のモノの音域、とは？

「カレンさん。あの形代が月の気配を帯びていたということは、おそらく水無月で作られたものでしょう。帰って調べたいのですが、いいでしょうか」

「構わないよ。月のモノが絡んでいるなら、水無月君がその正体を見極めた方が早い。私たちは逃がした形代を追いかけるとしよう。では」

生徒会長は私の方に微笑みかけると、踵（きびす）を返し、踊り場から降りていった。

階段の下には、生徒会の腕章を付けた男女が密やかに待っていて、彼らもさりげなく私の方を見ていた。文也さんもまた、それを見送りつつ、いきなり私の手を取る。

「帰りましょう、六花さん」

「あ、でも文也さん、頰の手当てを……っ」

ただ文也さんはとても急いでいる様子で、それどころではなさそうだ。

帰宅途中も、文也さんは険しい表情のまま、顎に手を添えて何かを考え込んでいるようだった。あまりにピリピリしているので、話しかけることすらできない。

理由があったとはいえ、顔を思い切りぶつなんて、嫌われても仕方がないことをしてしまった。あんな風に叩かれたら痛いに決まっている。

それを私は、よく知っているはずなのに。

帰宅すると、文也さんは私に「少々お待ちください」と言って、一度部屋に戻った。

私もまた、自室で着替える。

「………」

ボーン、ボーンと、古時計が夕方を告げる音。その音を聞いていると、ずっと昔、私がまだ幼かった頃に、似たような経験があったのを思い出す。

双子の姉が庭で遊んでいて、ある妖怪が、姉に手を伸ばし何か悪さをしようとしていた。

姉にはそれが見えていなかった。

嫌な予感がして、私は「危ない！」と言って姉に駆け寄った。このままでは、姉があの妖怪に食べられてしまうのではと思ったのだ。

だけどその時、なぜだか姉を強く突き飛ばす形になってしまい、姉に怪我(けが)をさせてしまった。気がつくと周囲の庭が荒れていて、妖怪もまた、いなくなっていた。

母はこれを見て絶叫し、今まで見たことがないくらい怒って、私の頬を激しくぶった。

あの時の――母の絶叫と恐怖に満ちた顔、頬の痛みを忘れることなどできない。

私が悪かったのは言うまでもないが、母は、まるで私が双子の姉を殺そうとしたかのように責め立てたのだ。

そうじゃない、お姉ちゃんを守ろうとしたのだ、と言っても信じてもらえない。

悪いオバケがいたのだと言ったら、嘘をつくなと、ますます怒らせる。

母に、私の行動は理解できない。

私もまた、自分のやったことがいまいち理解できなくて、混乱していた。

父だけは、何か察したように私のことを庇(かば)ってくれたが、これが後々、母が私に対し辛(つら)く当たるきっかけとなった気がする。

それまでも薄々、母の態度が姉と私とでは違うと感じていたが……私に対する嫌悪感を、母はいよいよ、隠さなくなったのだ。

だから、怖い。人に痛い思いや嫌な思いをさせて、嫌われてしまうことが。

『もう無理よ……っ！　六花の存在がほんと無理。この子普通じゃないもの。私だけじゃない。六花はきっと、どこに行っても嫌われるわよ！』

泣きながら父に訴えていた、呪いのような母の言葉。

その通りなのだと、思い知ることが。

「すみません、お待たせしました」

台所で食材の確認をしながら待っていると、文也さんは、この家でよく着ているような袴姿になり、やってきた。

彼は古い鍵を片手に握りしめたまま「ついて来てください」と言う。

私たちはお屋敷を出て、竹林を抜けて、裏山を登って行く。

今日はやけに夕焼けが赤い。あらゆる虫の音が、竹林の中で響いている。

文也さんは少し早歩きだったので、私は彼の歩調に合わせて、時々駆け足になった。

「あ、あの。文也さん、今夜は何か食べたいものはありますか？」

「…………」

特に返事はなく、文也さんはただ前に進む。私はしばらくして、再び質問をした。

「あの……どこへ行くんですか？」

「水無月の蔵です」

今度は返事があった。

水無月のお墓とは違う道を登って行くと、古い土蔵が立ち並んだ一帯に出る。

そのうちの一つの鍵を開け、文也さんが入って行く。私も続いた。

文也さんが電気を点ける。蔵の中は小上がりの板の間仕様になっていて、奥にずっと棚が並んでいるのが見えた。その棚に、無数の古い巻物が収蔵されているようだ。

私たちは履き物を脱いで板の間に上がる。文也さんは棚をいくつか確認し、何かを持ってきて私に見せた。

それは人の形を模した、白い紙。

丸い頭部と、袖を広げたような両手、先の尖った下半身をしている。

「六花さんが学校で見つけた紙の鳥は、こういったものですか？」

「は、はい。こんな形をしていました」

私はこれが宙を舞う様を、まさに、鳥のようだと思ったのだった。

「これは形代といって、人の形を模した紙です。神霊が依り憑く依り代だったり、災厄の身代わりとなるものだったり、擬人式神に使われたりします。中でも胴体の尖ったこれは〝カクレ形代〟と呼ばれる水無月製で、他者に呪いをかける〝呪詛〟に使用されることが多いのです」

「呪詛……？」

「ええ。呪詛をかけたい時は、対象者をどう呪うのかを詳しく書き記したり、言葉で唱えて命令したりします。そうすると、形代は対象者の元へと向かい、その体に張り付いて、命じられた通りの呪詛をかけるのです」

文也さんは、カクレ形代を口元に寄せて、小さく「飛べ」と唱える。

するとその形代は勝手に宙を旋回し始めた。やがて、スーッと見えなくなる。

「き、消えました……っ」

「あ……」

「ええ。特殊な紙を使っているため、カクレ形代という名前の通り、簡単に隠れてしまうのです。熟練の陰陽師や呪術師ですら、見逃してしまうほど」

ああ、それで文也さんも、あの形代が頬にくっついても気がつかなかったのか……

「この形代に使っている紙とは、いったい何なのですか？」

「月界植物の一つ〝カクレカミノキ〟という木から作られた紙です」

月界植物――カクレカミノキ。

それは、千年前に天女がこの地にもたらした、月の資源の一つであるという。

文也さんは手を蔵の奥の方にかざし、何かを引き寄せるように指を折る。すると、蔵の奥から古い巻物が、文也さんの元まで飛んできた。おそらく念動を使ったのだろう。

私たちはその場に座り、巻物を広げる。巻物には、カクレカミノキについて図解されていた。

サルスベリに似た、白い木らしい。

「このカクレカミノキですが、気配の薄い月のモノの中でも、特に存在を認識しづらいといいますか。うちの敷地内にもいくつか生えていますが、水無月家の血を引く僕にすら、見えたり見えなかったりするのです」

隠れて、見えなくて、気づかれにくいから、相手に呪詛をかけやすい。

このカクレカミノキの形代を買い求めに、水無月家にやってくる術師は多かったという。

「しかしこのカクレ形代は、先代によって、外部の者に売ることを全面的に禁止されました。悪用されやすく、大きな問題になったことがあるからです」

「ではどうして、今回使用されたのでしょう」

「かつて流通したものの余りがあって、それを使用されたか。あるいは……水無月家の何者かが、僕を殺す為に放ったか」

文也さんは視線を横に流して、低い声でそう言った。

「水無月家の分家が絡んでいる可能性が極めて高いです。あの形代に呪われていたら、今頃僕はどうなっていたか……」

静かな憤りを感じられる文也さんの声音に、私は少しばかり身をすくめた。

「何はともあれ、六花さん。今回は本当にありがとうございました。六花さんはカクレ形代の〝声〟を聞いたことで、その存在を認識し、僕を助けてくださった。得体のしれないものに立ち向かうのは、勇気がいったでしょう」

「…………」

私は真顔のまま固まって、何の反応もできずにいた。

「六花さん？」

「い、いえ」

私はパチパチと瞬き、視線を落とす。

「だって私……あんなに強く、文也さんを叩いてしまいました。私、文也さんに痛い思いをさせてしまったって……っ」

じわじわと、どうしようもなく涙が滲み出てくる。

文也さんはお礼を言ってくれたのに。

「私、あなたに嫌われてしまったんじゃないか……って」

言葉にしてしまった。恥ずかしくなって、いっそう顔を背けた。

文也さんが微塵も怒っていないと、心の奥ではわかっていたはずなのに、まるで被害妄想のようなことを考えて、心を乱していた。

文也さんは、当然、私の言動に困惑していた。

「嫌う？　何を言うんですか。僕はあなたに感謝して……」

しかしそこで、文也さんは自分の口元に手を当て、一度、言葉を飲み込んだ。

「すみません。僕、ずっと険しい顔をしていましたよね。この件に分家の者が絡んでいるのではないかと思い、焦っていました。神経質な顔をして、原因究明にばかり夢中で、お礼を言うのも遅くなってしまって……これでは怒っていると思われても仕方がない」

「ち、違うんです！　私が、私がただ、臆病なだけで」

本当に、ひたすら弱く、臆病で。

「私がただ、馬鹿なだけなんです」

どうして私は、こんな風になってしまったんだろう。

前向きに生きていきたいと願ったばかりなのに、こんな風にすぐ、よからぬ方へと心が引きずられてしまう。嫌われることに、恐怖を覚えている。

『――六花の存在がほんと無理』

お母さんの声が、否定の言葉が、耳の奥でこだまし、今もなお残り続けている。

「六花さん」

文也さんの声にハッとして、顔を上げた。

文也さんは、膝の上で固く握りしめていた私の手に触れて、顔を覗き込んでいた。

「どうかそれ以上は、自分を卑下する言葉を吐かないでください。僕はただ、あなたに感謝しているんです。僕を助けようとしてくれた、そのことが嬉しいんです」

「………」

「僕は、あなたを嫌いになったりしない。この先、何があったとしても、それだけは絶対ですから」

文也さんは、どうしてそんな風に言い切れるんだろう。

つい最近出会ったばかりなのに、迷いのないような真摯な目をして。

迷いのないような、言葉で。

「あ、そうだ。これ……」

そして文也さんは、何かを思い出した顔をして、懐からあるものを取り出した。

細長い……紐？

「組紐というのですが、うちの絹糸で僕が編んだものです。お守りのようなものなのですが、よかったらもらって下さい。髪飾りや、普段着用の着物の帯締めとしても使えます」

差し出された細長い紐は、艶のある美しい水色をしていて、初めてもらった紫陽花の花を彷彿とさせた。だけどその組紐から漂う香りは、とても爽やかで、甘酸っぱくて。

顔に近づけると、より強く、だけど優しく香った。

「……とても、いい香り」

「甘夏の精油を少し塗っています。以前、好きだとおっしゃっていたので」

それは何気ない会話の中で言ったことだったのに、文也さん、覚えてくれてたんだ。

なんとなく、私は自分の髪を横で纏めて、この組紐で結ってみた。

顔の横で、鼻を掠めていく甘夏の香りが、乱れた心を落ち着かせてくれる。

そんな私を、文也さんはハッとしたような顔をして見ていた。その顔は今朝、私が前髪を切って現れた時に見せた表情に似ていた。

「六花さん、その……今朝、何も言えなかったのですが……」

「……？」

「前髪も、その髪飾りも、よくお似合いです。その……可愛らしいと、思っています」

視線を逸らし、少し照れ臭そうにしながら、文也さんは言う。

いつもの堂々とした物言いではないが、私にとって、これも文也さんのダイレクトアタックだ。ダイレクトすぎて、息が止まりそうなほど、胸がぎゅっと締め付けられる。

「あ、ありがとう、ございます」

私は頬を赤らめたまま、髪を結った組紐の端を握りしめた。

「私、大事にします。ずっと……っ」

目を細め、小さく微笑んだせいで、目元の涙がポロッと溢れる。

それは無理に作った笑顔ではなく、自然と出た微笑みだったと思う。

笑うことも泣くことも、こんな風に心揺さぶられることで、できるようになっていく。

そして密かに誓うのだ。

弱いままではなく。与えてもらうばかりではなく。

この人に何かを返せる、自分になりたい。

# 第六話　月の幽霊

それから数日、文也さんは学校から帰宅すると、蔵にこもって何か資料を探していた。

どうやらカクレカミノキの分布図や、水無月が保管しているカクレ形代の在庫を確認しているらしい。形代の出所を突き止め、文也さんの命を狙った敵の姿を探ろうとしているのだ。

その間、私も文也さんと共に蔵へ行き、古い絵巻物を開いていた。

それは水無月家の起源や歴史について記されたものだった。


――千年前。

今でいう琵琶湖の北側にある余呉湖というところに、月の天女は降り立った。

天女の血を引くものたちは、後に〝水無月の一族〟として、月よりもたらされた資源や遺物、月の技術を活かすことで、時の帝に重用され栄華を極める。

また水無月家の人間は、天女の血が色濃いほど特異な力や体質を持って生まれ、それは〝天女の神通力〟と呼ばれた。

力には様々な種類がある。思念だけでものを動かす〝念動〟や、人ならざるものを見る〝見鬼〟はその代表格だが、他にも、憑依、心眼、予言、不傷、結界、変化などと呼ばれる神通力があったり、自然の力を操って超常現象を起こせたりする者もいるとか。

「凄いなあ、水無月家って」

ため息が出た。こんな力があるなんて、本当に物語の世界の人々のようだ。

「いえ。実際はそれほど特別なことではありません」

「わっ、文也さん！」

一人で黙々と読んでいたのだが、いつの間にか後ろに文也さんがいてびっくりした。

文也さんは私に、少し話をしてくれた。

「そもそも見鬼の才を持っていたり、念動に近い術を扱えたりする人間は、水無月に限らず存在します。以前もお話ししましたが、陰陽師や呪術師、霊能力者の類ですね。京都には、その手の人間が在籍する組織があって、日夜、妖怪たちの騒動や怪異を調査し、取り締まっているのです」

そこで私は、ハッとした。

「もしかして生徒会長さんのこと、ですか？」

「ご名答。生徒会長……土御門カレンさんは陰陽師なのです。土御門家とは、かの安倍晴明を先祖とする陰陽師の名門ですからね。洛曜学園の生徒会役員は皆、少なからずそういった家業の者ばかりです」

なるほど。文也さんと生徒会長の関係性が、普通の生徒たちとは違うと思っていた。

水無月の事情を知っていそうだったし、今回のカクレ形代の件も、生徒会総出で調査しているようだったけれど、その理由もやっとわかった。

「水無月家も、その組織に？」

「ええ、本家は与しております。しかし我々に悪霊調伏や、妖怪退治の力はありませんから、陰陽師という訳ではありません。どちらかというと、そういった方々のサポートや治療を担っています」

……言われてみると確かに。

水無月家が妖怪退治をする一族かと言われると、そうではない気がする。

「水無月家は〝月のモノ〟を管理しつつ、古来より組織に協力し、彼らの生業に必要な月界資源を提供してきました。……しかし水無月とは、人外と人との混血に当たる存在でもあり、組織にとっては監視対象だったりもするのです」

「監視対象……？」

その言葉に、何だかドキッとさせられた。

「天女はこの世の人間ではありません。羽衣伝説は〝異類婚姻譚〟の代表格と言われていますから」

異類婚姻譚——

それは、人とそうでないものが結ばれ、結婚する物語を指すという。

日本の逸話では動物と人間、妖怪と人間の物語もあるらしいのだが、天女もまた、そのように〝異類〟に分類される。

よくよく考えればその通りだ。天女って、いわゆる、宇宙人……

「人とそうでないものの混血や、その末裔は、日本にも意外と多いです。僕の知り合いにも鬼の末裔や天狗の息子がいたりします。しかし水無月家ほど肥大化し、権力を持ち、栄華を極めた一族はこの国に類を見ないでしょう」

文也さんの、物語るような落ち着いた声が、蔵に響く。

「それはひとえに、この世にない〝月のモノ〟を水無月家が独占できたからなのです。月の資源は、天女の血や遺伝子を持つ人間にしか育むことができず、力を引き出すこともできませんから」

私の読んでいた巻物にそっと触れ、文也さんは目を細めた。

「水無月家はこの権利と力を手放したくないがゆえに、幼い頃より一族内で許嫁を取り決め、血を薄めぬよう努めてきました。しかし、これら月のモノは、扱いを間違えれば厄災をもたらし、この世の人々に凄惨な結果をもたらしかねません。コントロールできる範囲で活用しなければ、手の施しようがなくなってしまうのです」

そのため水無月家は、本家も分家も厳格なルールを取り決めて、月のモノを取り扱っているという。

「ただ……最近では本家の権威が落ちてしまったことが原因で、分家がやりたい放題にしているのですが」

「もしかして、今回の形代の件も、以前のように遺産問題が原因なんでしょうか」

文也さんが私を迎えに来てくれた日の夜、炎の矢が、私たちのいた水無月の別荘に放たれたのを思い出す。あの火事は、本家と協力関係にある分家の人間によってすぐ消し止められ、事件にもなっていないらしいが、ああいうことはよくあるのだとか。

「お恥ずかしい話ですが、その可能性は十分あります。ゆえに僕は、その原因を突き止めなければなりません。学園に忍び込んだカクレ形代が、次に何をしでかすかわかりませんから」

それでずっと蔵に引きこもって、色々と調べているのだ。

私も、何か力になれたらいいのだけれど……

と、ちょうどその時だった。

「兄貴！」

いきなり蔵の戸が開く音がして、酷く慌てた様子の葉君が飛び込んできた。

「生徒会長たちが……っ、例のカクレ形代にやられて重傷だ！」

「なんだって!?」

葉君の知らせに、私も文也さんも立ち上がる。

なんと形代の件を学園内で調べていた生徒会役員たちが、例のカクレ形代に襲われて、大変なことになっているという。

急いで蔵を出て、お屋敷へと戻った。

縁側から畳の大広間に上がると、そこに広げられた布団に、三人の男女が横たわっていた。みんな体が氷のように冷たく、意識がないとのことだった。

「そんな……っ」

私はすっかり青ざめていた。こんなことになるとは思ってもみなかった。

卯美ちゃんや、生徒会役員が数人、応急の処置を施している。

生徒会の人々は学園の制服ではなく、変わった和服の装束を纏っていた。狩衣というのだろうか。そのうち黒い狩衣を纏った、目つきの鋭いツンツン髪の男子が、文也さんのもとに駆け寄ってきた。

「水無月副会長！」

「芦屋、どういう状況ですか」

「学園の見回り中、土御門会長とその親父殿、書記の田村がカクレ形代の群れに遭遇し、襲われました。体が冷えて意識が戻りません。体に張り付いたカクレ形代も見えなくなってしまって……これって、呪詛の影響っすかね」

芦屋という名前の男子が状況を説明する。

文也さんが横たわる三人の額に、二本揃えた指を添え、何か確認していた。

「……いえ。護法による呪詛返しはできています。命に別状はありませんが、三人はおそらくカクレカミノキの〝月の気配〟に当てられているのでしょう。体に取り付いたままのカクレ形代を三人から引き剝がし、月の気配を流す薬を処方すれば問題ありません」

倒れた三人の症状を見て、文也さんはそのように判断した。

三人にはまだ、呪詛の媒体となったカクレ形代がくっついているらしいのだが、あの時は私にも見えたのに、今回ばかりは見えない。

文也さんは懐から扇子を取り出し、それをバッと開いて、口元に添えてひと言、囁く。

「隠れるな。全面的に、姿を現せ」

そして、扇子を倒れた三人の方に向けて扇いだ。

まるで声を、風と共に三人に届けるように。

『ああ……ミセなくちゃ……ミセなくちゃ……』

どこからともなく抑揚のない囁き声が聞こえて来た。

徐々に、いくつもの囁きが重なっていく。そうしてカクレ形代は姿を現した。

「あ……っ」

以前のように一枚だけではなく、多くのカクレ形代がびっしりと倒れた三人の体に張り付いていた。

文也さんの命令のおかげか、他の人たちにも見えたようで、場がざわつく。

「こんなに多くのカクレ形代が……っ」

文也さんも、これには驚いていた。

その表情からは憤りが感じられたが、すぐに冷静になり、和箪笥からピンセットのようなものを取り出すと、それを使って体にくっついていた形代を剝がし始める。

「卯美、十二番の薬湯を作って持って来てくれ。葉、月流しの薬を」

「わかった！」「オッケー」

文也さんは、弟と妹にそれぞれ指示を出した。

二人とも、こういう時は素直に文也さんの言うことを聞いて、素早く行動するのだ。

私も突っ立ってばかりではなく、何か力になれないだろうか。

「あ、あの！　文也さん、私も剝がすのをお手伝いします」

文也さんは私の申し出に少し驚いていたが、

「……助かります。では、六花(りっか)さんはカレンさんをお願いします。剝がしたカクレ形代は、この箱に入れてください」

細いピンセットと、黒い箱を私に手渡してくれた。

服を脱がしたりするので、男女の間は屛風(びょうぶ)で仕切られ、私は言われた通り、土御門会長……カレンさんの顔や体に張り付いたカクレ形代を剝がしていく。

それは簡単に剝がれるのだが、

『ぎゃーっ』

『ハガさないで……ハガさないで……』

剝がすたびに、カクレ形代の慌てた声が聞こえてくるので、なんとも言えない気持ちになる。しかもこの声、私にしか聞こえていないようだ。

それでも一枚一枚、剝いでいく。

カレンさんの顔色は真っ白で、このままではいけないと、私でもわかるからだ。

後から卯美ちゃんが戻って来て、私の方を手伝ってくれた。服の中まで形代が入り込んでいたから、この複雑な装束を脱がせて、一枚たりとも見逃さないように。

「終わった……っ」

「まだだよ、六花ちゃん。剝いだところを、薬湯を浸した手ぬぐいで拭いてあげて」

「は、はい！」

卯美ちゃんに指示されながら、形代を剝いだところを重点的に薬湯で拭う。剝いだところは、形代の形のまま赤く浮き上がってくるのでよくわかるのだった。

卯美ちゃん曰く、薬湯で拭ってやらないと、この形で痕が残るらしい。

最後に〝月流し〟という月の気配を落とす薬を飲ませれば、処置は終わりだ。

それは手慣れている卯美ちゃんが、カレンさんを抱え起こし、やってくれた。

い。

「おお。土御門の親父殿、お目覚めで……っ」

「田村も目覚めたか。気分はどうだ？」

屏風で仕切った向こう側では、文也さんと葉君が処置をしていた二人が目覚めたらしい。

症状も改善した様子で、見守っていた生徒会の皆さんが各々喜びの声をあげていた。

「……あれ。おかしいな。カレンちゃん、目が覚めないぞ」

ただ、こちらでは卯美ちゃんが険しい顔をしている。

月流しを飲ませ、少し経っていた。カレンさんの顔色はさっきよりずっと良くなり体温も上がってきているのに、目を覚ます気配がないのだった。

「まさか、私の剝がし方に問題があったんじゃ……っ」

「そんなことないよ。何か、他に問題があるんだ。文兄ならわかるかもしれない」

卯美ちゃんが立ち上がり、文也さんを呼びに行った。

私はサッとカレンさんに装束を被せる。

文也さんはすぐにやって来て、カレンさんの様子を見る。私もオロオロしながら、行方を見守っていたのだが、

「これは、どういうことだ？」

文也さんすら、困惑していた。

形代はすべて剝がし、月の気配も完全に流したはず。しかしカレンさんは目覚めない。

「文兄、まさか死んでるんじゃないよねえ」

「縁起でもないことを言うな卯美！　これは……おそらく……」

その時、カレンさんの父親と思しき髭面の男性が屏風の向こうから顔を覗かせ、自分の娘の状態に「ややっ！」と大きな声を上げた。

「魂が抜けている！　こりゃあ幽体離脱の状況だ！」

「ええっ⁉」

私と卯美ちゃんは思わずのけぞった。

「だが心配するな、鬼子母神の護法がちゃんと効いている。カレンはもともとからして、抜けやすい体質なのだ。それを仕事に利用することもあるが、今回は大量のカクレ形代に襲われた衝撃で、自分の意思に関係なくポンと抜けてしまったのだろうな。カレンの体に魂をぶち込んでやれば万事解決だ！」

よくあることなのか、その他の生徒会役員も「なーんだ」と安堵していた。

しかし文也さんだけが、深刻な表情のまま。

「……でしたら急いだ方がいいでしょう。月の気配を帯びたカレンさんの幽体は、我々であっても認識しづらいと思います。このままだと、本人も自分が何者なのか忘れてしまう可能性があるのです」

「な、なんだって——っ⁉」

一気に場の空気が逆転し、カレンさんのお父さんや、生徒会役員の皆さんが慌てふためく。

その焦りようは凄まじい。

認識しづらいのにどう探す？　どこを探す？

などなど、慌ただしく相談しながら、皆してバタバタと屋敷を出て行った。

何人かは学校に戻り、何人かは土御門の屋敷に向かい、何人かはカレンさんのお気に入りの場所とやらに向かうという。文也さんと葉君も月の気配を探る要員として、それぞれ生徒会のメンバーについて行く。他の人たちよりずっと見極めやすいだろうから、と。

「六花さんと卯美は、この屋敷でカレンさんの体を見ていてください！」

「わかりました……っ」

「はーい」

文也さんが、私と卯美ちゃんにカレンさんの体を見守るよう頼んだのは、体に何か異変があったり、幽体が自ら戻って目覚めることもあるからだ。その時は、文也さんに連絡を入れることになっている。

先ほどまであんなに人がいて騒がしかったのに、水無月の屋敷はガランと静かになった。

「はあ〜。厄介なことになったなあ」

卯美ちゃんは、すっかりお疲れのご様子。大きなあくびをしながら、水無月の敷地に張り巡らせている結界の様子を見るとかで、いつもの蔵に戻って行った。

お座敷に一人残った私は、使われていない布団をせっせと押し入れに仕舞い込む。

そしてカレンさんの体の隣に座り、意識のない彼女の顔を見て、額に手を当てたりした。

「体温は……もう平温のようね」

それにしても、大変な世界の一幕を垣間見た。見えないモノと戦いながら、それすら当たり前のように受け入れ、冷静に対処し、解決に努めている人々の姿を。

カレンさんたちは高校生でありながら、普通の人間には理解されない、危険な仕事をしているのだ。きっとこういう事態は、日常茶飯事なのだろう。

「……ん？」

ふと、大広間に吹き込む生暖かい風に乗って、誰かの声が聞こえた気がした。

卯美ちゃんだろうか？　いや……

きっと気のせいではないと思い、縁側から外に出る。

初夏の風が導く方へと向き合い、私は目を閉じ、耳をすませる。

――オン・ドドマリ・ギャキティ・ソワカ

「……ん？」

謎めいた言葉の羅列に首を傾げた。

しかしその声には聞き覚えがあり、私はゆっくりと進む。

暗いけれど、怖くはない。水無月の人間は夜目が利く体質だ。

それに、白金に光る小さな蝶が、闇夜(やみよ)を縫うように飛び交っている。

「金環蝶だわ……」

なんて美しいのだろう。昼間見た金環蝶より、ずっと神秘的に思えるのは、この蝶々が舞う度に尾を引く金の鱗粉(りんぷん)が、暗闇の中ではっきりと見えるからだろう。

指を伸ばすと、その先に金環蝶が数匹とまった。

水無月の敷地内にある植物たちも、思う存分月光を浴びて、より一層、月の気配を強く帯びていて異様な存在感がある。今の私は、以前よりそれがわかる。

「ボスのご内儀を守るでし」

「足元に注意するべし」

「ミーたちはー、光り輝くレア河童」

「意識高い系河童でしゆえ」

「ていうかー、ボスはいないんでしかー」

あ、月鞠河童たちだ。

ぼんやりと蛍光色に発光した月鞠河童たちが草むらから出てきて、足元をちょろちょろ動き回っている。どうやらボディーガードと道案内をしてくれるようだ。

木々の生い茂る裏庭を進めば進むほど、小さな囁き声も、あちこちから聞こえてくる。

ざわざわ、ヒソヒソ。

クスクス、こそこそ。

月のモノたちは、文也さんが敷地内にいないことを不思議に思っているようだ。

そして私にも、隠しきれない興味を示している。

あらゆる囁きが四方八方から聞こえる中で、私は先ほど聞いた謎の〝声〟を、何とかもう一度だけ聞き取り、それを追い求めた。

そこは、水無月の庭を下っていった場所にある、桂川沿いの開けた水辺だった。

水辺に広がるゴツゴツした岩場に、ぼんやりとした何かが座り込んでいた。

透き通った人影――

一瞬ドキッとしたが、すぐにカレンさんの幽体だとわかった。

「か、会長……っ、カレンさん！」

私は坂を駆け下り、カレンさんの姿をした幽体に何度か声をかける。

彼女はただ川沿いで月を眺めていたのだが、私の声に気がついてゆっくりと振り返った。

「ああ、君か。水無月君の許嫁の、確か……水無月六花君」

当の本人にいつもの覇気はなく、声音もはんなりとしている。幽体のせいか儚げにも見える。しかし本人だとわかり、私は安堵した。

「よかった。こちらに居たのですね」

「きっと皆を心配させただろうな。しかしここから見る月が、あまりに美しいのでな」

カレンさんはクスクス笑った後、その場所から、夜空を指差す。

その指を辿って空を見上げると、

「……わあ」

美しい弦月が、天気の良い明るい夜空にぽっかりと浮かんでいた。

月光によって輪郭(りんかく)のはっきりした雲も、何もない山中だから見える星々も、全てが見事で、私もすっかり見とれてしまった。

カレンさんは、そんな私の横顔を微笑みながら見ていたが、

「実を言うと、少し前まで、私は自分が何者であったのかを忘れかけていた」

「えっ⁉」

「幽体になった私は、月の気配を帯びていたせいで父や仲間たちにも認識されず、カクレ形代に覆われた体に戻ることもできずに、ただ皆の後をついて回っていた。しかもこの水無月の敷地に入ってすぐ、ここはどこ？　私は誰？　状態に陥ってしまってね。あはは」

「…………」

「まあ、月の気配を帯び月のモノと同じ波長を得たことで、そうなってしまったのだろう。私はまるで、この山々に息づくものたちの一部だった」

カレンさんは、意識の曖昧な幽体のまま、ただ本能の赴くままに、月のよく見えるこの場所に来たという。

「だがあの弦月を見た時、ふと思い出した呪文があってね。それを囁いた時、一瞬で、自分が何者であったのかを思い出したよ」

私はその話を聞いて、先ほど屋敷で聞こえた不思議な言葉を思い出す。

「私も、声が聞こえたんです。カレンさんの声が」

「……そっか。君は〝月のモノ〟の声が聞こえるんだったね。今の私は、月のモノに近しい存在だろうから」

カレンさんは伏し目がちになり、緩やかな夜の川を流れる一枚の葉の行方を見送った後、スッと顔をあげて、手を不思議な形で合わせ、唱える。

「オン・ドドマリ・ギャキテイ・ソワカ――」

その、妙な言葉の羅列に呼応するように、緩い風が吹く。

奥嵐山の雄大な自然に溶け込んで、夜の空気を、一層澄み渡らせたように思えた。

彼女に纏わりつく銀色の光の粒も、より強く煌めく。

「それは、えっと、陰陽師の呪文ですか？　何かこう、術を使ったりする……」

「ふふ、まあそうだな。正しくは真言（マントラ）という。私が今唱えたのは、鬼子母神の力を借りるためのものだ」

「鬼子母神？」

「ああ。子を守る母の姿をした、仏教の女神だ」

不意打ちのように、胸がざわついた。

子を守る、母……

「自分が何者かわからなくなった時は、名前か、家族のことか、自分にとってゆかり深いものを思い出すのが一番いいという。だから私は、母との絆（きずな）を頼りに、私という存在を完璧に思い出すまで、この真言を唱え続けたよ」

私は自分の右の腕を、左の手で抱えながら、さりげなく問いかける。

「カレンさんは、お母様と仲が良いのですか？」

「え？　そうだな。普通に仲の良い母と娘だった。鬼子母神の真言も、母が私を守るため、毎日のように唱え続けていたものだったんだ。ただ……母はもうずっと前に、亡くなってしまったけれどね。それこそ、土御門家を憎むものの呪詛にやられて」

「……え」

ゆっくりと顔を上げる。カレンさんは、ただ切なげに、月を見上げていた。

「本当は私を狙った呪詛だったのだが、母が毎日私に唱え続けた鬼子母神の真言、この護法が働いて、母に呪いが移ってしまったんだ。要するに身代わりだ。……随分と、酷い亡くなり方をしてしまったよ」

土御門家は、京都でも指折りの陰陽師の名家だという。

そのせいで、京都中に土御門家を憎む妖怪の類や、土御門家を邪魔に思う商売敵がいる。

土御門家もまた、数多くの流派、派閥に分かれているらしく、一族内で揉め事が絶えないらしい。そういうところは、水無月家と似た境遇に思えた。

「母の死後、父は私がどんな呪詛にも負けないよう徹底した修行をつけた。私もまた、数多くの呪詛返しを覚えたものだ。我々を陥れんとする者たちに隙を与えぬよう、父様を悲しませぬよう、母に報いるよう、仲間たちに弱いところを見せぬよう」

それで、父の古風で覇気のある語り方を真似したり、後ろ手を組んだりして、強い自分を演出してきたのだと……

カレンさんの、小さな囁き声を聞き漏らさないよう、私は彼女に寄り添っていた。

「水無月の本家と協力関係を築いたのは父だった。水無月家の力や知恵は、本来この世に存在しない〝奇跡〟を可能にする。そういうものを借りることで、父はもう家族や仲間を……亡くしたくはなかったのだろう」

カレンさんは視線を落とし、自分の透けた手を見つめる。

「だけど私がこのザマじゃあ、父様も水無月君も、随分と呆れたことだろう。土御門家の跡取りは力不足で頼りないと。これでは、私の身代わりとなった母様も報われない。きっと、失望させてしまっただろうな……」

「そ、そんなことはありません！」

私はとっさに首を振る。

「カレンさんのお父様も、文也さんも、生徒会の皆さんも、カレンさんのことを本当に心配していました……っ。慌てて探しに行ったあの様子を、見せたかったと思うほどです」

カレンさんが、いかに慕われ、愛されているのかが、新参者の私にだってよくわかった。

カレンさんの幽体を探して、きっと今も、あちこちを走り回っていると思うから。

「皆さん、本当にカレンさんが好きなんです。好きだから、無事でいてほしいだけなんです。お母様だって、安心はしても失望なんてしません。だって……愛がなければ、守ってはくれない」

「……六花君？」

ああ、やっぱりいるんだ。

自分の娘を、死んでも守りたいと思うような、母親が……

私は自分の中の葛藤を抑え込むように、手を胸元に寄せて握りしめていた。

「ありがとう、六花君。なんだかすまない。私としたことが月の光に感化されて、少し気弱になってしまった。普段ならこんな弱音を吐くことはないんだけど」

幽体のカレンさんは、ひょいと岩場から立ち上がった。

「それか、君のせいかな。君は聞き上手だから、ついポロッと情けないことを言ってしまう。君なら聞いてくれるかもしれないと……思ってしまったのだろうね」

そんな風に言われたのは初めてなので、目をぱちくりとさせてしまった。

カレンさんはそんな私を見て、ほんの少しだけ、眉を寄せる。

「しかし、難儀なことだ。君のような繊細そうな娘が、水無月家の花嫁とは」

「……え？」

「あ、だけど君の許嫁の水無月君はいいやつだ。そこのところは幼馴染の私が保証しよう」

カレンさんは幽体のまま、自分の胸をドンと叩いた。

「ただ……水無月君の抱えているものは相当なものだと思う。今が一番、苦しいだろう。私にはまだ父がいるが、彼にはもう、無償で守ってくれる存在はいない。自分自身が、大切なものを必死に守るばかりだ」

大切なものを、必死に守る……ばかり。

「だから時々、彼の言葉を聞いてやってほしい。君が私にしてくれたように、弱音のようなものを見つけてあげてほしい。彼は大人と対等に渡り合うが、決して大人ではないから」

大人と対等に渡り合うが、決して大人ではない――

カレンさんの言葉の数々は、以前文也さんに感じた、どこか生き急いでいるような印象を、私に思い出させた。

「……わかりました。文也さんの言葉を、聞き逃さないようにします」

あの文也さんが、私の前で弱音を吐くことがあるのかは、わからない。

だけど、誰にも聞こえない月のモノたちの囁き声を聞くように、文也さんの声を、聞き逃さずにいたいと思う。

「しかし君だってまだまだ子供だ。十六歳のうら若き乙女で、化け物の巣窟とすら言われる水無月家に嫁ぐなんて、私には到底できない勇気ある行動だ」

「え？　え？　化け物の巣窟⁉」

ここ最近、水無月家についてかなり物騒な言葉が、私の周囲を飛び交っている。

カレンさんは、幽体のまま私の肩にポンと手をおく。

「ま、何かあったらすぐに頼ってくれたまえ。今回のお礼だってしたいしね。というわけで、連絡先を交換しようそうしよう。……あ、スマホは本体の方にあるんだった！」

彼女らしくない間抜けな表情になって、自身の頭を小突く。

「あ。私も、何かあったら文也さんに連絡をするよう言われていたのでした！」

私はスマホを持って来たし大丈夫、と思ってここぞとばかりにそれを取り出したのだが、

「あ……私、文也さんの連絡先、まだ知らない……」

「え。君たち、許嫁同士じゃないのか？」

今になって、文也さんの連絡先を知らないことに気がつき、私はすっかり青ざめた。

まるで盲点だった。それを知ろうと思うことすら、今の今までなかったなんて。

「はあ〜、水無月君も、とんだところで抜けてるな」

やれやれと首を振るカレンさん。許嫁とはいえ、私と文也さんはまだ出会ったばかりなのだと説明すると、少し驚いた顔をして、さらにはニヤニヤしていた。なぜ。

「それでは、帰りましょうか」

「そうだな！　私も早く、肉体に戻って何か甘いものでも食べたい！」

その覇気ある語り方が、徐々にカレンさんらしくなってくる。

「確か、戸棚に貰い物の羊羹がありました」

「あ、それいいな。どこのだろう。濃いお茶と共に食べたい！」

私は幽体のカレンさんの手を引いて、屋敷に戻ることにした。帰りも月鞠河童たちが足元にやって来て、「こっちでし～」とお屋敷まで導いてくれるようだった。

そんな帰り道の途中。

私たちの周囲を飛び交っていた金環蝶が、ふっと側から離れて同じ方向にひらひらと飛んでいく。その、蝶たちの向かう方向に、私は視線を導かれた。

「…………」

森の奥に何かがいる。こっちを見ている。

煌々と輝いていて、シルエットしか見えないが、長い長い角を持った牡鹿に見える。

金環蝶が群がり、その長い角にとまって、翅を休めているのがわかる。

私たちもまた、金縛りにあったように身動きができなかったが、長い角を持ったシルエットの主は、程なくしてゆっくりと立ち去った。

「今の……は……」

いったい、何だったのだろう。

「あれはおそらく、この山の守り神だ」

隣でカレンさんがそう囁いた。随分と驚いた声音だった。

足元をうろつく月鞠河童たちも、「はああ〜、ありがたやありがたや」と水かきおててを擦り合わせて、涙を流しながら拝んでいたのだった。

「あ、帰って来た！　もう、どこ行っちゃったのかって心配したよ〜。って、あれ、六花ちゃんがカレンちゃんの幽体つれてる⁉」

お屋敷に戻ると、卯美ちゃんがカレンさんの肉体の側でアイスキャンディーを齧りながら待っていた。心配していたと言う割に、まったりと過ごしていらっしゃるところが、いかにも卯美ちゃんらしい。

カレンさんの幽体はというと、本体の上から「よっこらせ」と足を踏み入れ肉体に戻る。

あ。そんな感じでいいんだ……

カレンさんはすぐに目を覚まし、私の持ってきた濃いお茶と羊羹でまったり休憩していた。

まもなくして、カレンさんの幽体を探しに出ていた皆さんが戻ってきた。卯美ちゃんが文也さんと葉君に連絡してくれたからだ。

すでに意識を取り戻し、お茶と羊羹でくつろいでいるカレンさんの姿を見て、誰もがホッと胸をなで下ろす。特にカレンさんのお父様といったら、娘に盛大なハグをして号泣。なかなか娘の幽体が見つからずにいたので、随分と不安を募らせていたようだ。

「バカな父様！　私がそう簡単にくたばるはずないだろう」

「だってお前、こんなこと初めてだったんだから！　うおおおおっ」

「父様暑苦しい。ヒゲが痛い。汗臭い」

そうは言いつつも、カレンさんは自分の父の背を撫でる。

「……大丈夫だよ。母様がね、助けてくれたから」

娘のその言葉に、彼女の父は目を大きくさせて「そうか」とだけ言った。

ただそれだけの会話で、この家族が、いかに強い絆を紡いでいるのかがわかる。

私は素直に、それを羨ましく思った。

「それとね。そこでおとなしくしている水無月六花君が、私を迎えに来てくれたんだ」

カレンさんが、少し後ろの方にいた私を指差した。

それと同時に、ここにいた誰もが、バッと私の方を見る。もちろん文也さんも。

一斉に注目を浴びて、私は緊張して固まってしまった。変な汗を垂らしながら。

「六花君が私の声を聞きつけてくれなかったら、私はきっと、今も山中を彷徨っていただろう！　改めて、礼を言う」

　カレンさんは、わざわざ私の方に向き直り、改まった様子で畳に手をつき、丁寧なお辞儀をした。その姿を見て、私は猛烈に首を振る。

「そんな、私は特に何も……っ」

「そう謙遜するな。君の力あってこそだ。これは月のモノに近しい存在になってみてわかる感覚なのだろう。……金の蝶を引き連れ現れた君は、本当に天女のようだったよ」

「………」

　カレンさんはクスッと笑い、次に文也さんの方に顔を向ける。

「水無月君。君の許嫁は凄い力を持っているな。この山中に息づく月のモノが、彼女を前にすると無視できずに姿を現し、愛情や興味を示す。月のモノは無感情だとばかり思っていたのに、その認識を覆されたよ」

　文也さんはそれを聞いて、僅かに視線を逸らし、密かに拳を握りしめた。

「それが、本家の長子の力というものですから」

　文也さんがそう言い終わるか終わらないかのうちに、カレンさんが「あ」と何かを思い出したように、文也さんを指差す。

「あと君！　許嫁に自分の連絡先を教えていないのはどうかと思うぞ。そのせいで、すぐに君に連絡ができなかった。私の方が先に、六花君と連絡先を交換したくらいだ」

「………あ」

文也さんが、今まで見たことないような顔をして固まっている。

後から葉君が「ブハッ」と吹き出し、この場にいた生徒会役員の方々が困惑とともに、ざわつき始める。

うそ、副会長、許嫁に連絡先教えてないんですか？　あの副会長が？　みたいな……

それがなんだか申し訳なく、恥ずかしくなって、私はますます身を縮こめたのだった。


「六花さん、今日はお疲れ様でした。あとは僕がやるので、今日はもうお休みください」

客人たちが帰り、お座敷の後片付けをしていたら、文也さんが私を気遣（きづか）った。

「いえ、大丈夫です。今日はなんだか、すぐに眠れる気がしませんし」

美しい弦月の下、一人で水無月の庭を歩き、月のモノたちに触れたからだろうか。

それとも、自分のやるべきことを、見つけられそうだからだろうか。

「……流石でした。僕には声が聞こえなかった。カレンさんの幽体は、この本家の敷地内に居たというのに、気がつかなかったのです」

ただ、文也さんはどこか情けなさそうに言うのだった。

私は、先ほど文也さんが見せた反応を思い出す。

私の持つ、本家の長子の力というものに対する反応。

そこに潜む、彼の寂しさや虚しさ……悔しさを。

「あの、その！　文也さんも……愛されていますよ！」

「え？」

「あ、えっと、月のモノというのに！　私は声を聞くので、わかります」

夜に庭で、ぼんやりと輝きながら、月を仰いで息づいていたものたち。

あれらが月のモノだというのなら、私は確かに聞いていた。

「嵐山に根付く月のモノたちがヒソヒソと囁いていたのです。文也さんが山にいない、とか、文也さんはいつ来てくれるかな、とか。それに月鞠河童の6号が、私の足元でしきりに尋ねていました。ボスはどこにいるのかって。みんな文也さんが大好きなんですね。文也さんがいつもお庭を……あの子たちを、愛情込めてお世話しているからでしょうね」

「…………」

たとえその声が、文也さんに聞こえていなくても。

文也さんはずっと昔からここにいて、この地に根付いた月のモノたちを、一生懸命にお世話し続けてきた。

私が本家の長子であっても、手の届かないような絆で繋がっているとさえ思う。

月鞠河童たちが私のことを道案内してくれたのも、ひとえに文也さんの〝許嫁〟だったからだ。彼らはフライング気味に〝ご内儀〟と呼んでいたけれど。

文也さんは、どこかキョトンとした珍しい表情で、しばらく黙っていた。

私の言葉が嫌味くさく聞こえたり、逆に彼を傷つけてはいないだろうかと、私は相変わらず心配になっていたが、

「六花さん。その。連絡先の交換……いいでしょうか」

少し恥ずかしそうに目を伏せながら、文也さんが懐から自分のスマホを取り出した。

その言葉に、私はわっと目を大きく見開いて、

「はい！　もちろんです！」

前のめりになって頷いたのだった。

私にしては積極的な反応で、文也さんはまた少し驚いているようだった。

そうして私たちは、向き合ってスマホをいじりながら、なんだか高校生らしく連絡先を交換したりする。本当に、今更。

「すみませんでした、すっかり頭から抜けてました」

「いえ、私もあまりスマホを使わないので……っ」

私たちはいつもどこか、順番がおかしかったりする。それが少し滑稽(こっけい)で、ハタから見たら笑えるようなことかもしれないけど、私はこういうのも、悪くないと思うのだ。

むしろホッとする。こうやって少しずつ進んでいくこと……

「あ、そうです文也さん。私さっき、お庭で不思議なものを見ました」

「不思議なもの？」

「ええ。なんだか光り輝く、大きな牡鹿のようで……とても長い角があったんです」

「…………」

「カレンさんは、きっと山の守り神だろうと言っていました」

文也さんはスマホを持ったまま、しばらく瞬きもできずにいたが、やがてフッと笑って頷いてみせた。そして彼は、印象的な声音で告げる。

「おそらくそれは、この嵐山の鎮守の神にして、水無月の本家を守護する、偉大なる月界精霊の一体——豊穣（ほうじょう）の海のオオツノ様」

「……オオツノ様？」

「月界精霊とは、月でも〝神〟として祀（まつ）られていた特別な存在なのです。オオツノ様は、きっと六花さんを見に来たのでしょうね。始祖の天女がもっとも愛した精霊こそ、オオツノ様だったといいます」

文也さんいわく、月界精霊と呼ばれるものは、たとえ水無月の人間であっても意のままに操ることなどできないらしい。恐れ多くも、機嫌をうかがうことしかできない、と。

「水無月家にできることは、彼らとの盟約を守り、その要求に応じて、この世に大きな影響を及ぼすことのないよう、努めるくらいのものなのです」

扱いを間違えれば、この世に厄災をもたらす存在。

しかし要求さえ聞けば、大きな恵みを、住み着いた地にもたらす土地神になるという。

この地の山や川が深い緑で溢れているのは、オオツノ様のお力が大地に染み渡っているからだと、文也さんは澄んだ声で語ったのだった。

# 第七話　分家の人々（一）

月鞠河童たちが、朝のうちからお屋敷の庭先に集まっていた。

「ボスー、ボスー」

毎日一本配られる三日月瓜を待ち構え、喚き散らしている。

文也さんは、たくさんの三日月瓜の入った桶を持ってきて、縁側に座った。

「番号順に並べ。一匹一本だ。小さいヤツから奪うんじゃないぞ」

「イエス、ボス」

月鞠河童たちは、文也さんの前に一列に並ぶ。

そして一匹一本の、三日月瓜を貰う。

その様子を、私も縁側から見下ろしていたのだが、少しして月鞠河童たちの間で、ペチペチ、ポカスカ、ゴロゴロと取っ組み合うような、三日月瓜争奪戦が始まってしまった。

「こら、そこ！　喧嘩するな！」

文也さんの声がすると、月鞠河童たちの動きがピタリと止まり「イエス、ボス」と答えてちゃんと言うことを聞くので感心した。これが声の力なのかな。

しかし、しばらくするとまた別の場所で争奪戦が始まってしまい、文也さんは額に手を当て、呆れたため息をついているのだった。

「ふふふふっ」

私はというと、堪えきれずに笑ってしまう。

「……すみません。こいつらは意識高い系河童を自称する割に、そうでもありません」

「そこが滑稽で、可愛らしいのです」

毎日、これを見るのが私は楽しみで仕方がない。月鞠河童たちの、コロコロプルンプルンした取っ組み合いほど、平和なものなどない気がする。

そんな私を、文也さんがチラリと見た。

「ところで、六花（りっか）さん。少しお話ししておきたいことがあるのですが、良いでしょうか」

「……？　ええ、何でしょう」

「水無月（みなづき）家の、分家についてです」

文也さんは立ち上がると、居間の戸棚から何かを取り出して座卓の上に広げる。

それは、古い家系図のようだった。

文也さん曰く、水無月家は本家を嵐山に移す際、より厳重に月のモノを管理するため、一族を六つに分けたという。

嵐山の水無月。

伏見の水無月。

長浜の水無月。

京丹後の水無月。

高石の水無月。

天川(てんかわ)の水無月。

「嵐山の水無月が本家で、他の水無月が分家という分類ですが、規模は滋賀の〝長浜の水無月〟が最も大きかったりします。長浜は裏本家とも言われていて、天女降臨の聖地を守り続けているのです。他にも様々な特徴を持った分家があるのですが……」

文也さんは、家系図に記されている、ある分家を指差す。

「僕にとって縁深いのは〝伏見の水無月〟でしょう。ちなみに皐太郎(こうたろう)は伏見の水無月の人間です。伏見の水無月は、古来より本家のサポート役を担っていて、僕の両親も本来は伏見の水無月の人間でした」

なるほど。要するに文也さんも、本来ならば伏見の水無月の人間であったということだ。

「というわけで、六花さん。今から一緒に、伏見に行ってくださいませんか？」

「へ？　伏見？」

「先日の一件で、伏見の水無月にも確認したいことがあるのです。それに六花さんを伏見の方々にご紹介したいので」

「………」

私は口を半開きにしたまま、固まった。そして小刻みに震えだす。

「わ、わたし、まだ、着物されません……」

「え？　着物？」

脈絡のないことを言ったからか、文也さんがキョトンとしていらっしゃる。

「卯美ちゃんが、水無月家は着物が基本だって言ってました」

「ああ、そういうことですか。確かに和装の者は多いですが、別に着物でないといけない決まりがある訳ではなく……」

しかし文也さんは、ここで顎に指を添えて少し考え込む。

「いえ。確かに、今回は和装の方がいいかもしれません。僕は普段着でも全く構わないと思うのですが、六花さんにとっては初めての分家の訪問ですし、水無月には口うるさい者もいるので」

「は、はい……」

私が不安げな顔をしていたからか、文也さんが何気なく提案した。

「なんでしたら、僕が着付けましょうか？」

「え？」

「卯美の着物も、僕が時々着付けていて……」

そこまで言って、文也さんはハッと何かに思い至り、顔を真っ赤にさせて手のひらをこちらに向ける。

「って、すみません！　普通に嫌ですよね、男に着付けられるのなんて。妹じゃないんですから……っ」

らしくないほどに焦っていらっしゃる。あの文也さんが……

「文兄が爆死した気配を感じて」

「う、卯美……」

ふらっと居間に現れた卯美ちゃん。卯美ちゃんは基本的には母屋の隣にある蔵に引きこもっているので、食事の時間でもないのに居間にやってくるのは珍しい。

彼女は得意げな顔をして、右の親指を自分の顔面に向ける。

「六花ちゃんの着付けなら、あたしがやってやるよ！」

「え、お前が……？」

文也さんは疑念に満ちた視線を送っているが、卯美ちゃんは自信満々な顔をして「どんとこい」と胸を叩いたのだった。

以前、私のもとに届いた着物はどれも綺麗で素敵だったのだが、私には何をどういうシーンで着ればいいのかまるでわからない。

和室の和箪笥の前で戸惑っていると、文也さんが選んでくれた。

「今回のような軽い訪問には、こちらの単衣（ひとえ）の小紋着物でいいかと思います」

淡いクリーム色地の着物で、薄縹色（うすはなだいろ）の立涌（たてわく）文様と、冴（さ）えた紅色の花が描かれている。

この花の形……撫子（なでしこ）だろうか。

華やかだが、落ち着きや爽やかさも感じられる着物だ。

文也さん曰く、着物の柄は季節を少しだけ先取りするのが良いとされているらしいのだが、この着物に描かれているのは〝紅撫子（くれないなでしこ）〟と呼ばれる夏の月界花らしい。要するにこれは、水無月の人間のために作られた着物なのだった。

また、この季節でも外出の際は何か羽織（はお）った方が良いらしく、特に水無月の女性は天女を意識して羽織やショールを纏うという。文也さんが選んでくれたのは、透け感のある白のレースのショールだった。

「これらは伏見に残されていた、母の若い頃の着物なのです」

「え……っ、それは、私が着てもいいのですか⁉」

突然判明した着物の本来の持ち主に、私はすっかり仰天させられた。

今の今まで、文也さんの両親の話はほとんど出てこなかったから、余計に。

「ええ。ここにある着物は、もう母が着ることはありませんから」

文也さんは目の前の着物を、どこか物憂（ものう）げに見つめていた。

「僕らの母は、下鴨にある病院に入院しているのです。父が他界した際、酷く、弱ってしまいまして……」

「そう……だったのですね」

今の話で、文也さんのお父様はすでに亡くなっていて、お母様は入院していらっしゃることがわかった。私からは聞きづらい話だったからか、文也さんはきっと、さりげなく教えてくれたのだろう。

卯美ちゃんに着物を着付けてもらっている途中、帯に差し掛かったあたりで、彼女の表情が徐々に険しくなっていった。一抹の不安。

「あれ？　おっかしーな、おっかしーな。帯がうまく結べないぞ。おにーちゃーん、ちょっとおにーちゃーん！」

「だから言っただろう卯美。お前がいつもやってるのは浴衣の文庫結びだ……」

「だってお太鼓結び苦手なんだもん」

襖の向こうで、文也さんがため息をついているのがわかった。

私はというと、すでに着物を腰紐まで結んだ状態で、なんとも野暮ったい姿で鏡の前で固まっている。

「すみません六花さん。帯だけは、僕がやってもいいですか」

文也さんが襖を少し開けて、目を伏せたまま声をかける。

「は、はい。よろしくお願いします」

私がそう答えたので、文也さんが部屋に入ってきた。

別に裸でそこに立っている訳でもないのに、妙に恥ずかしいと思ったりする。

「失礼します」

文也さんが帯を持ち、私の前に立った。

シュルシュルと衣ずれの音が響いて、文也さんの腕が、私の腰に回される。手慣れていて迷いのない動きだからこそ、不意に顔や体が近づく瞬間があって、緊張してしまう。

そんな時、ぐっと帯が締まって、思わず声が出てしまいそうになった。

「すみません。キツくないですか?」

「だ、大丈夫ですっ」

やっぱり恥ずかしい。卯美ちゃんはアイスを求めて台所へ行ったらしく、ここには居ないし。

文也さんは集中しているのか真剣な顔つきで、私ばかりがこんな調子だ。

凄いな。文也さんは色々なことができる。女性の着物も着付けられるなんて。

私は本当に、何もできないところから始まるんだ……

「六花さん？」

「はい！　頑張って着付け、覚えます」

私が謎の宣言をしたので、文也さんは目を何度か瞬かせた。

「着付けは、慣れてしまえば大したことはありません。ですが、普通の洋服に比べたら、時間や手間はかかりますね。女性は大変だとつくづく思いますよ」

「男性の着物は、そうでもないのですか？」

「僕は毎日着ているので、もう慣れてしまいました。ですが葉は、普段ほとんど着物を着ないので、いざ着る時に手こずっています」

「ふふ。確かに葉君が和装でいるのは、見たことがないですね」

「あいつはあまり、自分を縛りつけるような服は、好みませんから」

「………」

その言葉が、どこか意味深に聞こえたのだが、真意はわからない。

今日も葉君は部活に行っていて、家にはいない。水無月のことより美大受験対策に熱中している様子で、だからこそ着物を着る機会も少ないのかな、と思っていた。

「できました」

後ろで、文也さんが帯の膨らんだところを整え、着付けを終えた。

鏡に映る私は着物をきちんと着ている。つくづく、爽やかで美しい着物だと思った。

「……よく、お似合いですよ」

後ろで文也さんが、控えめな口調ながら、そう囁いた。

「あ、ありがとうございます」

恥ずかしくて俯いてしまい、つっかえがちになりながらも、お礼を言う。

お世辞とわかっていても、やっぱり、褒めてもらえるのは嬉しい。

「この着物、思っていたより重くないのですね……っ、意外と動きやすいというか」

「それは多分、この着物が、水無月の絹糸で織った反物だからだと思いますよ」

「水無月の……絹糸？」

そういえば、以前文也さんから貰った組紐も、うちの絹糸で編んだと言っていた。

「水無月家の人間が着物を纏う理由は、これにあります。〝銀蚕(ぎんかいこ)〟という水無月が代々大事にしている月界生物がいるのですが、この繭から作られた絹糸で織った布は、非常に軽くて柔軟性があるのです。纏ったものの体に合わせて伸縮するので、生きた絹糸とも呼ばれるほど。それはとても頑丈で、水無月の人間にとっては、何より心地の良い存在なのです」

「へぇ。面白いですね……」

私は改めて、自分が纏っている着物の袖を持って、持ち上げてみたり、よくよく見てみたりした。

確かに着心地がとてもいい。まるで自分のために誂えられたものかのように、身体にぴったりだと感じる。要するにこれが、纏ったものの身体に合わせて伸縮する、ということなのかな。

それにとっても軽い。衣が軽いというより、身体自体が軽くなったような気になるし、気持ちすら、晴れやかになったような……

「これを纏っていると、運気が上がるとも言われています。単純に身動きが取りやすいので、何ごとも上手くいきやすいのだと思いますが。ただ、水無月の人間以外が纏っても、それはただの普通の着物なのです」

「それは……水無月の血に、この着物の絹糸が反応しているということですか？」

「ええ、そういうことですね」

そして文也さんは、少しだけ声音を落ち着かせ、まるで秘密の話をするように続けた。

「天女の羽衣……あれも同じ銀蚕の絹糸で織られていると言われています。ですが天女の羽衣と同じものを作ることは、この千年、不可能でした」

千年――水無月の一族は〝天女の羽衣〟と同じものを織ろうとして、養蚕と機織の技術を磨いてきた。それは大正時代に、伏見の水無月にて飛躍的に上昇したというが、月界の技術には、まだ追いついていない……

「あ、六花さん。髪はどうされますか？」

文也さんは、適当に纏めていた私の髪に気がつき、髪飾りを見繕おうとしていたが、

「私、これを付けたいです……っ」

私はすでに、ある髪飾りを持っていた。

それは以前、文也さんにもらった水色の組紐。

私は組紐を唇で咥えて鏡を覗き込み、長い髪を指でハーフアップに纏め、その組紐を使って結う。お待たせする訳にもいかないからと、ササッとやってしまった。

すると文也さんが、目をパチパチとさせて、驚いたような顔をしているのだった。

「……文也さん？」

「い、いえ。器用だなと感心して……その組紐、使いやすいですか？」

「あ、はい！　とても気に入っています。学校でも使っています」

最近、暑くなってきたし、髪を結う機会が増えてきた。その時、この組紐で髪を結っていると、心が平常でいられるというか、安心するのだった。

それにしても、鏡に映る自分は、まるで自分ではないようだ。馬子にも衣装とはよく言ったもので、美しい着物のせいもあるだろうが、着る前に卯美ちゃんが軽くお化粧をしてくれたのもあるだろう。

父の介護に追われて、忙しさの中で、自分のことは常に二の次という日々がずっと続いていた。こんな風に自分を着飾るのは、本当に久々のことだった。

最後に卯美ちゃんに口紅を塗ってもらい、私は身支度を整えたのだった。

「卯美。お前も家でダラついてばかりいないで、たまには身綺麗にして伏見の方々に顔を見せたらどうだ」

さっそく居間でだらけ、アイスキャンディーを齧りながらテレビを付ける卯美ちゃんに、文也さんがそう声をかけたのだが、

「嫌だー絶対行かない。やっと一人で、のんびりお留守番できるってのに！」

卯美ちゃんはテレビの前から離れず、アイスも手放さず、頑なに外出を嫌がっていた。

「それに、あたしが家を空けると色々と困るだろ。誰が家を守るってんだよ。あ、でもお土産だけは買って来てね、おにーちゃん」

「……全く」

結局、伏見に行くのは文也さんと私だけということになり、卯美ちゃんはお留守番することになった。

嵐山のお屋敷を出て、石段を降りて行くと、駐車場にはすでに黒い車が待っていた。

それは、伏見の水無月から寄越された、迎えの車ということだった。

——京都伏見。

伏見稲荷大社で有名な土地だが、水無月家にとってそこは、月界の機織技術を管理している分家・伏見の水無月家がある場所であった。

「ああ……ここもなんて立派なお屋敷……」

緑の中にひっそりと沈む本家の平家のお屋敷と違い、そこは広い路地に面して軒を連ねる京町家風のお屋敷だった。木の格子や二階の虫籠(むしかご)窓などが特徴的で、この一帯は何軒にもわたって、伏見の水無月家ということらしい。

ちょうど伏見稲荷大社のすぐ側にあって、実に京都らしい趣がある。

「伏見の水無月は長い歴史を持つ呉服屋を営んでおります。あと伏見稲荷大社人気で観光客が激増したため、京町家風の屋敷を生かし、ここぞとばかりに端っこで町家カフェを営んでます」

「町家カフェ……」

文也さんが指し示した方向で、確かにお抹茶のスイーツが食べられる素敵なカフェが営まれていた。若い女性で賑わっている。

しかし私たちの目的は町家カフェではなく、伏見の水無月家そのものだ。

呉服店の正面から入るのではなく、建物と建物の間にある、細長い石畳のトンネル路地を進む。トンネル路地の中は薄暗いが、奥からやんわりと光が差し込んでいる。

トンネル路地を抜けると四角い庭があって、更にその奥に、格子戸の玄関があった。

文也さんが手を掛ける前に、内側からガラガラと格子戸が開かれた。

「お、来はった来はった、来はりましたねえ、本家の皆さん。お待ちしておりました〜」

見覚えのあるスーツ姿の大人の男性、水無月皐太郎さんが待ち構えていた。彼はこのしっとりとしたお屋敷に似合わない陽気なマシンガントークで、ペラペラと挨拶をする。

「六花さん、よくぞ伏見においでくださいました。ボンもお帰りなさいませ。うちの総女将(おかみ)も、お二人にお会いできるのをそれはそれは楽しみにしていまして。あ、六花さんお着物なんですねえ。似合(にお)てはりますよお〜。ところでもう嵐山の本家には慣れはりましたか？　不便なことなどありませんか？　ボンとはどこまで」

「皐太郎、余計なおしゃべりしてないで、さっさと上げろ。六花さんをこれ以上困惑させるな……」

「あ、はい」

文也さんが見たことないくらい冷たい目をしていらっしゃる。その静かな怒りを感じ取ったのか、皐太郎さんが「ささ、こっちでーす」と先頭を歩きながら案内してくれた。

通されたお座敷で、私と文也さんは勧められた上座側に並んで座る。

そこは整えられた座敷庭の見える和室で、少し雲行きが怪しいせいか、ひんやりとしていて薄暗い。表側は観光地らしく賑わっていたのに、ここはとても静かで、静かすぎて、緊張してしまう。

いつもならおしゃべりな皐太郎さんも、部屋の端で正座して、静かに控えていたからだ。

「失礼します」

間もなくして襖が開いて、霞色の着物を纏った、初老の女性が現れた。

上品に結われた綺麗な白髪と、しっとりとした槿花色の口紅が印象的だ。美しい所作で畳に手をつき、深く頭を下げて、気品と深みのある声音で言う。

「本家の皆様。伏見の水無月へ、ようこそお越しくださいました」

文也さんもまた、座布団から外れて畳に手をついて頭を下げる。私もそれに倣った。

霞色の着物の女性は顔を上げると、

「六花様でございますね」

「は、はい」

当主の文也さんではなく、まず真っ先に私に声をかけ、再び低く頭を下げたのだった。

「お目にかかりとうございました。わたくしは伏見の水無月が総女将、水無月千鳥と申します」

「は、初めまして。水無月六花と申します……っ」

その女性の気品漂う存在感に、緊張が高まった。

総女将ということは、この伏見の水無月で最も立場ある女性なのではないだろうか。

千鳥さんは次に、文也さんに向かってキリッとしたお澄まし顔で、挨拶をする。

「ご当主も、ご無沙汰しております。相変わらずの仏頂面でございますこと。あまり眉間にシワを寄せていると、跡が残ってしまわれますよ。お若いのに」

「……これはきっと千鳥お祖母様に似たのですよ」

ん？　お祖母様？

「んまあ、ご当主！　わたくしのことはお祖母様ではなく千鳥とお呼びくださいと、前回あれほど申しましたでしょう。あなた様は本家のご当主。ご自身の立場をお忘れなきように、と。あれほどくどくどと申しましたのに。ええ、申し上げましたとも！」

「………………」

目の端を光らせる千鳥さんに、文也さんがすっかり言いくるめられてしまった。

私がぽかんとしていると、部屋の端で控えていた皐太郎さんが、ここぞとばかりに説明する。

「あのですね六花さん、千鳥様はボンのお父上の実母に当たるお方です。要するに文也さんの実のお祖母様ですねえ」

「えっ⁉」

私は思わず声を上げてしまい、慌てて口元に手を当てる。

皐太郎さんは構わずペラペラと語っていた。

「ここ伏見の水無月は長老格が数名いらっしゃいますが、千鳥様が表立った総女将で、水無月全体でも発言力のあるお方なのです。せやから、ボンもほら。このようにくどくど小言を言われてしまうわけでして」

「そ、そうだったのですね……」

「ちなみに千鳥様は、月界の機織技術を引き継いだ優れた着物職人で、伏見の〝織姫〟とも呼ばれていて～」

「皐太郎。もうお黙り」

「あ、はい」

凄みのある千鳥さんの睨みつけによって、あの皐太郎さんが自分の口元に人差し指を添えて、ギュッと口を真一文字にして黙る。伏見の織姫とはいったい……

様々な情報に逐一驚いてしまったが、やはりこの方は水無月家でかなり立場のある人で、文也さんの実のお祖母様。

要するに、文也さんのお父様を本家の養子に出した方、ということだ。

ならば、もしかしたら、その原因となった私の父や、その果てに生まれた私のことは、あまり良く思っていないのではないだろうか。

女中さんがやって来て、温かい緑茶と和菓子を目の前に並べてくれたが、私は緊張のあまり、飲んだり食べたりできる気がしなかった。

隣の文也さんをチラリと見上げると、彼もまた、どこか神妙な面持ちだ。

目の前に座る千鳥さんだけが、自然体のままお茶を啜る。

「それで、ご当主。わたくしに何か用事があって、ここへいらしたのでしょう？」

「……用事はいくつかあるが、まずは単刀直入にお尋ねする」

文也さんは、自分の祖母である千鳥さんを淡々と見据えた。

「学園にカクレ形代を放ったのは、水無月千鳥……あなただな」

千鳥さんは、ピクリと眉を動かした。

私も文也さんの隣で、密かに驚愕している。

「あなた様を襲ったカクレ形代の件は、わたくしもうかがっておりますよ。それがどうして、わたくしの仕業となったのでしょうね」

「あのカクレ形代には、長浜の水無月で育ったカクレカミノキが使用されていた。それもかなり古いものだ」

文也さんは、冷静にその理由を述べた。

あの事件で使用されたカクレ形代を、文也さんはずっと調べていた。

本家にある資料や薬品から、その成分、月の気配の種類を調べ、どの土地で育てられた植物が使用されているか、おおよそわかったのだという。

「僕は最初、分家・長浜の水無月の連中の仕業かと思った。しかし、もし本当に長浜であれば、形代に残る月の気配を完璧に消し去った、現代仕様の形代を使用するはず。わざわざあれほど古いものを、使用しないはずだ」

「…………」

「あれは、あなたが嫁入り前に長浜より持ってきていたカクレ形代だな、千鳥。あなたは元々、長浜の水無月の人間なのだから」

「おほほ。ご名答です、ご当主」

千鳥さんは言い訳もなく、あっさりと認めた。

文也さんはというと、そんな祖母に対し、解せないという面持ちだ。

「いったい、どういうつもりだ、千鳥」

「どうもこうもございません。試したのでございますよ。ご当主と、六花様のことを。この先、真に本家を任すにふさわしいお二方かどうか」

あの一件で、私のことも、試していたということ……？

文也さんと千鳥さんの間では静かなる睨み合いが続いていたが、突然動きがあり、二人は懐から扇子を取り出して、それをバッと開いて口元を隠す。

「…………」

座敷庭ではシトシトと雨が降り始めていた。

さらには、どこか遠くでゴロゴロと雷が鳴っている。

あまりに緊迫した空気が流れていて、私はこの場所に、もう五分もいられないと思った。

「それで、あなたはどう判断された、千鳥」

いよいよ、文也さんが扇子越しに口を開いた。

千鳥さんは僅かに扇子を扇ぎつつ、視線を逸らす。

「……そうでございますね。ご当主は、月のモノの扱いに随分と手馴れてきた分、時々大事なところで抜けておられるのが気がかりです。六花様に連絡先を教えていなかったのはマイナスポイントでしたね。アホかと思いましたね」

「そこか……っ」

「一方で、六花様はやはり本家の長子だと思い知らされました。カクレ形代に最初に気がつき、ご当主の命を見事お守りし、神通力も貴重な〝耳〟の能力をお持ちのようです。何より、オオツノ様がおいでになられたのが、その証拠でしょう」

「もうそんなことも知っているのか……」

どこか呆れたようなため息をつく文也さん。

私には何が何だかわからなかったが、文也さんの口調や、纏う空気が、先ほどより少しだけ柔らかくなってきたような気がした。

「しかしお祖母様も、意地悪なことをなさる」

　文也さんは口元の扇子をパチンと閉じて、この時ばかりは、千鳥さんのことをお祖母様と呼んだ。

「僕はてっきり、あなたが本家の敵に回ったのかと思いましたよ。長浜の本家嫌いは、手に負えないほどですからね」

　すると千鳥さんは、顔を扇子で扇ぎながら「オッホッホ」と声を上げて笑う。

「馬鹿なことをおっしゃらないでくださいまし。わたくしは伏見に嫁いだ時から、本家のことだけを一心に考えて生きてきたのですよ。それが伏見の水無月の本分なのですから」

「しかしお祖母様、今回は少々やりすぎです。僕が呪詛にやられて、ぽっくり死んだらどうするおつもりだったのですか。しかも、土御門（つちみかど）家のご息女を巻き込んでしまいました。あちらを怒らせたら水無月家だってタダではすみませんよ」

「土御門家？　わたくしの知ったことではありません。文也さんも、本家の跡取りではありますが代わりが利かない訳ではないのです。そもそもこの程度でぽっくり死ぬような男に、本家当主は務（つと）まりませんのでね」

「何だと性悪クソババア。……おっと、口が滑りました」

「…………」

千鳥さんの、扇子を扇ぐ手が止まった。

文也さんの唐突な暴言に、私も目が点。

このタイミングで、ピシャア……と、稲妻が鳴る。

「おほほ。おほほほ。いえ怒っておりませんよ。怒っておりませんとも。しかしご当主はもう少し言葉選びを磨かねば。性悪クソババアなどという、下品極まりないお言葉では、分家の輩には到底太刀打ちできませぬ。あなた様は、言葉以外に武器などないのだから」

「いやしっかり効いておられるではないですか。流石のお祖母様でもクソババアは応えますか。ふふふ……」

「おほほ……小憎たらしいクソガキだこと。どこでそんなに捻くれてしまったのか」

笑っているようで目が笑っていない。

そんな、やんごとなき方々の嫌味と本音の応酬。

扇子というアイテムのせいで、一層、やりとりが様になっている。高貴な気品を保ちつつ、ビシビシと怒りをぶつけ合っているのだ。

私はというと、これが祖母と孫の関係とは思えず、正直なところ困惑している。

「ところで、六花様」

「は、はい！」

突然、千鳥さんに話を振られ、私はピシッと背筋を伸ばした。

「六花様は、六月六日がお誕生日とお伺いしました。すでに十六歳ということで間違いございませんね」

　私は「はい」と答え、控えめに頷く。千鳥さんは目を細めニンマリと笑った。

「であれば、文也さんが七月に十八歳になりますから、その際はすぐにでも籍を入れられるということでございますね」

「……へ？」

　あからさまに、キョトンとしてしまった。許嫁というものすら絶滅危惧(きぐ)種なこの時代、高校に通う少年少女が、早々に籍を入れることは少ないだろうから。

　嫌というより、時代が違うというか、まるでタイムスリップでもしたかのような摩訶不思議(まかふしぎ)な心地だった。

「お祖母様、ご存知ないのですか？　法が変わって、結婚年齢は男女共に十八歳になったのですよ」

「では二年後、法の許す限り早く、結婚してください」

「いけません。六花さんにはしばらく自由でいてもらいたいですし、お望みならば希望の大学に進んでいただきたい。そもそも十代の結婚なんて、今時、水無月家でもほとんどないではないですか」

　文也さんが慌てて意見した。しかしこれに対し、千鳥さんが声高に訴える。

「言っていられる状況だとお思いですか、ご当主！　特に嵐山の本家は、過去の栄華の面影すら感じられないほどに廃れ、首の皮一枚で繋がっている危うさなのです。分家の連中に、本家の遺産や権利をこれ以上奪われてはなりません！　今すぐにでも跡取りが欲しいくらいで……っ」

「千鳥」

この時、文也さんは低い声で、祖母の名前を呼んだ。

名を呼ばれた千鳥さんは、ぐっと言葉を飲み込んで、しばらく黙っていた。

そして、呼吸を止めた後のように長く息を吐くと「わかっておりますとも」と呟いた。

「年寄りの、時代にそぐわぬ古い考え方だと申したいのでしょう。しかしながら、我々は水無月という異類婚姻譚の末の存在なのです。天女の血を繋いでいくことを天命とし、未来永劫、月のモノを守ってゆくのが定め」

千鳥さんは今一度顔を上げ、強い眼差しで私だけを見つめる。

「六花様にも、我が一族のことをどうかご理解いただきとうございます。六蔵様が水無月を出て、あなた様は外でお生まれになった。自由を知るお嬢様には、残酷なお話だと重々承知しておりますが、あえてわたくしは申します。あなた様には、父親の行いによる後始末を、本家にてしていただく必要があるのです」

千鳥さんの、覚悟とプライドと、父への憤りが感じられる言葉だ。

それでいて、私を試すような言葉。

文也さんが何か言おうとしたが、先に私が、口を開いた。

「……あの。それは本当に、残酷なお話なのですか？」

私には、そこのところが少し疑問に感じられたのだった。

「私は水無月家にやってきてから、息の仕方を思い出しました。眠れないほど、不安な気持ちになったことも、ありません」

「…………」

「むしろ日々、清らかな空気と、豊かな緑に癒され……文也さんの言葉に励まされて、生きる力を取り戻している気がするのです。感情を、思い出していると……」

こんなことを言ってしまって、千鳥さんには、気楽でのほほんとした娘だと思われたかもしれない。だけど水無月家に来てから私は、確かに日々を真っ当に生きている。

「……なるほど。そうでございますか。あなた様は理解者のいない自由な外より、同じ境遇の者が集う、水無月という名の虫籠の中の方が、よほど生きやすいと」

「お祖母様！」

「では六花様は、何があっても、逃げずに文也さんと結婚してくださるのですね」

念を押すような、千鳥さんの言葉、視線だった。

文也さんが言葉を挟む隙すらないほどの、強い意志を感じる問いかけ。

「私は、文也さんとの結婚のことは、最初に受け入れているつもりです」

私もまた、控えめでゆっくりとした口調ではあったものの、確かにそう答える。

この時ばかりは、迷わなかった。

それは、文也さんが迎えに来たその日に覚悟したこと。

生まれて来た意味を知りにゆく。そう、死んだ父に誓ったから。

「ですが、ですが……っ」

「？」

「結婚の時期に関しては、文也さんのお気持ちもあると思うのです。私より年上とはいえ二年後は大学生でしょうし、そもそも文也さんは私でいいのでしょうか？　私、あまりに不釣り合いですし、文也さんにも好みがあると思いますし……っ」

私が特技の身震いを披露しながら、ブツブツと陰気な言葉を連ねたので、この部屋にいる誰もが何事かと思ったことだろう。

「え？　六花さんそんなこと考えてたんですか？」

文也さんはこのような反応だったし、

「あはははは！　六花さんそれ心配しすぎですて！　六花さんと会う前のボンみたいになってますて！」

皐太郎さんは部屋の端で大笑いしている。

ああ、恥ずかしい。だけど自分の感情や考えを言葉にして出せるようになったのは、悪いことじゃないかもしれない。前の私なら、こんなことを言葉にすることもできなかった。

「私、頑張ります……っ、できる限り文也さんに近づけるように！」

最終的に、私なりに張り切って宣言した。

千鳥さんだけは、何とも言えない顔をして私を見ていたけれど。

「……そうでございますか。その言葉を聞いて、わたくしは安心いたしました」

彼女はぽつりと呟いて、愛用の扇子を懐に仕舞った。

そしてまた、ハキハキとした口調で告げる。

「結婚の時期は、まあ早いに越したことはないのですが、結局はお二人次第です。あとはあなた方が須く本家の役目を全うできるよう、ついでに幸せな新婚生活を送られますよう、全力で、この千鳥がサポートさせていただきとうございます」

「新婚生活は、まだ早いですよお祖母様」

千鳥さんは文也さんのつっこみを軽く無視し、改めて座布団より外れて、畳に手をつき頭を垂れる。

「六花様。よくぞ水無月家にお戻りになられました。あなた様は、歴代でも三人しかいないという、本家長子の類まれな女性。天女にもっとも近い、尊き存在なのであります」

私が何も言えずにいたら、千鳥さんは顔を上げて、今までとは打って変わって柔らかな笑みを浮かべる。

それは気位の高い旧家の女性というよりは、ただ一人の、祖母の顔だった。

「本来、あなた様に不釣り合いなのは、我が孫の文也なのです。しかし文也を受け入れてくださったとあれば、伏見の水無月はあなた様を心から歓迎いたします。贔屓目かと存じますが、孫の文也は父に似て誠実で堅実で、人の心の痛みを思いやれる優しい子です。こう見えて懐の大きなところがございます。どうか文也をよろしくお願いいたします」

今まであまり孫扱いしていなかった文也さんのことを、手放しで褒めたりして。

文也さんは何とも言えない顔をして、照れ隠しのようにお茶を啜っている。

それだけで、私はなんだか胸いっぱいになるのだった。

カクレ形代の一件も、乱暴なやり方ではあったのだろうけど……

千鳥さんは、ただただ文也さんが心配だったのではないだろうか。

これは千鳥さんなりの、孫の可愛がり方、愛情表現なのかもしれない。

# 第八話　分家の人々（二）

緊張感のあったお話が終わり、千鳥さんは私に対し、にこやかに目の前のお菓子を勧めてくれた。

三角形に切り分けられた白いういろうの上に、煮た小豆を敷き詰めているお菓子だ。

「これは〝水無月〟という京都の伝統的なお菓子なのですよ。六花様は東京育ちなので、見かけないお菓子でございましょう」

「え、水無月、ですか？」

キョトンとしてしまった。それは、私たちの名字と同じ名前のお菓子だったからだ。

「偶然ではあるのですが、家名と同じ名のお菓子ですので、六月になると何かにつけてよく食べます」

隣の文也さんが、そう教えてくれた。

皐太郎さんも座卓に寄って来て、水無月というお菓子を気ままに食べていた。

美味しいですよ～美味しいですよ～と、私に向かって露骨にアピールしてくるので、黒文字を手に持ち、私もいただいてみる。

白いういろうは、お餅よりずっと歯切れがよく、その食感にまず驚かされた。

甘すぎない上品な味わいで、小豆の風味を見事に引き立てている。シンプルで夏らしいさっぱりしたお菓子だ。まず緊張した後の甘いものに勝るものはない。

隣の文也さんが、首を傾げて「いかがですか？」と私の反応をうかがっていた。

「とっても美味しいです。見た目も綺麗な三角形をしていて、涼しげで」

「京都では、本来六月三十日の〝夏越の祓〟に食べられるお菓子なのです。三角形に切り分けられたういろうは、氷に見立てられているのだとか」

「あ、私も最初、氷のようだと思いました……っ」

三角形のせいかな。それとも白いういろうが、半透明に見えるからかな。

京都に昔からある和菓子の味や、その伝統を知るのは、とてもワクワクする。

季節の巡りの中で催される行事や、食されるお菓子やお料理にも、伝統が息づいていて、それが生活の一部となっているのだ。

「ところで、お二人とも。せっかく伏見まで来はったんですから、この後、近所の伏見稲荷大社でお参りして来はったらいかがです？　雨も止んで晴れましたし～」

突然、皐太郎さんが私と文也さんに向かって、そのような提案をした。

「ボンも、たまには六花さんをデートに連れて行ってあげないと～」

「一理ありますね。ご当主が六花様に嫌われてしまったら、元も子もないのですから」

千鳥さんまで皐太郎さんに同調し、目の端を光らせてそんなことを言う。

「そ、それは」

「嫌いになるなんて……っ」

文也さんが何か言おうとしたのに被さる形で、私もまた、とっさに言葉が出てきた。

嫌いになるなんて、そんなことはない。と言おうとしたのだ。

文也さんも、千鳥さんも皐太郎さんも、なぜかとても驚いていたので、色々と恥ずかしくなり小さくなって「すみません」と謝った。

「いえ、とんでもない。確かに伏見稲荷大社には六花さんを連れて行きたいと思っていました。雨上がりですが、少し行ってみますか？」

「は、はい！　行ってみたいです」

伏見稲荷大社には前々から興味があった。有名な千本鳥居を見てみたいし、着物を着て文也さんと外出するというだけで、何だかドキドキしてしまう。

私たちは早速、伏見の水無月のお屋敷を出て、伏見稲荷大社へと赴いたのだった。

伏見稲荷大社――そこは稲荷神社の総本宮。

稲荷信仰の原点とも言える稲荷山を巡拝するため、全国から多くの人々が参拝のためにやってくる。商売繁盛や、五穀（ごこく）豊穣のご利益があるという。最近では海外からの観光客も多く賑わっているようだが、ちょうど雨上がりということもあって今は観光客が少なかった。

「やはり、この辺はきつねうどんやお稲荷さんを振る舞っているお店が多いのですね」

「すずめの丸焼きも名物ですよ」

「す、すずめ⁉」

文也さんが「挑戦してみますか？」と私に尋ねたが、この時ばかりは本家のお庭や竹林を飛び交う愛らしいすずめの姿が頭をよぎり、その勇気が湧かなかった。

い、いつか挑戦してみよう。いつか……

正面の大きな赤鳥居をくぐり、白い石畳の参道を歩き、狛犬(こまいぬ)ならぬ狛狐(こまぎつね)を拝む。

伏見稲荷大社の狛狐は、稲穂や、巻物、玉や鍵を咥えていて、凜々(りり)しいお姿をしている。

妙な視線を感じる気がするが、文也さん曰く、こちらの狐の神使(しんし)たちは水無月の人間たちを、いつも興味深げに観察してくるという。

さて。本社でお参りをした後は、稲荷山を登る形で、連なった朱塗りの鳥居をくぐり、神蹟(しんせき)やお塚(つか)を巡っていく。文也さん曰く、ここからが長いらしい。

「わあ……」

千本鳥居は、想像していた以上に見事だった。

緑の木々と、赤鳥居のコントラストが美しく、さらには雨上がり独特の雫(しずく)がキラキラと輝いて、胸が高鳴った。

陽光が緑の葉から透けて、赤鳥居の隙間に差し込む。

そんな幻想的な光景と、清々しい空気を全身に浴びながら、まるで異界にでも迷い込んだかのような非日常の中に、私たちは静かに佇んでいた。圧倒されている、ともいう。

「六花さん。履きなれない草履で、この山を登るのは辛くないですか？」

文也さんは、段差のあるところなどで、常に私を気遣って手を差し伸べてくれた。

手に触れるのは初めてではないのに、こういう場面だと妙にドキドキしてしまう。

だけど、いざその手を取ると、ホッと安心するのだった。

「この草履、軽くてとても歩きやすいです。前に下駄を履いた時は、少し歩いただけでも足が痛くてたまらなかったのに。もしかしてこの草履の鼻緒にも水無月の絹糸が使われているのですか？」

「ええ。その通りです。いつも思うのですが、六花さんは結構歩きますよね。意外と体力があるというか……」

「そうかもしれません。学校のマラソン大会やハイキングは、結構得意な方でした」

というか、コツコツ進むというのが好きなのかもしれない。

特にスポーツをしていた訳ではないのだが、中学が遠い場所にあったので毎日結構な距離を歩いていたのと、安売りスーパーをはしごしていたせいもあるかもしれない。

父の介護も、体力がなければ成り立たなかった。

「はっ。もしかしてこれも、水無月の体質ですか!? 体力が普通よりあるとか」

「……いえ。そんなことはありません。卯美だったらこの辺で駄々をこねて脱落してます」

そういう文也さんも、普段から農作業や庭の手入れをしているので、かなり体力があると思われる。そもそも嵐山の本家は、石段を登ったところにあるので、あれを上り下りするだけで結構な運動になりそうだ。

「六花さん、上をみてください」

文也さんが立ち止まり、上空を指差した。赤鳥居の隙間を、何か細長いものがニョロニョロと群れをなして移動している。

「な、なんですか、あれは」

まるで細い金の帯のようだ。よくよく見ると狐の顔をしていて、可愛い前足もある。

「あれは管狐です。竹の筒に住んでいる細長い姿をした狐の妖怪です。……この山の中に、伏見神宝神社という〝竹取物語〟所縁の神社があったりします。そこは竹林に囲まれており、管狐たちの住処となっているのです」

それら管狐たちは、いわゆる伏見稲荷大社の神使とは違う野生のあやかしらしいのだが、赤鳥居の隙間を自由気ままに縫って遊び、キラキラと金の尾を閃かせているのだった。

私が管狐たちを目で追うのに夢中になっていると、隣にいた文也さんが、ふとこんな問いかけをした。

「ところで……六花さんは〝竹取物語〟をどこまでご存じですか？」

サワサワと、稲荷山の木々を揺らす風の音が、その声に重なる。

私は文也さんの横顔を見上げた。

「……えっと、それはあの有名な、かぐや姫のお話ですか？」

「ええ、そうです」

彼の表情はどこか物憂げで、最初こそ、その問いかけの意図に気がつかなかったが、

「あっ。そういえば竹取物語のかぐや姫って、月の人、でしたよね」

ハッと、そのことに思い至る。文也さんもまた、ゆっくりと頷いた。

「竹取物語は日本最古の物語だと言われており、我が水無月家にとっても、深い所縁のある物語なのです」

竹取物語——

昔々、竹取の翁という者がいました。翁は野山で光りを放つ竹を見つけ、それを切ったところ、筒の中から小さく美しい赤子が出てきました。その子は翁夫婦に富をもたらし、やがて光り輝くほどの美しい娘に成長します。

娘は「なよ竹のかぐや姫」と名付けられ、その美しさを聞きつけた者たちが彼女の姿を

一目見ようと、竹取の翁の屋敷に通いました。かぐや姫は特に熱烈な〝五人の公達〟に対し、ある要求を突きつけ、それができた者と結婚すると告げたのです。

要求とは、かぐや姫の望む五つの宝物を、それぞれが一つ持ってくること。

仏の御石の鉢。蓬萊の玉の枝。火鼠の裘。龍の首の珠。燕の産んだ子安貝――

しかしそれは、どれもこの世にあるものではなく、誰もかぐや姫の要求した宝物を見つけ出すことはできませんでした。

この噂を聞きつけた帝は、かぐや姫の姿を一目拝もうとその家に押し入り、かぐや姫の光り輝く美しい姿を見てしまいます。しかし帝が近づくと、かぐや姫は一瞬のうちに、光の中へと姿を消してしまいました。やはりこの世の人ではないとわかった帝は、ますますかぐや姫に心を奪われ、文通を始めるのでした。

それから数年。

かぐや姫は、ある時より月を見上げて物思いに耽り、泣くようになりました。

なぜ泣くのかと問う翁に対し、かぐや姫は自分が月の都の住人であることを告げました。

もうすぐ月より迎えが来ると言うと、翁はかぐや姫を屋敷に閉じ込め、帝はかぐや姫を守るための軍勢を、翁の家の周りに配備したのでした。

しかし月より雲の船に乗って現れた月の王と月の民には、地上の人間たちの攻撃が、不思議と全く当たりません。閉め切っていた屋敷の戸は、みんな勝手に開いてしまい、奥の部屋に閉じ込められていたかぐや姫も外に出てしまいました。

引き留めようとする翁に対し、月の王は告げました。

姫は罪を作ったため、地上に降ろされたのだ、と。

かぐや姫は翁に手紙を、帝に〝不死の薬〟と和歌を書いた手紙を残し、〝羽衣〟を纏ったことで地上でのことを何もかも忘れ、月へと帰ってしまったのでした……


簡単に、ではあるがこのような話だったと記憶している。

古典の授業でも習う、この国の誰もが知るような、とても有名な古い時代のお話だ。

「竹取物語の著者はわかっておりませんが、平安時代の初期に、月界人によって書かれた物語なのではないかと、我々は考えています。水無月家にとって竹取物語は、月界に纏わる多くの謎を解き、いくつかの事実の裏付けとなる、貴重な物語なのです。……そしてこの物語には、まだ何かが秘め隠されている」

文也さんは口元に人差し指を添え、それこそ秘め事を語るような口調だった。

「例えば、ですが、かぐや姫が月を見上げて泣いた場面……これは〝月帰病〟によるものだと言われています」

「え……!?」

他にも、地上の人間の攻撃が月の民に当たらなかったり、かぐや姫を閉じ込めていた戸が勝手に開いた場面は、正に〝念動〟の力によるものだ。月界人が念動を使えたという裏付けになっている。

また、かぐや姫が五人の公達に要求した五つの宝物。これは全て貴重な月界資源であり、最後に出てくる〝不死の薬〟の材料だとする説があるらしい。

そして最後にかぐや姫が纏う〝羽衣〟。

羽衣伝説の重要なアイテムが、この物語にも登場している。月に帰るために必要不可欠なものだという事の、裏付けとなっている。

確かに水無月家の、天女に纏わる事情と繋がるところがいくつもあって、ゾクゾクとこみ上げるものがある。恐れ多い気がして、思わず体を抱いた。

誰もがよく知る竹取物語の見方が、すっかり変わってしまいそうだ。

「ちなみにですが、水無月家の本家の長子の女性は、輝く夜の姫と書いて〝輝夜姫(かぐや)〟と呼ばれる風習があったりします。要するに六花さんのことですね」

「えっ、私が、輝夜姫ですか⁉」

「ええ。それほど竹取物語が水無月家にとって重要だということなのですが。あ、千鳥が伏見の〝織姫〟と呼ばれるのと、同じようなものです。そう気負わずに」

「…………」

と、言われましても。とても名前負けしてしまいそうな肩書きで、身が竦む。

そういえば千鳥さんも、伏見の〝織姫〟と呼ばれると、少し怒っていたなあ……


さて。稲荷山は登れば登るほど、神聖な空気を帯びていく。

古いお塚や、神蹟が、ひっそりと苔むして存在している。

石の鳥居、小さい赤鳥居が至る所にあって、それがチラチラと、当たり前のように視界に入り込む。

妙な心地だ。知らない場所なのに、懐かしい。そんな匂いがする。

神域と呼ぶに相応(ふさわ)しい空気が、ここにはある。

それだけではなく、カラスや狐のあやかしたちが当たり前のようにそこここにいて、静かにこちらを見ていたりするので、私はそれにドキッとさせられるのだ。一瞬、胸にひんやりとしたものが差し込むというか。

それは一般の観光客には見えていないであろう、人ならざるものたち。

決して悪意はなく、しかし善意もあまりなく、人を襲う意思も意味もないものたち。

だけど確かに存在する彼らは、私や文也さんを非常に興味深く、注視しているのだった。

「……え？」

そんな時だった。

どこからか不思議な音がして、私は思わず立ち止まった。


カラカラ……カラカラカラ……


微かな音なのに、奇妙なほど、耳に響く。

いつかどこかで、聞いたことがある気がするのだけど、この音は何の音だったかな。

嫌な感じ、悪寒がして、思わず文也さんの羽織を摘んだ。

「……？　どうかしましたか、六花さん」

文也さんも立ち止まり、私の方を振り返る。

「何だか、この先は……その、嫌な感じがします。音が……」

「音？」

そこでハッとした。文也さんに聞こえず、私に聞こえるもの。

それはもしかしたら、月のモノの音かもしれない。私には、その手のものの音域を捉える耳があるという。

しかしそれを意識した時にはもう、周囲からは人が消え、錦の霧が立ち込めていた。

文也さんはすぐに異変に気がつき、私を側に引き寄せると、懐から扇子を取り出し強く扇いだ。

すると錦の霧が晴れていく。

驚いたことに、景色が、先程までのものから変わっていた。

連なった赤鳥居の隙間から見える〝外側〟は、夜空のように暗くありながら、屏風に描かれているような金の雲が揺蕩（たゆた）っている。そして真上には、穴のようにぽっかりと丸い、月がある。

カラカラ……カラカラ……

金の雲には、千代紙を折って作ったような風ぐるまが、数え切れないほど突き刺さっていて、風もないのにカラカラと回っている。私が聞いたのはこの音だったのか。

回る。回る。色とりどりの風ぐるま。

金箔（きんぱく）の花びらが、目の前を横切って流れていく。

「月の……神塚（かみづか）」

文也さんもまた周囲を見渡し、険しい表情のまま、小さな声で呟いた。

「ここは水無月の〝結界〟の神通力を持つ者が、遥（はる）か昔に伏見稲荷大社に奉納（ほうのう）したお塚です。月の神塚と呼ばれています」

「月の神塚？　私たち、どうしてこんな場所に……」

理解の及ばない異界に、ふと迷い込んでしまったような不安が、じわじわと胸に押し寄せる。——その時だった。

「これはこれは、本家当主の文也様じゃあございませんか。ご無沙汰しております」

いつの間にか赤鳥居の向こうに、黒髪の青年が佇んでいた。

黒髪の青年は漆黒の羽織を纏っていて、手には灯りのついた提灯を持ち、背後に狐のお面をつけた者を一人従えている。その様が、浮世離れして見えてゾッとする。

人ではないのかもと思ったけれど、文也さんはその人物に覚えがあるようだった。

「水無月……信長……」

名を呼ばれ、その人は切れ長の目を一層細めて、唇に薄く弧を描く。

水無月ということは、親戚の人だろうか。

文也さんに負けず劣らず、それでいて違うタイプの妖艶な美男子という感じだが、その微笑みはどこか冷たく、ゾッとする。

「……チッ。皐太郎め、謀ったな」

驚いた。文也さんが珍しく舌打ちをした。

ただそれだけで、どうにも不穏な気がしてくるのだ。

「まあそう、邪険にしないでくださいよ。俺ってほんと嫌われてるなあ」

黒髪の青年はニンマリと笑い、持っていた提灯を狐面の人に手渡す。

そしてこちらに向かって歩きながら、自らの懐より暗色の扇子を取り出した。

「お連れ様は、噂の許嫁殿ですかな？　あの、水無月六蔵(りくぞう)様の……娘」

青年は私のことも知っているようで、視線がスッとこちらに向けられる。

「は、初めまして……っ、水無月六花と申します」

親戚の方とあって、私は自分から挨拶をして頭を下げた。

すると水無月信長という人は、思いのほか、愛想(あいそ)よくニコリと微笑み、

「お初にお目にかかります六花様。俺は水無月信長と申します。分家〝長浜の水無月〟の者と言えばわかりますかな。お会いできて光栄ですよ」

私に向かって、深く頭を下げる。

長浜の水無月――

滋賀にある〝長浜の水無月〟は裏本家と呼ばれていて、分家の中で最も規模が大きく、天女降臨の聖地を守り続けている。ここへ来る前に、文也さんからそう聞いていた。

信長さんは、その〝長浜の水無月〟の人間なのだ。

「お父上を亡くされたばかりで、さぞお辛いかと。今度ぜひ滋賀の長浜にもおいでくださいませ。うちは琵琶湖の眺めの美しい旅館を、いくつか経営しておりますので」

あれ？　思ったより普通の人だ。

先ほど感じた怖気のようなものは、勘違いだったのだろうか？

ただ、隣の文也さんの警戒心が解かれることはないし、信長さんの文也さんを見る瞳も
また、そこはかとない敵意に満ちている。この場所では月の気配を帯びていて、文也さん
の瞳は青の、信長さんの瞳は赤の満月のようだった。

「信長。何のつもりだ。僕は月の神塚に入る気はなかった。僕らをここに招き入れたの
は、後ろの〝真理雄〟の、結界の力だろう」

信長さんは、扇子を開いて軽く顔を扇ぐ。

「何って、ご当主。こうでもしないと、俺たちまともな会話もできないじゃあないです
か。骨肉の争いに、観光客を巻き込む訳にもいかないし」

「………………」

「………………」

ピリピリと、肌を刺すような緊張感。

私にだってわかる。この二人が、決して仲良しじゃないことくらい。

「言っておくが」

パチンッ！

と軽快な音が響いて、信長さんが閉じた扇子の先を文也さんに突きつけた。

「十四の時から！　俺はお前が、超、絶、憎たらしい……っ！　何だその悟りきったようなムカつく目は。お前が本家の当主だなんて、俺は、一、生、認めないからなっ‼」

突如として、テンション高めで口調が乱れる信長さん。

いったい何を言い出したんだろう、この人。

「知っている。十二歳の時からな。そして僕はお前が苦手だ。油汚れのようにねちっこくしつこいから」

文也さんは淡々と、しかし辛辣に返す。それこそ悟りきったような冷ややかな目で。

二人の温度差に風邪を引きそうだ。私は真横で置いてけぼりだった。

油汚れとまで言われた信長さんは、

「ハッ！　誰が台所の油汚れだ！　お前こそ所詮は〝伏見の水無月〟に過ぎないだろうが。一時しのぎの、かりそめの当主だ」

扇子の先を文也さんの胸元にグッと押しつけ、挑発的な表情で煽り続ける。

文也さんは「台所の、とは言ってない」と……

「先代・十六夜様亡き今、俺たち分家がお前に従う意味なんてあるのか？　いやいやないね。本家の当主として、特別なことが何一つできない、お前ごときに。羽衣すら失った今の本家に！」

また勢いよく扇子を開き、一度こちらに背を向ける信長さん。

扇子で口元を隠し、顔だけを振り向かせながら、流し目気味に私の方を見る。

「だが……六花様が本家当主にお立ちになる、ということだったら話は別だ。本家憎しの長浜も、何の文句も言うまいよ。俺だって大人しく従うとも」

「……信長、お前」

「だってそれが一番、正しいこと、だろう？　ねえ六花様」

再びこちらに向かって歩み寄り、信長さんは腰を屈めて私の顔を覗き込む。

私は思わず後ずさりした。彼はそれを見て、目を細めながらクスクス笑った。

そして今一度背筋を伸ばし、横目で文也さんを見る。

「なあ……文也。なぜお前は当主の座にしがみつく？　お前のような半端者に嫁ぐなんて、六花様への侮辱だと思わないか？　元来、当主の座につく血を持っているのは六花様なのに。本家長子の、類まれな女性。誰より天女に近い存在……輝夜姫」

輝夜姫――

それは先ほど、文也さんと話をしていた竹取物語の主人公と同じ名前であり、また本家の長子の女性に与えられる別称だ。

「そう。〝輝夜姫〟だ。ならば竹取物語のように、五人の男から、六花様が花婿をお選びになるのが公平なあり方というもの。この世にあらざる月の宝物を出し揃えて！」

五人。それは水無月の分家の数でもある。

月の宝物というのは、竹取物語に出てくる、〝かぐや姫〟に献上すべき宝を彷彿とさせた。

そんな、物語めいた信長さんの物言いに、文也さんは呆れてため息をつく。

「竹取物語の通りなら、〝かぐや姫〟は誰も選ばず月に帰ってしまうだろう。信長、お前は自分が六花さんの花婿にふさわしいとでも言いたいのか？　お前にだって許嫁がいるだろう」

「俺の場合は、予言された許嫁ではないのでね。いくらでも変更可能だ」

信長さんのその言葉に、文也さんはピクリと目元を動かし、静かな怒りを滲ませた。

「お前はいつもそうだ。そうやって、僕を蹴落とす為なら何だってやる」

しかし冷静さを欠くことなく、口元で自身の扇子を閉じる。

「それほどに、本家が憎いのか……」

「そうとも」

信長さんもまた、否定などしなかった。

薄ら笑いを浮かべて、当主である文也さんを、真正面から睨みつけた。

「文也。俺は、長浜を陥れ、冷遇し続けた本家が嫌いだ。何より、卑怯で小賢しいお前が嫌いだ。本家の権利も、立場も、天女の羽衣ごと、お前から全てを奪ってやる」

「……僕は長浜ともう一度、関係を築き直したいと思っている。先代とは違って」

「ハッ、今更遅いんだよ！　お前がどうあがいたところで、もうすぐ葉は贄子として差し出され、卯美は長浜に嫁いでくる。そして六花様も、水無月のことを知れば知るほどお前を選びはしない。お前から、離れていくに決まっている」

「…………」

「そしたらお前はお役御免だ！　両親も弟も妹も、許嫁すらもいなくなって、無能で無用な、一人ぼっちになってしまうよ」

そして信長さんは、扇子を持たないもう片方の手で文也さんの胸ぐらを掴み、彼を引き寄せ、その耳元で何かを囁いた。

それは、文也さんにとって何より恐ろしい言葉だったのではないかと、彼の凍てついた表情を見て思ったのだ。

「や、やめてください……っ」

私はとっさに、文也さんの胸ぐらを掴む信長さんの腕を引っ張っていた。

大胆なことをしてしまったが、どうしても文也さんから、信長さんを引き離さなければと思っていた。

「……何でしょうかね、六花様」

信長さんの口調に熱はない。

その視線も、冷たく私を見下ろしていて、恐ろしかった。

「文也さんは、た、頼りになります。私の命の恩人です」

だけど私は、今だけは絶対に、言わなければならないとわかっていた。

「私は文也さんについて行くと、最初から決めています。だから文也さんが一人になることは、ありません」

「……六花さん」

信長さんは私と文也さんの顔を見比べるようにし、

「へえ、そう。もうそんなに懐いてるんだ」

パッと文也さんを摑んでいた手を離し、今度は扇子の先で私の顎を掬い上げると、真上から顔を覗き込んだ。この目を。

「あ……っ」

深く赤い視線に、すっぽりと飲み込まれたような心地だった。

目を逸らすことができず、妙な束縛感があって、息すらできない。

そしてなぜか、心の奥を暴かれているような、不安定な心情に陥る。

「文也は君に優しいかい？　だがそれは、親の愛情すら足りてない君を懐柔して、利用しようとしているだけだ。君はこれから、ボロボロになるまで、この男に使われるだろう」

彼の瞳の奥に、月が見える……

「こいつは自分の願いの為に、君を巻き込んだ。君は知らないだろう？　いったい何人死んだと思う？　こんな、血で血を洗うような水無月家の遺産争いで――」

「やめろ」

文也さんの、静かな怒りに満ちたひと声が、私の体の硬直を解く。

「それ以上、彼女を見るな」

それは私にもわかるほどの、命令の力を帯びた言葉だった。

信長さんの視線が私から逸れ、キッと文也さんの方を向いた時、文也さんは扇子の先で、信長さんの手をバシッと強めに叩いていた。

「あいたっ！」

信長さんはちょっと間抜けな声を上げ、私の顎に突きつけていた扇子をポロッと落とす。

そしてその手を引っ込めつつ、後退り（あとずさり）ながら舌打ちする。

「文也ぁ、貴様……っ、俺に〝命令〟しやがったな！」

「六花さんに気を取られて、扇子を閉じたお前が悪い」

「沈めてやる。いつか琵琶湖に沈めてやるからな！」

文也さんと、信長さんの、緊迫感ある睨み合いが続いていた。

風もないのにお互いの髪が揺れ、足元に妙な振動がある。

肌が刺すように痛いのは、お互いの念動が、今にも解き放たれんとしているからか。

月の神塚に連なる鳥居すら、ピシピシと音を立てている。

これはまずいのではないだろうか、と私の緊張と不安は募るばかりだったが、

「若、もうおやめください。このままでは月の神塚を破壊してしまいますよ」

二人の睨み合いを解くような、鶴の一声があった。

ずっと信長さんの後ろに控えていた、狐面の人だった。

錦の霧が徐々に薄くなっていく……

「チッ。真理雄ぉ！　お前、結界を解きやがったな！」

「若。あんたもう二十歳なんですから、幼稚園児みたいな喧嘩ふっかけるのやめてください。何ですか、琵琶湖に沈めるって。ご当主も、今回の若の非礼をどうかお許しください」

「てめっ、誰が幼稚園児だ！　そしてこいつなんぞに謝ってるんじゃねーよ！」

「なんぞって、あんたね。本家のご当主ですよ。あんたこそ何なんですか」

狐面の人のおかげで、敵対ムードが一気に緩んだ。

文也さんも長く息を吐いて、頭を抱える。

「すまないな、真理雄。手を煩わせた。僕も少し熱くなりすぎた」

「いえ。どう見ても、うちの若が悪いんで」

「てめっ、何を」

「ほら若、もう結界を出ます。無様な姿を大衆に晒すのだけはやめてください」

「……っ」

信長さんはギリっと奥歯を噛んで、チッと舌打ち。落とした扇子を狐面の人から差し出されると、それを乱暴に受け取って、開いて顔を扇ぐ。

少しして彼は、最初に見せていたような、にっこりした作り笑顔になった。

切り替えが早いな。

「お許しください、六花様。俺、この〝目〟に力がありまして、あなたにも少し、怖い思いをさせました」

信長さんは乱れた羽織を整えつつ、私たちから遠ざかる。

遠ざかりながら、やはり横目で、文也さんを睨みつけていた。

「文也。分家は長浜だけじゃないぞ。どこもかしこも動き出している。天女の羽衣を求め、本家を磨り潰すために」

「…………」

「まあ、せいぜいあがいて見せろよ、ご当主様。非力なお前が、六花様まで引きずり出してどこまでやれるのか。……俺は、お前が、苦悶し続ける様を楽しむとしよう」

そして信長さんは、狐面の人を連れて千本鳥居の向こうへと消えていった。

「……文也さん」

「すみません、六花さん。お恥ずかしいところをお見せしてしまいました」

私はフルフルと首を振る。

「あの方は、いったい……」

「水無月信長。あいつは〝長浜の水無月〟の次期跡取りであり、卯美の許嫁です」

「……え」

「あいつが、僕の妹である卯美を、大切にするとは思いませんけどね」

卯美ちゃんが、自分にも許嫁がいると言っていたのを思い出した。

そして、その人のことが大嫌いだとも。

「長浜の水無月は、先代当主の十六夜より不遇の扱いを受けていたこともあり、本家への遺恨が最も深い分家なのです」

「どうして不遇の扱いだったのでしょう」

「それはおそらく、本家に取って代わることもできる、力のある分家だったからでしょう。先代当主の十六夜は、分家に本家の立場を奪われることを、最も恐れていました」

本家と分家——遺産や立場を巡って啀み合っていると聞いていたけれど、一筋縄ではいかない事情が、歪み、縺れ、絡み合っているように思う。

文也さんと信長さんの対立する姿から、それを嫌というほど感じ取った。

やがて錦の霧は完全に消え、私たちは月の神塚から現実に戻り、下山することにした。

それからすぐ、嵐山の本家へと帰ることとなった。

伏見の千鳥さんが、私のために用意してくださっていた普段着用の着物や、本家の皆へのお土産などを、車に乗せて。

だけど文也さんは、信長さんと出会ってからずっと深刻そうな顔をしている。

嵐山に帰り着き、荷物をお屋敷に運ぶと、文也さんは再び私を家の外に連れ出した。

「どこへ行かれるのですか？」

「お疲れのところ申し訳ありません。六花さんにどうしても見せたいものがあるのです」

文也さんは私の手を取り、裏山の奥へ奥へと連れて行く。その足取りは早く、彼の焦りのような感情を感じ取れた。

夕暮れ時の、濃い茜色が、樹林を染め上げている。

月鞠河童たちが草むらから出てきて、チョロチョロとついて来ながら、私や文也さんの様子をうかがっていた。文也さんは特に彼らを追い払ったりはしなかった。

そうして辿り着いたのは、今まで来たことのない場所。

古く大きなお堂が、森の奥にひっそりと存在していたのだった。

私たちはそのお堂へと入る。

声を上げてしまいそうなほど驚いたのは、そこに巨大な像が祀られていたからだ。

仏像？　いや違う。羽衣を纏った天女像だ。

お堂の中は壁も天井も古い壁画に囲まれていて、線香の香りと、静寂に満ちている。

天女は微笑をたたえ、手を合わせ、蓮（はす）の花の上に鎮座している。

この神聖で厳（おごそ）かな空気の中、構って欲しくてひたすら足元をうろつく月鞠河童6号を、文也さんは手で掬い上げて肩に乗せたあと、真剣な面持ちで視線を上げた。

「この像は、この地に本家を移した際に作らせた、始祖の天女像だと言われています」

「始祖の……？」

悠久の時の流れを感じ取れる、古い時代の天女像。

見入ってしまったのは、それが今もなお続く一族の先祖の像だからか、それともただ圧倒されているからか。

「もしかして、これを私に見せるために？」

「いえ。これはあくまで、天女降臨後の人の手による産物で、月界の遺物ではありません。月界の遺物は……」

文也さんはどこか戸惑いの表情を見せつつ、ぐっと拳を握った。薄暗い中だったが、私はそれを見逃さなかった。

「!?」

そして文也さんは、祀られた天女像の裏側に回りこむ。

像の土台の部分に、分厚そうな、黒い鉄の扉があった。

「この奥は、巨大な地下の宝物殿となっています。本家が代々守り続けて来た、重要な月界の遺物が残されているのです。……しかし僕はこの二年間、ここへ入っていません」

「なぜですか？」

「先代が亡くなり、この扉を開けることのできる本家の長子がいなかったからです。その権利を、僕も、誰も、持っていなかったから」

私は、胸の動悸が早まるのを感じながら、文也さんがその話をした意味を考えた。

そしてふと思い出す。美術室で聞いた葉君の言葉を。

本家の長子だけが開ける扉があったり、使える月の遺物があったり——

「私には、この扉が開けられるということですね」

「ええ。試して頂けますか？」

文也さんは複雑そうな面持ちのまま、私を見る。

その視線を前に、首を横に振ることなどできなかった。

一度深呼吸して、鉄の扉に触れる。

すると、扉は表面に細く格子状の光を走らせ、カチカチカチと緻密(ちみつ)な音を奏(かな)でながら自動で左右に開いていく。どんな仕組みなのかは全く分からないが、扉の隙間から流れ出てくる冷たく異様な空気が、濃い〝月の気配〟であることだけ、私は感覚的にわかっていた。

「開きました!」

「……ええ」

文也さんは、相変わらず強張った表情だった。

扉の奥は暗かったが、どうやら地下に向かう階段になっているようだ。

文也さんの肩に乗った、6号の放つ柔らかな光が、周囲をぼんやりと照らしてくれる。

月鞠河童はその体に月光を蓄え、暗い所でしばらく光を放ってくれるらしい。凄い。

その光を頼りに、文也さんは数段降りた。

「……手を」

そして、私に手を差し出す。

どこか苦しそうな、しかしそれを悟られまいと我慢しているような、文也さんの目。

私は今、文也さんの心の内側を知らない。

だけど私はその手を取り、階段を降りる。

一歩一歩、ただ、その先に何が待ち受けているのかを、覚悟しながら。

地下の宝物殿は、私たちが降りるとほんのりとした暖色の灯りがともった。

見たことのない、月の遺物と思われるものが、そこに保管され点々と並んでいるのだが、文也さんはそれらに目をくれることもなく、ただ私の手を引いて、奥へ奥へと進んでいく。

そしてまた、階段を降りて降りて——降りた。


「……これは……」


そこは宝物殿の最深部。

ふわりと頬をかすめたのは、桃紫色に光る花びらだった。

甘い香り。

花びらが、千切れて砕(くだ)けて舞い落ちる、聞いたことのない音。

巨大な樹木が天に向かって、広く広く枝葉を伸ばしている。

その木はまるで春の桜のように、青にも紫にも桃色にも見える淡い花を満開に咲かせて、繊細な光を放っていた。そして根元で、何かを守っている。

あれは、何？

壊れた……船？

「いったい、これは……っ、何なのですか」

ドクンドクンと、自らの心臓が鼓動する音が、聞こえる。

天女像の比ではないほどに、精神に迫り来る郷愁の念は、とめどないものだった。

「これは〝月の浮舟〟です。大蓬萊桜に守られて、月光の差し込まぬこの場所で、千年もの間、眠り続けています」

「……月の浮舟？」

「天女がこの世に降り立った時に使用された、舟なのです。本来は遥かに巨大らしいのですが、ここではこの程度の大きさで、古びたまま、壊れたまま、静かに留まっています」

大きく目を見開いた。それ以上言葉も出ない。

勝手な想像で、天女は羽衣で空を舞いながら、この地に降り立ったのだと思っていた。

だけど〝月の浮舟〟と呼ばれたそれを見ているだけで、無性に胸が締め付けられて、どこからやって来たのかわからないような〝懐かしさ〟に襲われる。

知らない。こんなものは、見たことがないはずなのに。

なぜか耳の奥で、カラカラと、風ぐるまの音がしてくる……

「六花さんは〝ノアの方舟〟のお話をご存じですか？」

文也さんが、徐に問う。

「ノアの方舟……？　え、ええ、少しなら」

それは、古い聖書の物語。

少しの人間と、あらゆる動物の番を乗せた箱船が、大洪水から逃れたお話だ。

「この舟もまた、天女と、月界の資源や生命体を少しずつ乗せて、この国に……琵琶湖の北側にある〝余呉湖〟という湖に降り立ちました。着水の際、舟の一部が壊れ、月界の生命体の一部が逃げ出したと言われています。しかし舟に残った生命体、植物、資源、月界の遺物のほとんどは、のちに水無月家が独占しました。というのも、これらは天女の血を引いた者にしか、扱うことができなかったからです」

「………」

「そうして水無月家は、自分たちの血の権利を行使し、朝廷に取り入り、帝に重用されたといいます。貴族の位を賜ったことで、本家をここ嵐山に移したのです。その際、この月の浮舟も、嵐山の山中に隠されました」

こんな巨大なものを、どうやって運んだのかは不思議だったけれど、それ以前に不思議なことばかりなので、私は呆気にとられたまま、月の浮舟を見上げる。

その舟はボロボロで、先端に細長い風ぐるまのようなものが突き刺さった形で、傾いている。

今にも朽ち果てそうなのを、大蓬萊桜という月界樹が支えているのだった。

「なぜ、天女は月界から、この世界へやって来たのでしょう」

それも、多くの生命体を乗せて。

文也さんは、私の疑問はもっともだというように、隣で頷いた。

「二つの説があります。一つは、ここ地球が、月の民にとって罪人の流刑地だったのではないか、というもの……」

「……罪人の、流刑地？」

そういえば、竹取物語の中でも、かぐや姫は罪を作ったため地球に降ろされた、というのがあった。

「もう一つは、月界はすでに滅んでいるのではないか、というものです。そうでなければ、月界資源の多くを浮舟に積み込んではいなかったでしょうから。要するに月の民は、元々は流刑地だったこの地に、避難しなければならなくなった……ということです」

僅かに口を開き、だけど何も言えずにそれを閉じた。

途方もない話だ。まるでSFの世界のお話のようで……

「この舟は、その、まだ動くのですか？」

「古い書物によると、月光さえあれば起動し、雲を生みながら宙に浮くらしいのです。しかし千年前、舟を余呉湖から移動させた際、どこかが壊れ、動かなくなったのだとか。また、本家に伝わる言い伝えによりますと……天女の羽衣さえあれば、この舟で〝月界〟に行くことも可能だと言われています」

——天女の羽衣。

それは確かに、羽衣伝説における最も重要なアイテムだ。

今日、竹取物語の話題の中でも、信長さんの口からも、その名前が出た。

かぐや姫も、天女の羽衣を纏い月へと帰っていった。それがなければ月へ帰れないというのは、御伽噺で誰もが知るところだ。

「水無月家の……天女の羽衣は、どこに？」

「わからないのです」

文也さんは首を振った。

「それは水無月家最大の家宝とされていましたが、先代当主の水無月十六夜が、この世のどこかに隠してしまいました」

そして目の前にある壊れた月の浮舟を、ただ切なげに見上げて、告げた。

「水無月家の遺産争いとは、まさにこの〝天女の羽衣〟を巡った争いなのです」

月に帰りたい。

月に帰りたい、と。

そう願った天女は、羽衣さえあれば月に帰れたという。

しかし羽衣は人間の男に奪われて、天女はその男の妻となる以外に道はなく、月帰病に侵されて死んだ。月に帰りたいという渇望は、のちにその血を引く一族たちにとっての、大きな呪いとなってしまう。

この血を引く者たちは、本能的に、誰もが月に帰りたくて仕方がない。

そこがどんな場所かも知らないくせに、まるで故郷のように、恋い焦がれている――

「すみません、六花さん」

その話をした文也さんが、視線を落とし、私に謝罪した。

「どうして謝るのですか?」

「このままでは……信長の言う通りだ。水無月家の争いに、あなたを巻き込んでしまう。僕はあなたを、利用している」

「………」

「この宝物殿に入るのだって、あなたの力がなければ不可能でした。僕があなたとの結婚を望む最大の理由は、コレなのです。僕にはなくて、あなたにはある、本家の長子しか引き継がれない力。血の権利。これから先、天女の羽衣を巡る遺産争いで、僕にはあなたが必要だった……っ」

苦しげな声でそう口にしながら、文也さんは、自らの顔を手で覆う。

私は戸惑いながらも、文也さんの腕にそっと触れる。

「私は……私は、構いません。むしろ、お役に立てることがあるなら嬉しいです。私、あなたに命を助けてもらったんです」

それに私だって、文也さんを利用している。自分の孤独を、寂しさを癒すために。

「文也さんは、なぜ天女の羽衣を手に入れたいのですか？」

「家族を守るためです。家族を……っ」

ただ、それ以上、文也さんは言葉にできずにいるようだった。

まだ言いづらいことがあるのだろう。私も、わからないことだらけだ。

だけど、

「なら、何も問題ありません」

私は眉を開いて、微笑んだ。

信長さんと文也さんの会話で、本家の皆さんに何か事情があるのだと、それだけは私も理解している。だから「家族を守るため」という言葉だけで、私は文也さんを信じることができた。

できればその家族の中に、いつか、自分も入ることができたらいいな……と。

泣きたくなるような願いを抱きながら。

「それに、文也さんが悪意を持って私を利用しようとするならば、そんなことは言わないと思います」

「…………」

「そんなこと言わずに、これを見せずに、騙し続けて、偽り続けて、利用すると思います」

優しくして。綺麗事ばかり並べて。

だって、そっちの方が簡単で、楽だから。私なんて、きっと簡単に懐柔できるから。

だけど文也さんはそうしなかった。

弟の葉君や妹の卯美ちゃんが、文也さんのことをあんなに慕って、大切に思っていて、でもとても心配している気持ちが、わかった気がする。

文也さんは、水無月家当主という重圧に、たった一人で耐えている。

普通じゃない一族の、普通じゃないしきたり。

どうかしている血の因縁の中で、それに飲み込まれず、誠実さを忘れることもなく、真っ当な人であろうとしている。

ならば、私は。

「私が必要な時は、いつでも言ってください。私だって、皆さんを守りたい」

「……六花さん」

「利用すると思うより、助け合うと思う方が、きっと……幸せです」

そう。私たちは、逃げられない婚姻だからといって、不幸なわけでは決してない。

許嫁として、いつか結婚するという前提で、私たちはお互いを知り、幸せになる道を探せばいい。

お互いを利用すると考えるのではなく、支え合い、もたれ合うのだと。

全ての順番が、たとえ間違っているのだとしても。

最後に行き着く場所が〝幸せ〟であったなら、それでいい。

# 第九話　その幸せを許さない

それは、七月の始まりの日のことだった。

六月はそうでもなかったのに、七月になった途端にむしむしと暑くなって、冷たいものが欲しくなる。

「えっほえっほ」

小さな月鞠河童たちが数匹がかりで、縁側に立派なスイカを届けてくれた。

裏の畑で文也（ふみや）さんが育てていたもので、さっきまで山の流水で冷やしていたようだ。

「大丈夫？　私が持ち上げようか？」

「はあ～大丈夫でしー。ミーたち力あるんで」

月鞠河童たちは何食わぬ顔をして、ダルマ落としのように重なり合い、大きなスイカを縁側まで運んでくれる。力持ちでしー、とか言いながら。

「凄い凄い」

褒めてあげるととても喜ぶ。特に6号は甘えん坊で、私が一匹一匹頬を撫でてあげていると、もう一度撫でてもらうために何度も何度もやってきて、頭を突き出すのだった。

そんな月鞠河童たちとの戯（たわむ）れもほどほどにして、さっそく葉（よう）君と卯美（うみ）ちゃんを呼んで、縁側の開けた居間でスイカを切ることにした。

私は日々、修業も兼ねて着物を着るよう千鳥（ちどり）さんに言われている。今日は白地に水色の格子柄の、カジュアルで夏らしい薄物の着物だった。髪を結って前掛けやたすき掛けをしていると、着物で家事をしていてもあまり気にならない。割烹着もあるし。

「随分、夏らしくなってきましたね」

「ええ。もう七月になりましたからね」

文也さんが庭仕事を終えて、縁側に腰掛ける。そして入道雲の浮かぶ空を見上げて、首にかけていた手ぬぐいで額の汗を拭っていた。

チリン、と風鈴が鳴る。とてものどかな時間だ。

私は文也さんに冷たい緑茶を持っていきながら、ハッとあることを思い出す。

「そういえば、文也さんのお誕生日は七月でしたよね。何日生まれなんですか？」

ちょうど居間にやってきた卯美ちゃんと葉君が、私のこの質問を聞いてニヤニヤとしていた。葉君なんて切ったスイカを手に取りながら「言ってやれよ兄貴」と。

「……七月七日です」

文也さんは縁側に座り込んだまま、どこかよそよそしく答えた。

「凄い、七夕ですね！　素敵です」

「まあ、そうですね。そういう反応をいつも頂きます」

私は目をキラキラさせていたが、文也さんは視線を横に流し、明後日の方向を見ている。

「文兄って、毎年誕生日になると曾じい様にあちこち連れ回されたから、あんまりいい思い出ねーんだよ」

と、卯美ちゃん。器用にスイカのタネをプッとお皿に吹き出しながら。

「そうそう。七夕って水無月家にとっても、そこそこ所縁のある日だったりするからなー」

と、葉君。葉君はスイカのタネを吹き出さないので、全部食べているのかな。

「七夕が、水無月家に、ですか？」

水無月家に所縁のあるお話って、竹取物語だけじゃないんだ。

そもそも七夕伝説って、どういうものだったっけ。

確か、織姫と彦星が天帝によって離れ離れにされて、年に一度、七夕の日だけ逢瀬を許されるという、少し悲しい恋の伝説……

「ねえねえ六花ちゃん。あたし今日、六花ちゃんのカレー食べたいなあ。夏はやっぱりカレーだよカレー」

すでにこの話題に飽きている卯美ちゃんが、私の真横にやってきて、今夜の晩御飯について希望する。ゴロゴロ猫みたいに擦り寄って。

「こら卯美。お前、都合のいい時だけ六花さんに甘えるな」

「うるさい文兄。羨ましいんだろ」

文也さんは、僅かに目元をピクリと動かし、ゴホンと咳払いする。

「お前も、何か手伝ったらどうかと言っているんだ。どうせ部屋に戻っても、ゲーム以外にやることもないだろう」

「はん。あたしは自宅警備と洗濯物係で忙しいもんね。兄貴たちのパンツを思春期真っ盛りのあたしが洗ってやってんだ。感謝しろ！」

「感謝しろっつっても、乾燥までしてくれるドラム式洗濯機じゃん。お前、畳むのも念動でやってしまうし」

「うるさい葉兄。明日からお前のパンツを庭先の木の枝に吊（つ）るすぞ」

「それはちょっと、やめて」

そう。我が家では家事を分担していて、文也さんは当主としての仕事と庭や畑仕事、葉君はお風呂掃除と鶏小屋の掃除、そして卯美ちゃんは自宅警備と洗濯係なのだった。

　そして私は、お料理とお弁当係。こればかりは今まで誰もやっていなかったみたいで、私がやることになった。とはいえ週に二日、出前の日をあえて文也さんが設けてくれていて、私に負担はそれほどない。そういう日は他のことをお手伝いするようにしている。

「カレー、カレーですか。うーん、じゃあバターチキンカレーはいかがですか？　あ、でも夏にバターチキンはこってりしすぎかな……」

「いいよいいよ！　あたしこってり好きだからさ！」

ねえ〜作って作って〜と。幼子（おさなご）のように、ここぞと甘えて抱きつく卯美ちゃん。

うーん、普段の憎まれ口が嘘のようにかわいらしい。

「てか、バターチキンカレーって家で作れるの？　あれお店でしか出てこないやつかと思ってた。六花さん凄くない？」

葉君は、にわかには信じられないようだった。

「意外と簡単にできるんですよ。でも生クリームとバターとヨーグルトが必要だから、買いに行かないと……あ、でもヨーグルトは、葉君のを使えばいいか」

「……六花さん最近、当たり前のように俺のヨーグルト消費するようになったよね。いいんだけど」

「あ、買い物でしたら僕が行きますよ。この暑い中ですし」

文也さんが、縁側から振り返った。

「いえ！　他にも色々と必要なので、買い出しには行きたいと思っていたんです。あの、その、では一緒に行きませんか？」

「ええ。もう少し日が落ちたら、一緒に行きましょう」

ほんのりと、心がときめく。

文也さんと、一緒に歩いて行く買い物の時間が、私はとても好きだった。

ふと妙な視線を真横から感じると思ったら、卯美ちゃんが目元をギュッと絞るようにして、私と文也さんを見ていた。

「な、何ですか卯美ちゃん」

「二人ってさー、ちゃんと仲良くやってるくせに、なんでお互い敬語なんだよ」

「え⁉」

「いつの時代の夫婦だよ。昭和かよ。文兄、六花ちゃんの心開けてないんじゃない？」

「……………」

文也さん、持っていたスイカを庭先にボトッと落とす。そこに月鞠河童たちが群がる。

「ち、違うんです！　だって、文也さんは……その、年上だし、ご当主だし」

ここへきて一ヵ月近く経とうとしているが、始まりがお互いに敬語だったせいで、そのまま馴染んでしまった感じがある。

別に、距離を作ってるとか、心を開いてないとか、そういうことじゃない。

今更、お互いに普通に喋るのも、何だか恥ずかしいし……

私が混乱していると、葉君がもう一つスイカを手にとりながら「まあいいんじゃない」と軽い口調で言う。

「古風で可愛いじゃん。そもそも夫婦ともに敬語なんて、水無月じゃ珍しいことじゃないし。高校生じゃ珍しいかもだけど。あ、そもそも今時、高校生で許嫁がいて、さらに同居してるってのも珍しいかー」

と、その時だった。卯美ちゃんのアホ毛がピンと立って、目の色が変わる。

「ねえ、誰か正門を越えたよ」

これは彼女の結界に、誰かが踏み込んだ時の合図だ。

休日の昼間は正門を開けっ放しにしていて様々なお客や業者が出入りしやすいようになっている。侵入者であれば、卯美ちゃんがすぐに気がつくからだ。

直後、玄関のインターホンが鳴った。

「あ、わ、私出ますね」

敬語問題を後回しにしつつ、私は慌てて、玄関へと向かった。

「どうせまた、卯美がいらないものをネットで頼んだんだろ〜？」

「なんか頼んでたものあったっけ？」

去り際に、葉君と卯美ちゃんの会話が聞こえた。

私も、多分卯美ちゃん宛の荷物だろうな、と思っていたのだが……

「……え？」

玄関の戸を開けて、まず目に入ったのは、まっすぐの長い黒髪。

この純和風のお屋敷には似合わないような、ピンクの花柄ワンピース。

私と同じ、漆黒の、瞳の色。

「久しぶり、六花」

私は目を大きく見開いた。そこに立っていたのは、双子の姉の六美だったからだ。

そして――

「あら。可愛い着物を着ているわねえ、六花ちゃん」

姉の背後からヌッと現れて、私を見下ろしていたのは、肩で切りそろえた黒髪とローズ色の口紅の女性。

忘れようもない。その人は……

「さすがは旧家の水無月家だわ。でも、六花ちゃんには、似合わないわねえ」

息をするように、私を否定する。

それが、私のお母さんだった。

「いきなりおしかけて、ごめんなさいね。六花ちゃんが水無月家でお世話になってるって聞いて、私、ご挨拶しなきゃと思って」

何の連絡もなく水無月の本家にやってきた私の母と双子の姉の六美を、文也さんは来客用のお座敷に上げた。

四十九日法要には、案内状を送っても来なかったのに……

「以前、ここへやってきた時も、この部屋だったかしら」

母はこの部屋を見回して、意味深な長いため息をついた。

「初めまして、水無月文也と申します」

文也さんは母と六美に対し、礼儀正しくお辞儀をする。

「もしかして、あなたが六花ちゃんの許嫁？　ご親戚というだけあって、六蔵さんに少し、雰囲気が似ていらっしゃるわ……」

お母さん、いったい誰から、私の許嫁の話を聞いたんだろう。

文也さんも疑問に思っているような表情だったが、尋ねることはない。

「そちらは？」

そして、お母さんの隣でおとなしくしている、双子の姉の方を見た。

「娘の六美よ。六花ちゃんの双子の姉になるのかな。要するに六蔵さんの長女よ」

そこのところを、お母さんは強く強調する。

それだけで、私には嫌な予感がしていた。

「それで、片瀬さん。うちには何のご用事で？」

片瀬とは、母のことだ。お父さんと離婚して、今は六美も片瀬の姓を名乗っている。

お母さんはクスッと笑って、目尻の吊り上がった妖艶な目を細めた。

「ここには〝遺産〟があると聞いたの。亡くなった曾おじい様の、莫大な遺産が」

「え……？」

「それってきっと、六蔵さんの取り分もあるのよね」

座卓にお茶を並べていた私の手が止まる。

どうしてお母さんは、そんなことを……

「六花はそれを、全部受け継ぐのでしょう？　それっておかしくない？　だって、うちの六美も、六蔵さんの娘なのよ」

「……はあ。金が目当てかよ」

縁側に座って話を聞いていた葉君が、やれやれとぼやいた。

お母さんは横目でそっちを見るが、特に否定しない。

私は目眩がしそうだった。たまらなく、申し訳ない気持ちでいっぱいになる。

「あいにくですが、曾祖父の遺産は全て遺言書によって管理されており、ある一つの遺産を除いて、他は全て分配済みです。誰に何を吹き込まれてここへ来たのかは存じ上げませんが、家出した六蔵さんには一切残されておりません。残り一つの遺産も、あなた方にとっては何の価値もないものですよ」

「関係ないのよ」

母は前のめりになって、私を叱る時と同じ不機嫌な声で、文也さんの言葉を遮った。

「本来、六蔵さんのものになるはずだったものが、全部、六花のものになるのが許せないの。あなたと結婚することでね。それがお金であれ、土地であれ、例えば誰も要らないようなガラクタであれ」

そしてお母さんは、隣で静かにしている姉の六美の肩を抱いた。

「六美がかわいそうよ。いつも、六花ばかりが得をして、選ばれて」

「そういう問題ではありません。あなたは水無月家を知らなすぎる」

文也さんの返答に、母は、あからさまに舌打ちをした。

「あなたじゃ話にならないわ。誰か大人を呼んできてちょうだい」

「お、お母さん……っ」

私はやっと、自分の母に向かって言葉を発した。

「文也さんは、本家のご当主よ。失礼なこと、言わないで」

「…………」

お母さんは、文也さんを、いわゆるただの跡取り息子とでも思っていたのだろうか。

少し驚いた顔をしていたが、私が意見したのが、とにかく気に入らなかったのだろう。

「失礼……？」

その表情は徐々に歪み、私がすくみあがるような声音で吐き捨てる。

「失礼なのはあんたでしょう！　六蔵さんが病気だったことも、死ぬまでずっと知らせないで！」

「そ、それは……っ」

お父さんのあの姿を、お母さんと六美に見せる訳にはいかなかった。あの病のことを、二人には知らせないようにと、お父さんにキツく言われていたのだ。

「そもそもどうして、あんたなの？　水無月家に嫁ぐなんて、私ですら叶わないことだったのよ！　ふざけた話だわ……っ」

母の声が怖い。

何も言えなくなってしまった私の表情に気が付いて、文也さんが毅然として答えた。

「ふざけるも何も、六花さんは水無月家の、正統な本家の血を引き継いでいます。僕と六蔵さんで、六花さんを本家に迎え入れると決めたのです。これは、水無月の人間でもなく、すでに六花さんの母親でもないあなたにこそ、関係のない話です」

お母さんはしばらく黙って、文也さんを睨み付けていた。

そして何を思ったのか、声音をより甘い方へと切り替える。

「ねえ、ご当主。どうして六花なの？　うちの六美じゃダメなの？」

「はい？」

「そもそも、親戚同士の結婚って、どうなのかしら」

意地の悪い笑みを浮かべて、お母さんは自らの髪を肩から払った。

「でも、そうしなければならない理由があるのでしょう？　確かに私は部外者だけど、水無月家の本家が、六蔵さんの娘を娶る必要があるっていうのは、知っているのよ」

そして、お人形のようにして隣に座る六美に、手を差し向ける。

「だったら長女の六美にこそ資格があるわ。それに六美の方が、六花よりずっと出来が良くて、見た目も六蔵さん似で美しいし。……六花ちゃんは、ねえ。こう言っちゃ何だけど、ブスでしょ？」

「………」

文也さんは言葉を失っていた。

私は俯いたまま、何も言えない。言い返せない。

恥ずかしいような情けないような、とても惨(みじ)めな気持ちになっていた。

確かに六美はお父さん似でとても綺麗な女の子だ。双子なのに、私よりも、ずっと。

「文也さんでしたっけ？　きっとあなたのような人に、六花は釣り合わないわ。六花は俯いてばかりで性格も暗いし、何よりそこにいるだけで不快な気持ちになる。きっとみんな、そうでしょう？　本家の嫁なんて務まるはずないのよ」

「……片瀬さん」

「知ってる？　この子は疫病神よ。周囲をダメにする。壊してしまう。この子は赤ん坊の時、ただ泣くだけで、周りのものを全部壊したんだから」

……え？

私は俯いていた顔を上げた。そんな話は、初めて聞いた。

「何もかも破壊したわ。哺乳瓶(ほにゅうびん)も窓ガラスも割って、机もベッドもひっくり返した。決まってこの子がわんわん泣いた時に。それが気持ち悪くて、不気味で……どう考えても普通じゃなかった。それなのに六蔵さんは、たまたまだと言って六花を庇っていたわ」

「………」

「それにね、生まれた時から欠陥品、危険な子っていうらしいじゃない。六花はそれよ。可愛い六美に嫉妬(しっと)して、強く突き飛ばして、大怪我させたことがあるんだから」

「お母さん！」

私は声を張り上げた。

あの時のことは、確かに私が悪かった。だけど、あれは悪意を持って六美を傷つけようとしたのではなく、妖怪から姉を守ろうとしたのだ。

「もう、やめて、お母さん」

だけど、この人の中では、私が六美を殺そうとした以外の答えはない。

私は愚かで危険な娘。故に母親であれ、憎むことを許される。

だけど、そんな話を、どうして文也さんにするの。

決まっている。私のことを悪く言って、私の印象を悪くして、壊された自分の分だけ、私の全てを壊したいのだ。私の居場所。私の人生を。

「ほら。そうやってすぐ悲劇のヒロインぶるでしょう？　お母さんは本当のことを話しただけなのに」

そしてお母さんは、私を見下すようにして告げた。

「私ね、お前が女として幸せになるなんて、絶対に許さないから」

それはまるで、宣戦布告のようだった。

「私と六蔵さんの仲を引き裂いたお前に、そんな資格、ないから」

とても母の言葉とは思えない。

だけどそれは、ずっと昔から、お母さんが私に向け続けていた憎悪だった。

実の母に、幸せを望まれていない。不幸になって欲しいと願われている。

私は〝お母さん〟という存在に……

「……ごめんなさい」

この毒に、私はいつも敵わない。

私が何を言っても全部毒されて、私の言葉は死んでしまう。

だから私は、その場で、両耳を手で塞いだ。

「ごめんなさい、ごめんなさい……っ」

怒ることも言い返すこともできず、謝り続けた。

謝ることでしか、逃れられないとわかっているから。

「ごめんなさい……ごめんなさい、ごめん……なさ……っ、お母さん……っ」

ここにいれば、全て、忘れられると思っていた。

だけど心の奥と、頭の裏側に、母への恐怖、呪いの言葉が染み付いている。

大盆をひっくり返したように、それらが私の中に溢れかえって洪水を起こす。

そうすると私は呼吸ができなくなる。もうどうしようもなく、消えたくなるのだ。

髪を結っていた組紐が……

音もなく解けて、今、落ちた。

「⁉」

同時に、この部屋を囲む襖が、瞬く間に開いていく。

スパンスパンスパンと、軽快な音が連なって響く。

茶器が割れ、電球が弾け、周囲のものが浮かび、飛び交う。あちこちでガラスの割れる音も重なる。私の長い黒髪が、妙な力によって乱れている。

山の木々も、呼応するようにザワザワと木の葉を揺らし、風とともに唸りを上げている。

母はこの現象に覚えがあるようで「ひいいっ」と恐怖で顔を歪め、身を屈めていた。

「ごめんなさい……ごめ……っ」

私は、高まった感情が体という器から溢れ出して、もう、何が何だかわからなかった。

「六花さん！」

文也さんが私の名を呼び、耳をふさぐ私の腕を取った。

「大丈夫。僕の声だけ聞いてください。それ以外、もう何も聞かなくていいですから」

「……文也、さん」

彼の声の力だろうか。私ははたと我に返り、自分が使ってしまった力を自覚する。

すると、周囲を襲っていた怪奇な現象が、ピタリと止んだのだ。

宙に浮かんでいたものも、同時にボトッと畳や机の上に落ちる。

「ほら……っ、ほら、ぶっ壊したぁ！」

しかし母は、興奮した様子で机に身を乗り上げ、声高に叫んでいた。

「ハハッ、アハハッ！　今、見たでしょう⁉　これがこいつの正体よ！」

そして私に、力んだ指を突きつける。

今の私は、それが水無月の一族の〝念動〟であることを理解していた。

しかし母には、この力を理解することなど、到底できなかった。

「そうやって男に守られて、か弱いふりをしていたってあんたはおかしいの。化け物なのよ！　消えてくれた方が、いくらか世の為、人の為に……」

「もういいでしょう！」

文也さんが、強い口調で母の言葉を遮った。

「あなたは、自分の娘に何を言っているのか、わかっているのですか」

私はゆっくりと顔を上げる。

文也さんの母を見据える横顔は、静かな怒りに満ちていた。

「娘？　そいつは化け物よ。きっと六蔵さんは、そいつの異常な力に追い詰められて、死んだんだわ。だって、ありえない……六蔵さんが死んだなんて……っ」

「六花さんが化け物ならば、僕もそうですよ」

「…………」

「そしてあなたも、全く別の、化け物だ」

文也さんの告げた言葉に、お母さんは、目元を小さくヒクつかせた。

「……あなたも所詮は男よね。震えて泣く女に味方する。六蔵さんもそうだったわ」

そして、自らの胸に手を当てて、訴える。

「そいつは私の全部をぶち壊した！　それなのにそうやって、私が悪いみたいに演出するのよ！　生まれてきた時から、ずっとそう。その子は私を脅かし続けた。それなのに六蔵さんは、六花ばかり見ていた。この子を……特別な娘のように言って……っ」

母の顔が、怒りと憎しみで染め上げられる。それは幼い頃に度々あった、母が我を忘れて私を罵倒する時と同じ表情で、私は心臓が凍りつきそうなほどの恐れを感じていた。

「……なるほど」

ただ、文也さんは何かに納得した様子だった。

何もかもを諦めたような、哀れみの目をして、私の母を見ている。

「あなたは六花さんに、女として嫉妬しているのですね」

「は?」

「やはり、水無月家に関わるべきではなかった。六蔵さんを愛していながら、彼の血に纏わるものを、受け入れる度量もないのだから」

「な……っ」

「しかしこれで確信したことが一つあります。先代当主の十六夜(いざよい)は、跡取りである六蔵さんがいくら望んでも、あなたを決して本家に迎え入れなかった。水無月家の花嫁として認めなかった。それはとても正しい判断だった」

母の表情が、激しく歪んでいく。侮辱されたと思ったのだろう。

だが文也さんは怯(ひる)まなかった。彼もとても怒っているのだと、私だけは、その声から感じ取ることができる。

「今日のところは、お引き取りください。六花さんの体調が思わしくありませんので」

「こ……っ、こんな侮辱ってないわ! それにまだ話は終わってない、遺産のことだって」

「お引き取りください」

念を押すような、文也さんの強い言葉。

その言葉に反応するように、開かれていた周囲の襖が、玄関に向かう内廊下の前だけを残して、一斉に閉じられる。

文也さんは、私と同じように、母の前で念動を使って見せたのだ。

「…………」

お母さんは、言葉が出ない様子だった。

一方で、双子の姉の六美が、無言のまま立ち上がる。

「六美？」

「ママ、あたしたち、帰らなくちゃ」

そして六美は、開かれたままの襖からこの部屋を出て、スタスタと玄関の方へと向かう。

母は慌てていた。六美がなぜ文也さんの言う通りにしたのか、理解できない様子だった。

「あ……っ、改めてお伺いするわ。待ちなさい六美！」

そして母も、六美を追いかけて、慌ててこの家を出て行く。

ガラガラ、ピシャッと玄関の戸の閉まる音がして、嵐が過ぎ去ったようにこの家がしんと静まり返った。

「び……っくりした。本当にいるんだな、ああいう毒親って」

この空気の中、最初に口を開いたのは縁側に座っていた葉君だった。彼は前屈みになったままお座敷に上がる。

毒親、か……

「はあ〜やっと帰ったか。ねえ、どうすんの、文兄」

卯美ちゃんもまた、自分の蔵から戻ってきた。オレンジ味のアイスキャンディーを舐めながら、母と私たちの会話をモニター越しに見ていたらしい。

「あの手の女は、ちょー面倒臭いぞ。水無月の弁護士挟んで、金で解決した方が早いんじゃない？」

「それができるなら……だがあの人は、金銭が欲しい訳じゃないだろう」

「六花さんの姉妹も、ただの姉妹じゃなく双子ってのも、ちょっと厄介だよな。しかも法律的には向こうが姉だろう？」

「しかし葉。水無月的には、六花さんが長子で間違いないんだ」

文也さんには、私が本家の長子である確信があるようだった。

だけど私は……

「ごめんなさい」

私は今も、俯いたまま畳を見つめ、謝り続けていた。

「もう……大丈夫ですよ、六花さん。あの方々は帰りましたから」

文也さんが心配して、私の背に手を置いてさすってくれる。

「違うんです。ごめんなさい」

「え？」

「ごめんなさい、文也さん。皆さん。こんな……っ、ご迷惑を」

申し訳ない気持ちでいっぱいで、私は解けた組紐を拾い上げ、それを自分の額に押し付けながら、身を屈める。

私が幸せになることを許さないお母さんが、今後、この家の人たちに対しどれほど失礼なことをしでかすかわからない。

あの人は、私を不幸にするためなら、何だってする。

どうして？　お父さんが死んだから、余計に私を許せないの？

お母さんは、本当は何が欲しいの……？

「⁉　六花さん、六花さん！」

体が熱い。頭が痛い。息がしづらい。

そうして、プツンと意識が途切れた。

……痛い。

痛い。痛い。痛い。やめて、やめてお母さん。

ぶたないで。抓らないで。外に放り出さないで。

そんな怖い目で、私を見ないで。

もうそれ以上、何も、言わないで。

＊

この世に、毒親、というものがいる。

私の母親は、まさに口から毒を吐く人だった。

実の娘である私を嫌い、憎み、私を傷つけ不幸のどん底に陥れることこそ、生きがいに感じているような母だった。

我が子を愛さない親はいない。そんな言葉、幻想に違いない。

実の娘を愛せない母親は、この世に確かに存在するのだから。

父と母は、実家の反対を押し切って駆け落ちしたが、愛を貫いた果てに生まれた私のことを、母は愛することができなかった。

だけど双子の姉のことだけは、目に入れても痛くないほど溺愛していた。

父の見ていないところでの、母の、私と姉への態度は明らかに違っていて、比較するようなことをあえて言っていたし、扱いにも差があった。

例えば、お菓子。姉に与えて、私には与えない、とか。

例えば、洋服。姉には可愛い服を着せて、私には地味なものを着せる、とか。

例えば、愛情表現。姉のことは頭を撫でて抱きしめるのに、私のことはウザったらしげな目で見て遠ざける、とか……

別に、お菓子が欲しかったんじゃない。

可愛い服が着たかったんじゃない。

お母さんが私を傷つけようとしている、その〝意思〟や〝敵意〟のようなものを子どもながらに感じていて、とにかくそれが、惨めで切なくて、毎日毎日、悲しかった。

それでも幼い頃の私は〝お母さん〟が大好きで、愛されようと必死だったと思う。

必死に、言うことを聞いていたと思う。

どうしてお母さんが私を嫌っているのか、まるでわからなくて、私も六美のようにお母さんに甘えたかったし、温もりと、愛が欲しかった。

それでも母が私を愛することはなかった。

私が成長するほどに、それが当然の権利かのように、お母さんは私を傷つける言葉を見つけ、選び、毒のように吐いた。

『六花ちゃんはどうしてそんなに食べたがるの？　イライラするわね』

『六花ちゃんは変な子だから、お出かけに連れて行ってあげない。だってお母さん、六花ちゃんが隣にいると恥ずかしいもの』

『あなたって本当にブスね。六美とは大違い。どうして双子なのに、こんなに差があるのかしら』

『見たくない。あんたが嫌い。ムカつくから笑わないで。煩いから泣かないで。どこか行って。視界に入ってこないで。どうしても愛せない。毎日毎日、嫌いになる。どうして、どうして。こんなはずじゃなかったのに、どうして……っ』

そうだよね。

憎むために子どもを産む親なんていない。

結局、私がお母さんの気に障るような子に生まれてしまったのが、悪かったのだ。

否定の言葉は幼かった私に刷り込まれ、自己肯定感の欠落に繋がり、いよいよ私は、耳が聞こえなくなった。

大きなストレスと、極端な体重減少が原因だった。

父がそれに気がつき、病院に連れて行ったことで、私に対する母の仕打ちが露見した。

水無月の体質もあって、普通より食べたがった私に対し、母はよくイラついていた。

私には絶対に、六美より少ない量の食事しか与えなかったし、時々難癖をつけ、夕食を抜かせたりしていたのだ。そのせいで、あの頃の体重は標準より少なかった……

だけどそれ以上に、私が酷く恐れ、傷ついていたのは、母の言葉の暴力だった。

私はずっと、父と母の関係を壊したくなかった。

だから、母が私の食事を抜いたり、毎日人格を否定するような言葉を唱えたり、時に理不尽な暴力を振るうことを、父に言えずにいた。父は仕事が忙しく、出張などで家を空けることが多かったから、気がつくのが遅れてしまったのだ。

気がついた時にはもう、脳と体は限界を迎えていて、私はあの時、自分の意思によって〝耳を閉じた〟気がするのだ。何も聞こえなくなれば、母の言葉を聞かずにすむから。

結果、父は母と離婚した。

父は私を守るために、私だけを連れて母から離れた。

病める時も健やかなる時も、死が二人を分かつまで。

そうやって愛を誓い合ったのに、我が子の存在によって、その愛を引き裂かれたのだ。

父は、それまでの愛情不足を補うように、私を一生懸命愛し、育ててくれた。

頭を撫でて、褒めたり、抱きしめたりしてくれた。

可愛い服を着せてくれたし、美味しいものをたくさん食べさせてくれた。

そのおかげで、私は徐々に回復していき、閉ざした耳も聞こえるようになった。

これ以降、何かが今までと違う〝音〟や〝声〟も、私の耳は聞き取るようになってしまったのだけど……

今ならわかる。それがきっと、月のモノの声、音域だったのだろう。

それから数年。

父と娘だけの穏やかな生活が続いたが、父が、原因不明の病を発症した。

体のあちこちに、青緑色の石が生えてくる奇病だ。

死ぬ間際の父は、朽木かミイラのように干からびていたけれど、何より奇妙だったのは、夜になると窓から見える月ばかりを見上げて、何度も何度も「帰りたい」「会いたい」と呟いて泣くことだった。

帰りたい……帰りたい……帰りたい……帰りたい……

会いたい。会いたい。会いたい。会いたい。

どこへ帰りたいのか。

誰に会いたいのか。

文也さんは月帰病の症状だと言ったけれど、私はやっぱり、お父さんは、お母さんに会いたかったんじゃないかと思うのだ。

父は結局、お母さんを、最後まで一番愛していた。

娘を傷つけた母親であっても、愛した人をそんな母にしてしまったことを、悔やんで悔やんで、悔やんでいたのではないかと思うのだ。

運命の人と出会い、愛を貫いて、生まれ育った故郷と家族すら捨てた。

そんな情熱的な恋をして結ばれたのに、私なんかが生まれたせいで、父はこの世で一番愛した人から離れなければならなかった。

『やはり、お前は水無月の娘。生まれてくるべきではなかったのだ……っ』

わかっているわ。

私さえいなければ、父と母は今もきっと幸せな夫婦だった。

私さえいなければ、母だって、毒を帯びるほど娘を嫌い、どうしようもないほど憎み、手の施しようがないほど壊れることはなかった。

そんな醜(みにく)い姿を、最愛の人に晒すこともなかったのに。

そうすれば、死が二人を分かつまで、両親はずっと一緒にいられたのに。

# 第十話
# 死が二人を分かつまで

息ができなくて、ひたすら苦しかった。

なぜこんなに息苦しいのだろう。

私は溺れているのだろうか。首でも締め付けられているのだろうか。

だけどある時、誰かが私の名を呼んだ。

息苦しくて流れる涙を、温かな指が拭ってくれた気がしたのだ。

そしたら急に呼吸ができるようになって、肺が酸素を取り込んで、苦しくなくなった。

光が瞼から透けて見える……

「六花さん。六花さん」

「…………」

「目が、覚めましたか？」

私の顔を覗き込む、綺麗な顔立ちの男の子の、心配そうな瞳がそこにある。

そうして、徐々に、現実に意識が追いつく。

「文也さん……？」

「はい、そうです」

私が布団から手を出すと、それを文也さんが握った。

無意識な行動だった。普段の私ならできないようなことだが、この時ばかりは、どうしても文也さんに触れたかった。

私、思い出した。

久々にお母さんと六美に再会した後、猛烈な頭痛と目眩に襲われて、倒れたんだ。

恥ずかしい。母と会話しただけで、こんな風になってしまって……。

「まだ、起き上がってはいけません。安静になさってください」

文也さんは、起き上がろうとしていた私を止めて、再び横になるよう促した。

彼は眉間にしわを寄せ、深刻な表情だ。

今になって気がついたのだが、部屋に嗅いだことのある薬草の匂いが充満している。

「月帰病が再発しかけたのです。首からいくつか小さな芽が出ていたので、先ほど取り除きました。しかしまだ少し熱があると思いますから」

「……月帰病が……？」

私は首に手を当てた。すでにそこには、包帯のようなものが巻かれている。

それに体が熱くて、頭が少しぼーっとしている気がする。

あの病、一度発病したら、再発する恐れがあると言っていたけれど、そっか。

そっか……。

「片瀬さんは、曾祖父の遺産に関して聞きたいことがあるようで、後日改めていらっしゃるそうですが……あなたは、もうお会いにならなくていいと僕は思います」

文也さんの声音から、彼が怒っているのだとわかる。

落ち着いているのだけれど、少し声音が低くて、耳元がひんやりとする。

「すみません、文也さん。ご迷惑を……おかけしてしまって……」

「いいえ、そんなことはいいのです。それよりも僕は、六花さんに対する言葉の数々に、強く憤りを感じました」

文也さんは包み隠さずそう言った。私のために怒ってくれているのだとわかる。

「あなたと、お母上の関係に確執があることは、六蔵(りくぞう)さんから聞いていたので知っていました。しかし、僕は……」

文也さんは私の手を、強く握りしめる。

「あなたが時折見せる、自信のない表情や、言動、消えてしまいそうなほど儚く見える、その理由が……わかった気がします」

私よりずっと、苦しそうな表情をしている。

そんな文也さんを夢心地のまま見上げて、私はゆっくりと呼吸した。

大丈夫。私は今、息ができている……。

「私、夢を見ていたんです。昔の夢です」

「ええ。六花さん、とてもうなされていました」

苦笑した。そうだろうな、と思ったから。

文也さんは笑わずに、ただ私を見てくれていた。

だからだろうか。私はポツポツと、その夢のことを話し始めた。

今まで誰にも言えずにいたことを、聞いて欲しかった。この人に。

「お父さんとお母さんが離婚して、私が中学生になった頃でした。お父さん、姉の六美(むつみ)に会いに行く日が、ひと月に一日ほどあって……」

「ええ」

「そういう日は、お父さんが好きなものを買って食べていいからと言って、お金をくれました。だけど、私、その日はいつも不安でした。このまま、お父さんが帰ってこなかったらどうしようって」

だけどそれは、とてもわがままな感情だと思っていた。

六美にとってもお父さんはお父さんで、別に二人の関係は悪くなかったし、離れ離れになる必要なんてなかったから。

普段からお父さんに会えない六美こそ、かわいそうなのに、って。

「だから私、その日は決まって近所の図書館に行って、本を読んでいたんです。色々と読んでいましたが、一番探して読んだのは、カレーの本です」

それは父の大好きな料理だった。

市販のルーを使ったカレーは日頃からよく作っていたけれど、そうではなく父が時々連れて行ってくれる、お店のカレーのようなものが作りたかった。

レシピに従って、貰ったお金でスパイスや野菜やお肉を買って、家に持って帰って、お父さんが好きなカレーを試行錯誤しながら作って、待っていた。

最初は失敗ばかりだった。だけどそれを繰り返すうちに、スパイスカレーを上手く作れるようになった。父は私がそうやって待っていると、抱きしめて、喜んでくれた。

「私、父が喜んでくれること、褒めてくれることが、とても嬉しかった」

カレーだけじゃない。父の好きなものは他にも色々とあったから、それを思い出しながら、作って、待って、作って、待って……

そういうことしかできなかった。

そういうことをしていないと、不安に押し潰されそうだった。

何かで父を繋ぎ止めなければ――

そんな言い知れぬ焦りを感じていたのだ。父は必ず戻ってきてくれたのに。

「だけど、私、見てしまったんです」

あの日、どこのスーパーでも売り切れていた食材があった。

バターだ。全国的に品薄だとニュースで聞いたのを思い出した。それでも私は、父にバターを使ったカレーを作ってあげたかったのだ。

あちこち探していくつか駅を跨いだ大きなスーパーまで電車で行って……

そこで偶然、見てしまった。

お父さんと、お母さんと六美が、交差点の向こうで並んで歩いていた。

みんな笑顔で楽しそうだった。少し離れていたにもかかわらず、三人の家族らしい愉快な会話や笑い声を、私はこの耳で拾ってしまった。

その姿が、あまりに、完璧に思えた。

そこに私がいなくても、何一つ欠けてない、美しい家族の形があったから。

だから私は、その時からずっと、わかっていたのだ。

私がいなければ、お母さんもあんな風にならなかったし、お父さんも家族と一緒にいられたし、六美からお父さんを奪わずにすんだ。

「私さえいなければ……あの家族は、何もかも上手くいったんです」

目の端から一筋の涙がこぼれた。

私という存在は、どう考えても、いらない子だった。

父と母に代わりはいない。だけど私がいなくても、あの家族には六美がいたもの。

「私、何のために、誰のために生まれてきたんだろう……っ」

もう一方の腕で、目元を隠す。

ああ、文也さんには、知られたくなかったな。

母にすらあそこまで嫌われている私。家族にとって、邪魔な存在でしかなかった私。

情けない私。とても惨めで滑稽な私。

生きる力を取り戻したと思ったらこれだ。

心も体も、過去や呪いの言葉で蝕まれ、すぐに弱ってしまう、私。

「父は、死ぬ間際に言ったんです。私は……生まれてくるべきではなかったって……っ」

六花がいてくれてよかった、とか。

六花と一緒に過ごせて幸せだった、とか。

そんな最期の言葉を期待していたわけじゃない。だけどあれは、父なりの、私への復讐だったんじゃないだろうかと思うことがある。

結局私は、お父さんにも疎まれていたんだ。

そんな自分が、もうどうしようもなく、嫌いだ。

誰からも嫌われてしまう自分のことを、私が一番、嫌いなのだ。

だから私は、父と同じ病を発症したとわかった時、ホッとした。

父が死んで、生きる意味を見失ったからでは、ない。

父がいてもいなくても、私がこの世に生まれてきた意味など一つもなかったから、いっそ私も死にたかったのだ。

「なら僕が、あなたの、生まれてきた意味になります」

「………」

私は目元を隠していた腕を、ゆっくりと外す。

それは、どこまでもどこまでも、自己嫌悪と自己否定の海に沈んでしまいそうだった私を、繋ぎ止めるような言葉だった。

「六花さん。あなたには、言っておかなければならないことがあります」

そして文也さんは、何か決意したような面持ちで告げたのだった。

「あなたは僕の好みですよ」

「……え?」

しばしの沈黙。私は目をパチクリ。

そういえば、伏見の水無月にお伺いした時、私は「文也さんにも好みがある」みたいなことを言った。文也さんはそれに対する答えを、今くれた形だ。

いや、それにしても突然すぎる。

これも文也さん流のダイレクトアタックなのだろうか?

「それと、もう一つ、言っておきたいことが。……六蔵さんと許嫁の約束を交わす前から、僕はずっと、あなたのことを知っていました」

「……え」

その話は、初耳だった。

「水無月家は、許嫁を、ある方の〝予言〟で決めることがあるのです。だから僕は、あなたのことを随分と前から知っていた。それこそ、僕が、三歳の頃から」

文也さんは告げた。

水無月家の人間、特に本家の跡取りとなるような者は、予言の神通力を持つ大御所様に、それを賜りに行くのだ、と。

その予言によって、水無月家はより強く血を残す〝最良の婚姻〟を定めるのだ。

――水無月六花。

その日、文也さんへの予言に、私の名が出た。

私の存在は、その時より本家に知られていて、本家以外には徹底的に隠されていたらしい。

私と文也さんの結婚は、水無月にとって、この時より定められていた未来だった。

「先代当主の十六夜(いざよい)は、あなたの存在に歓喜し、いつも僕に言い聞かせていました。お前は将来、必ず六花と結婚する。お前は六花のために生まれてきたのだ、と」

「……そんな」

胸の内側が冷えていった。そして、ぽろぽろと涙がこぼれた。

幼い頃から、結婚相手すら他人に決めつけられて、自分の存在意義すら唱えられ続けて。

それは文也さんにとって、どれほど息苦しいことだったろう。

自身を縛る、運命だったろう。……父が、そう感じていたように。

「泣かないでください、六花さん。確かにこの婚姻の予言は、僕に本家の当主としての覚悟を問い続けるものでした。しかしこの歳に至るまで、ずっと僕を支えるものでもあったのです。あなたという存在は、僕の憧れであり……希望だった」

「……希望……？」

それは、私が思っていたものとは、真逆の感情。

文也さんはその指で私の涙を拭う。そして、切なげに微笑んだ。

こんな風に笑いかけてくれることは、もしかしたら初めてかもしれない。

「いつか必ず結婚する女の子。いつか必ず僕の前に現れる、女の子。辛い時は、いつも、あなたのことを考えていました。六花という子は、どんな子だろうか。今頃、何をしているだろうか。笑って暮らしているだろうか」

「…………」

「六花という子は、僕を、一人にしないでいてくれるだろうか……」

ズキンと胸が痛んだのは、その声から、切ない感情を感じ取ったから。

文也さんは宙を仰ぐ。遠い自分を、思い返すように。

「僕は、僕の父が死んだ時でさえ、あなたの存在を思い出しました。父と母はとても仲が良くて、だからこそ死別する瞬間は、堪え難いものがあった」

嘆き悲しむ母を見ていられず、自分もまた、喪失感でいっぱいだった、と。

「それで僕は、まだ会ったこともない〝六花という女の子〟のことを考えました。僕とその子は、いつか必ず結婚する。こんな風に愛し愛され、死が二人を分かつまで、想い合えるだろうか、と」

「文也さん……」

「どんなふうに過ごしていても、老いれば、夫婦のどちらかが先に逝く時がやってくる。だから僕は、どちらが先に逝こうとも、あなたに必ず言おうと決めている言葉があります」

文也さんは視線を下げ、改めて、私を見つめた。

「生まれてきてくれてありがとう」

その言葉に、私は、じわりと目を見開く。

文也さんはただただ私の手を握りしめ、グッと眉間にしわを寄せて、泣くのを堪えるような目をしていた。

「結婚して、幸せな家庭を築いて、長い人生を共に歩む。そのことは、僕の中ですでに決定済みなのです。だからあなたに『生まれてきてくれてありがとう』と……そう言いたいし、言われたいですね。僕は……っ」

――私、何のために、誰のために生まれてきたんだろう……っ。

――なら僕が、あなたの、生まれてきた意味になります。

今、答えを貰った気がした。

死が二人を分かつまで、この男の子と生きていくために、私は……

「すみません。まだ結婚もしていないのに、こんな。笑ってくれて構いませんから」

「……笑いません」

私は首を小さく振る。そしてゆっくりと起き上がり、潤んでぼやけた瞳のまま、文也さんと向き合う。

「私は、笑いません」

目をパチパチと瞬かせると、涙が零れて文也さんの顔がよく見えた。

私がずっと欲しかったもの。それを与えてくれる人は、この人であってほしい。

そうでなければ、許さない。

「僕が、あなたの生まれてきた意味になります」

文也さんは改めて告げた。

そうして私たちは、握り合っていた手を自然な形で離す。彼は、私を包み込むように抱きしめて、私もまた彼を受け止めるように、背中に手を回した。

「僕が、必ず、あなたを幸せにしてみせる……っ」

泣きそうな、噛みしめるような言葉がこぼれ落ちる。私の耳が受け止める。

だけど文也さんにとってその覚悟は、とうの昔にあったものだった。

私が知らなかっただけで、私のことを、こんなにもずっと思い続けてくれていた人がいたのだ。

「文也さん、文也さん……っ」

私は、ずっとここにいてもいいですか?

あなたの隣にいてもいいですか?

「私、あなたを好きになってもいいですか?」

「……光栄です。あなたに好きになってもらえる、男になります」

お互いに震えている。私たち、どんなに取り繕っても、まだ臆病な子どもだもの。

だけど、縋るように、慰め合うように、存在を確かめるように抱きしめ合っていると、不思議と満たされていって、生きたいという願いが、力が湧いてくる。

胸が軋む。こんなのは優しすぎる。

だったら私は、この優しい男の子に、何ができるのだろう。

文也さんは、私のことをずっと待ってくれていた。

それは歪な、赤い〝血〟の糸だったとしても、私たちは確かに繋がり続けていた。

むごい予言とは裏腹に、幼く、純粋なまま——


「ねえ。六花ちゃん、大丈夫？」

襖をちょっとだけ開けて、顔を覗かせたのは、卯美（うみ）ちゃんだった。

らしくないほどに、眉を八の字にしている。

「はい。もう大丈夫です。文也さんが作ってくれたおかゆも食べましたし、本当に、ご心配をおかけしました」

「………………」

卯美ちゃんはなぜかモジモジしていた。

そして、襖をもう少し開けて私のそばまでやってくると、布団の上にポイポイと何かを置く。色々あったが、お菓子が多いようだ。あとゲーム機。

「あたしの秘蔵のお菓子を六花ちゃんにあげる。いっぱい食べて、元気になってね」

「はい」

「そしてまた、ゲームしよ。今度は負けないから！」

「はい、楽しみです」

今度は縁側から葉君がひょっこりと現れた。

「今日ちょっと寒いでしょ。羽織持ってきたよ〜」

彼は紳士っぽい振る舞いで、私の肩に綺麗な柄の羽織をかけた。

ピンク色の地に、赤い梅の花が描かれた、とても可愛い羽織だ。

「ありがとうございます、葉君」

「六花さん、意外と大丈夫そうだね。兄貴と、何かあった？」

葉君には何もかもお見通しのような気がして、私は胸元に手を当てて頷いた。

「文也さんには、欲しい言葉を、たくさん頂きました。感謝してもしきれないほどです」

葉君は、わかっていましたともと言わんばかりに、大人びた笑みを浮かべた。

そしてすぐ隣で、あぐらをかいて座る。

「俺ずっと、なんでかなーって思ってたんだ。六花さんが、あまりにも自分に否定的だからさ」

「……え？」

「だっておかしいじゃん。すげーいい子だし、すげー可愛いくせにさ、全然そんなことなさそうに言うし。色々、無自覚過ぎるし。この先それじゃ、あぶねーし」

私は目をパチクリとさせた。相槌を打つように、部屋の隅でゲームをしていた卯美ちゃんが「ほんとほんと」とぼやいた。

「だけど、そりゃ小さい頃から、母親にあれだけ否定されちゃったらさ……」

葉君はなんとも言えない顔をして、体を傾けつつ、頬をかいた。

「俺たちは、色々あったけど両親にだけは愛されてた。可愛い可愛いって言われて、いい子いい子って言われて、大好き大好きって抱きしめられてさ。喧嘩することはあっても、兄弟たちもみんな信じ合っている。だから辛いことがあっても耐えられる。それは根幹に、自分を信じられるだけの、他者の存在や、肯定の言葉があるからだよね」

そして葉君は、伏し目がちに言うのだ。

「六花さんにとって、兄貴がそうであるといいね。もちろん俺や、卯美もいるし」

「……葉君」

「六花さんはもう、家族だし」

気ままで自由な葉君だけど、こういう時、彼はとても大人びていて、色々なことをこちらが語らなくてもわかってくれる。察してくれる。

その上で、彼もまた文也さんや卯美ちゃんのように、とても優しい。

「だから、六花さん。どうか兄貴を、末長くよろしくお願いしまーす」

最後はお茶目な物言いで、土下座までしてみせる葉君。

卯美ちゃんも顔を上げて「もれなく葉兄やあたしが付いてくるぞ」と付け加えた。

「ふふっ、あははっ」

私はそれが面白くて、結構長い間、笑ってしまった。

笑っていると、心がまた元気になってくる。満たされていくのがわかる。

水無月家のご兄弟は、誰もが私のことも、否定せず受け入れてくれた。

誰もが優しくて、思いやりがあって、だけど私の知らない傷を抱えている。だからこそ私のことも理解してくれている。

今度は私が彼らと向き合い、その傷を知っていきたい。

彼らに報いたいと、心から思う。

その為に、私は〝今〟を、ちゃんと乗り越えなければならないのだろう。

翌日、私は学校を休むように言われた。

大丈夫だと思ったのだが、微熱がまだあった。

文也さんも学校を休むと言いだしたのだが、私があまりに申し訳なさそうにするので、彼は色々考えて、伏見にいる祖母・水無月千鳥(ちどり)さんに相談したようだ。

すると間もなくして、伏見の千鳥さんが本家へとやってきた。

「……お祖母様、外出時は相変わらず派手ですね」

「あらやだご当主。お祖母様ではなく千鳥とお呼びくださいと、あれほどしつこく言いましたでしょ！」

　文也さんといつものやり取りをして、私の部屋にやってきた千鳥さん。

　黒い縞模様の着物と、大きな赤い菊が描かれた帯を纏い、更にはサングラスをかけている。確かに派手な装いだ。しかし流石にこなれた着こなしで、とてもお洒落でお似合いだった。そして何か、大きな風呂敷包みを抱えている……。

　私はちょうど薬を飲んだ後で、ご挨拶をしようと布団から出ようとしたところ「そのままで！」と強めに言われる。千鳥さんは私を気遣ってくれたのだった。

　千鳥さんはサングラスを外し、懐から扇子を取り出して顔を扇ぐ。

　外は随分と暑かったようだ。

「六花様、お話は聞いております。大変でございましたね。それにしても……」

　千鳥さんは勢いよく扇子を閉じた。

　その音があまりに軽快で、私は思わず肩を上げた。

「あの女、よもや本家に上がり込もうとは……っ！　六蔵様を連れ去った分際で、今更遺産目当ての交渉など、笑止千万！」

「…………」

「外の者が水無月に関わると、本当にろくなことがない！　六蔵様にも、月の裏側で猛省していただかなければ！」

千鳥さんのお怒りはもっともだった。

父が母と駆け落ちしたことで、千鳥さんは、自分の息子を本家に差し出さなければならなかった。こんなことになってしまい、お母さんやお父さんに対し、腹立たしい気持ちがあるのは当然だ。申し訳なさすぎて、穴があったら入りたい。

「千鳥、その辺にして本題に入ってくれ。僕ももう学校へ行かなければならない」

「ああ、そうでしたね」

千鳥さんは気を取り直し、持ってきた風呂敷を開いて、細長い立派な木の箱を取り出した。

その蓋を開けると、そこには細長い何かが納められている。

「これは……」

「見ての通り〝扇子〟です。六花様の為にお持ちしました」

「私に、ですか？」

なぜ？　というように首を傾げる私に、千鳥さんがゴホンと咳払い。

「良いですか六花様。水無月家の扇子はただの扇子ではありませぬ。月界植物〝輝竹(かぐたけ)〟を扇骨に使用しており、我々はこれで神通力をコントロールしているのです」

千鳥さんはそれを取り出し、袖を押さえながら、扇子の柄の部分を私に差し出す。

「どうぞ」

私は素直に受け取り、ゆっくりと開いてみた。

扇面の和紙も、扇骨の竹も、月界の産物から作られているという。シンプルだが高級そうな扇子だ。白地に、天の川のように流れを描きながら、金箔が散らされている。

文也さんもまた、懐から自らの扇子を取り出し、開いた。

よくよく見たら、色違いの銀箔の扇子だった。

「例えば僕の場合〝声〟に力があります。扇子で口を覆ったり、口元を扇ぐなどして、その威力を弱めたり強めたり、広げたりしているのです。それ以外にも、相手から受ける神通力による影響を防いだり、弱めたりできます。ゆえに水無月家の人間は、誰もが一つ、扇子を持っているのです」

「ああ、それで」

水無月家の人々は、ことあるごとに扇子を取り出す。そういう場面は多々見てきた。

そこに、凄くしっかりした理由があったとは恐れ入る。

てっきり、雅(みやび)やかで様になるからかと思っていた……

「でも私、力のコントロールなんてどうすればいいのか」

私はお母さんの言葉に動揺して、念動の力を覚醒させた。

おそらくこの扇子を使って、自分の意思でそれをコントロールできるようにならなければ、ということなのだと思うけれど、使い方がよくわからない。

眉を寄せて、扇子を開いたり閉じたり、裏返しにしたりしていると、文也さんが持ち方などを教えてくれた。

「今回に限っては、どちらかというと、おまじないやお守りのようなものかもしれません。しかし心を強く保つには、頼れるものには頼ったほうがいい。僕らもそうなのです。そうやって、自分を守っている」

「ええ、何も恥ずべきことではありませんよ、六花様。今後必要な時に、須くお使いください」

千鳥さんもまた、そう念を押した。そして文也さんを横目で見る。

「ところでご当主、そろそろ登校のお時間では？」

「あっ」

珍しく慌てたような声を上げ、文也さんが立ち上がる。

「それでは、行ってまいります」

「い、行ってらっしゃい、文也さん」

私は、急いで部屋を出る文也さんに声をかける。

すると文也さんは、廊下で僅かに微笑み、改めて「行ってきます六花さん」と言って、襖を閉めたのだった。

なぜか私よりずっと、千鳥さんの方が驚いていた。

「千鳥さん……？」

「あの子が、笑うなんて」

千鳥さんにとって、文也さんの微笑みは、何を意味していたのか。

彼女はその手で、ゆっくりと口元を覆う。

「いえ、そうですね。きっと六花様の存在が大きいのでしょう。……この婚姻が、あなた様にとっても、文也さんにとっても救いであればと、わたくしは切に願っております」


それから三日後の、夕方。

母と六美は、再びこの本家に来ることになっていた。

私は体調をすっかり整えて、文也さんは本家の遺産に関わる資料を揃えていた。

今日は本家に、伏見の千鳥さんや皐太郎さんもいて、何かこう、問題が起こった時に対処できるようになっている。

しかし文也さんは言った。遺産のことなど、正直なところどうでも良い、と。

ただただ、母が私に何を言い、何をするのかが心配だ、と。

「六花さん、やはりお会いになられますか？」

「……はい。私、お母さんに会います」

文也さんは、母とのやりとりは自分たちに任せて、私は母に会わなくていいと言ってくれたのだが、私はここで母から逃げたら、一生、母の言葉の呪縛から逃れられない気がしていた。

「そもそも水無月家の体質や力に対し、その血を持たない者は、強い嫌悪感を抱くことがあるのです」

私が着物を着るのを手伝ってくれながら、文也さんはこんな話をした。

「特に親の場合、生まれた子どもが我が子ではないように思えて、拒否反応を起こすのだとか。そういう事例は多くあると、お祖母様はおっしゃっていました」

「……だから水無月は、一族内で、あらかじめ許嫁を決めているのですか？」

寄り添える者、お互いを理解できる者は、結局、その血を持つ者だけだと割り切って。

そう思うに至る悲劇をいくつも越えて、行き着いた婚姻事情がここにはある。

「それもあるかと思います。今までも、六蔵さんのように水無月家を出て行った者は、少なからずいたのです。しかし、その子ども、孫、血を受け継ぐ者は必ずと言っていいほど、水無月家に戻ってきたと……」

大人になって水無月家を出た者であれば、その体質や力との付き合い方がある程度わかっていて、上手く隠すこともできる。ゆえに、外部の人間と恋に落ちて結婚に至ることもある。それこそ父のように。

だけど、その二人の間に子どもが生まれた場合、子どもに水無月の血の力が強く出現してしまえば、水無月ではない方の母や父の戸惑いは尋常ではない。我が子でありながら異質な存在だと思い込み、全身で拒否し、憎らしいとすら思ってしまう。

そして水無月の血を引く子どももまた、愛に飢え、力の正体や付き合い方がわからず、苦しみ抜いて身を滅ぼす。

「どうして……双子の姉の六美は、そうではないのでしょう。姉には神通力もありません し、月のモノだけじゃなく、普通のあやかしや霊すら見えないのです」

「血の力には差があります。六花さんのように、半分は外部の血でありながら色濃く出る者。そして六美さんのように、薄く出る者。本家に双子が生まれた例がないため、未知数なことも多いのですが……それでも長子としての権利は、あなたが確かに受け継いでいる。それはもう、予言の通りに」

キュッと、強く帯が締め付けられて、私は背筋がピンと伸びる。

そうこうしているうちに、きっちりと着物を着てしまっていた。

「……さあ、深呼吸してください、六花さん」

私は大きく息を吸い、そして吐く。緊張が少しだけほぐれた気がする。

そうして、文也さんは、衣桁にかかっていた羽織を持ち、私の背後に立つ。

それは千鳥さんが用意してくれた、本家の妻女に代々受け継がれている羽織だという。

私は袖に腕を通し、それを纏う。

纏ったという感覚すらないほど薄く、軽い。

透け感のある薄布に施された、幾何学的な蓮の模様。

それを見つめていると不思議な心地になる。

どう言葉にすればいいのだろう。これを纏っているだけで、五感の全てが研ぎ澄まされていく。心が、波紋一つない水面のように、とてつもなく落ち着いていくというか……

間もなくして、玄関のインターホンが鳴る。

お母さんと姉がやって来たのだ。

二人を玄関先で出迎え、客間のお座敷に通したのは千鳥さんだった。

お母さんの声が聞こえたけれど、私の心は平穏そのものだ。

懐に、頂いた扇子を忍ばせる。

「行きましょう、六花さん」

「……はい」

そうして私は、文也さんと共に、母と姉の待つ部屋へと向かったのだった。

「……ですから、曾祖父の遺産に関しては正式な遺言書によって管理され、すでに分配されております。この家を出た六蔵さんには何の相続もなされておらず、六蔵さん自身が生前、この水無月家に訪れた際に同意されているのです」

話し合いは、これと言った世間話すらないまま、遺産についての説明となった。

父本人の遺産は、大した額ではないが、私と六美で公平に分けられる。

しかし母の目的は、水無月家にあると思われている曾祖父の遺産だった。

父はもともと本家の跡取りであったため、何か特別なものが私に引き継がれるのではないかと、母は勘ぐっているのだった。

ただ、父は、必要な書類を全てこの場所に揃えていた。

こういう事態が起こるかもしれないと、最初からわかっていたからこそ、自分が死ぬ前に本家に訪れ、あらゆる準備をしてくれていたのだろう。

要するに、先代当主である曾祖父の遺産の、私や姉の六美の取り分など、最初からないのだった。

お母さんは説明を一通り聞いた後、出されていたお茶を啜った。

「私ね、ここに来る前、色んな税理士や弁護士を当たってみたのだけれど、水無月家が相手だとわかると、すぐに断られたわ。ほんっと普通のお家じゃないのね、ここ」

「その時点で、普通の人なら恐ろしくなって諦めますけどね……我々の遺産は、一般の法律でどうにかできるような代物じゃあないんですよ」

分が悪いため、お母さんの機嫌はあまり良くないが、今のところまだ平静でいる。

文也さんもまた、隙のない状態で、淡々と話を続けた。

「ただ唯一、いまだ相続されていない曾祖父の遺産があります。しかしおそらくあなた方には必要のないものであり、到底、手に負えないものでしょう」

「それはいったい、何なのよ。六美のものになる可能性があるなら、もったいぶってないで言いなさいよ」

「……ではお教えします。天女の羽衣です」

母は目元をピクリと動かし「……は？」と露骨に不快そうな反応をしてみせた。

文也さんはというと、口元を自分の扇子で隠し、涼しげに視線を横に流した。

「片瀬さんがご存じか知りませんが、我々水無月家とは月より舞い降りた、天女の末裔です。故に〝天女の羽衣〟とは、水無月家の最大にして、唯一無二の家宝。六美さんが相続できるものがあるとすれば、この天女の羽衣になります。先代当主はこれをどこかへと隠してしまったのですが、遺言書によると、探し出した者にこれを相続するとあるからです。なので、あなた方が羽衣を捜すと言うのなら、僕は止めませんが……」

母はぽかんとしていた。父によって、水無月家が天女の末裔であることは聞いていたかもしれないが、その実感からは程遠い場所にいた。

「あっははは。何言ってるの、あなた」

母は小馬鹿にしたような笑い声を上げた。文也さんの淡々とした視線が、そんな母を捉える。

「ただし、お忘れなく。天女の羽衣は我々本家の人間だけでなく、分家の人間たちも血眼になって捜しているということを。あなた方が、水無月の全てを敵にまわしてまで、それを手に入れて何になるのか。おそらく一つもいいことはないかと」

文也さんの態度や言動が全くブレないからか、さっきまで笑っていた母はイライラし始め、座卓に拳を叩きつけた。

「いいかげんにして！　だったらもう遺産はいらないわ！　その代わり六花ではなく、この六美を本家の花嫁にしなさい。あなたは本家の血筋の〝娘〟が欲しいのでしょう。だったらその権利は、正式な長女であるこの子にこそあるはずよ！」

母の勝手な要求がお座敷に響く。

その反動のように、この場がしばらく静まり返った。

「お……母さん。あのね、違うの」

私が口を挟もうとすると、母は「喋らないで」と私に凄んだ。

「お前にお母さんだなんて、呼ばれたくないのよ！」

「………」

ぐっと、口を噤む。

ええ、わかっている。お母さんは引かないだろう。

そもそもこの人の目的は遺産ではない。私が幸せになること、この本家に嫁ぐことで間接的に水無月の遺産を受け取ることが、許せないのだ。

「片瀬さん……あなたは、いったい何を勘違いされているのですか？　そもそも結婚とは、前提的に、想い合った男女がするものでしょう？」

文也さんは相変わらず涼しげだ。母の態度も、言葉も、難なく流してしまう。

「僕が結婚したいと思っているのは、この世でただ一人、六花さんだけなのですよ」

私はジワリと目を大きくした。

母もまた、文也さんの言葉を聞いて、解せないという面持ちでいる。

「な……っ、何を言っているの。あなたたちはただの政略結婚でしょう？　六美は六花の双子の姉よ。その子よりずっと六美の方が優秀で、六蔵さんに似ていて、美しいのに」

母はいよいよ冷静さを欠きながら、ヒステリックな姿を晒し、喚く。

「六美があまりに可哀そうよ！　双子なのに。同じ日に生まれたのに。いつもいつもいつも、六花ばかりが恵まれて！　こんなのってないわ……っ」

「不思議なお方だ。そもそも六蔵さんと駆け落ちしてまで、恋愛結婚をしたのはあなたでしょう。おかげで水無月家は大変な事態に陥ったというのに、この期に及んで僕と六花さんの恋愛結婚を反対するのですか？」

「は？　恋愛結婚？」

「ええ、僕たちは政略結婚から始まる、恋愛結婚の予定ですよ」

しれっと言ってのける、文也さん。

その言葉にどこからか盗み聞きをしていた水無月家の皆さんの、吹き出すような笑い声が聞こえてきたのだった。

私はというと、ボッと頬を染めているに違いない。

文也さんにとっては母の言い分を退けるための言葉だったのかもしれないけれど、私は胸をときめかせ、すっかり参ってしまっているのだった。

「な、何よ……それ……っ」

そんな私の姿を見て、母は首を横に振り、苛立ち以上の歪んだ表情をしている。

そんなことは許さない、とでも言う様に。

「あんたたちのそれが、恋愛結婚なわけがない……っ！　そんなものは違う！　茶菓子のように用意された相手と、何の試練もなく結婚してしまえる、あんたたちが！」

母の頭には、もやは遺産のことなどなかった。

ただただ、私たちの関係を否定する。

「あたしや六蔵さんとは違う。違う……っ。あたしたちは本物だった。本当の恋愛結婚だった！　どんなに周りに反対されても、どんなに身分が違っていても、燃えるような恋をして、お互いを必要として、愛し愛されて！　何もかもを失っても、お互いがいればそれだけでよかった！　そうやって、遠い場所まで逃げて、一緒になったのよ……っ！」

母は自分の胸に手を当てて、強い口調で訴える。お前たちとは、違う、違う、と。

怒り以上に、自分がそれを信じたいというような、必死さがあった。

私はそれを聞きながら、心の奥で思うのだ。

だから私は、少し前まで、恋愛結婚が嫌で仕方なかったのよ――

「では、どうしてあなたは、六美さんと僕を結婚させたがるのですか？　それこそ恋愛結婚とは程遠い、無理矢理で無茶苦茶な、政略結婚ですよ。あなたは本当に、六美さんの幸せを考えているのですか？」

「……それは」

母の言葉が、ここでグッと詰まる。文也さんは畳み掛けるように続けた。

「あなたはただ六花さんが幸せになるのを、邪魔したいだけでしょう。六花さんへの逆恨みも甚だしいが、あなたの感情的な復讐に付き合わされる六美さんも、僕にはかわいそうでならないですよ」

六美は今までお人形のようにお澄まし顔でいたが、その瞳にジワリと光を宿し、ハッとした表情で顔を上げる。

「ねえ、六美」

私もこの時、六美に確かめておかなければならないことがあると思った。

「六美はお母さんの言うように、この水無月家に嫁入りしたいの？」

「……六花」

お母さんは「あんた、勝手に六美に話しかけないでよ！」と喚いていたが、私は膝の上で自分の扇子をちゃんと握りしめていた。それがお守りのように感じられ、母の言葉に心を乱されることもなかった。

六美はというと、顎に指を添えて「んー」と少しだけ考える。

「六美……っ、ママはあなたの幸せを考えているのよ？　あなたのためを思って、こうするのが一番いいと思っているの。あなたならわかってくれるわよね？」

母は六美にそんな言葉を唱え続ける。

「うん。あたし、よくわかんないからママの言う通りにする」

ニコッと笑って、六美は愛らしく首を傾げた。

その姿は無邪気な少女のように見えて、私には少し悲しく映った。

お母さんの愛情を一身に受けていても、お互いの依存が強すぎるがあまり、全てが母親の言いなりで、言われた通りにしていればいいと思い込んでいる。母の言うことに、疑問すら抱かないのだ。そこに自分の意思はなく、まるで本当に、着飾った人形のよう。

「……だったら、なおさら、文也さんを渡すわけにはいかないわ」

私の言葉は、この場の誰もを、ハッとさせたようだった。

だけど、私は確かに私の意思で、ここで生きて行くと決めたのだ。

静かに呼吸して、私は横に置いていた箱からあるものを取り出した。

「お母さん」

私はそれを、お母さんの前にスッと置く。お母さんの顔色が、一瞬で変わった。

「……何よ、これ」

「お父さんの形見の写真。お父さんがずっと手帳に挟んで、肌身離さず持っていたものよ。お母さんが持っていて」

それは、お父さんとお母さんの、結婚式の写真だった。

幸せそうな笑顔で、純白のウェディングドレスとタキシードを纏って、二人は二人だけの、希望に満ちた結婚式をあげた。

お母さんは明らかに戸惑っていたが、やがてギリっと奥歯を噛んで、私を睨みつける。

「あんた……っ、こんなものを持ち出して、私を馬鹿にしているんだわ！」

お母さんの憤りが伝わってくる。お母さんにとってそれは、私から与えられるものではなく、奪い返すものだったのだろうから。

私はこんな風にお母さんに怒鳴(どな)られても、驚くほど落ち着いていられた。

扇子のおかげか、羽織のおかげか、隣で文也さんが見てくれているからか。

そのどれもが、私を少しだけ、成長させてくれたのか。

「聞いて、お母さん。お父さんはね、最後までずっと、ずっと、お母さんに会いたいって言っていたのよ」

「……は？」

「お父さんが最後まで一番愛していたのは、やっぱり、お母さんだった。私はそのことを、最後の最後で思い知った。だからこれは、最初から、お母さんのもの」

私はお母さんの前に置いた写真を、裏返しにした。


病める時も健やかなる時も、死が二人を分かつまで。


そこには父の筆跡で、そう書かれている。

この時誓った愛の言葉は、きっとお母さんにも覚えがあるものだったのだろう。

小刻みに震える手で写真を取り、ひたすらお父さんの書いた文字を見つめ、言葉を失っている。その誓いは、果たされることなどなかったから……

お母さんは、別に水無月家の遺産が欲しかったわけじゃない。

ただ、お父さんが今も私の元にいるようで、それがとてつもなく許せなかった。

死が二人を分かつまで。そう約束したのに、最期まで側にいられなかったことが、辛くて、悔しくて、歯痒(はがゆ)くてならなかったのだ。

だから私は、長い間独(ひと)り占めしていたお父さんを、ここで手放そうと思う。

「だったら、だったら六蔵(じ)さんのお骨を分けてちょうだい！　それさえ貰えたら、私は」

「それは無理よ」

母の要求に対し、私がそう告げた。文也さんが拒否する前に。

この私がはっきりと意見したことに、文也さんも、お母さんも、六美すらも驚いていた。

「だって、お父さんの体は月に帰って行くんだもの。お母さんじゃ守れないわ」

「な……」

何を言っているのだと、言いたげな目。

だけどそれは、水無月の人間にしかわからない境地の話だ。

顔を上げて、お母さんをしっかり見据えて、今まで彼女から刻まれた呪いの言葉を一つ残らず水に流したような笑みを浮かべて……

私は最後に、この言葉をお母さんに伝えた。

「お母さん。私を産んでくれてありがとう」

「…………」

「さようなら。お元気で」

私という存在は、父と母が駆け落ちしなければ産まれなかった。

その事実は、関係者にとってどれほどの悲劇を伴っていたとしても、変わらない。

だから私は、この場所で生きて、私という存在の結末を、私自身が見届けようと思う。

誰にも見えない座卓の下で、文也さんがそっと、私の手に触れてくれていた。

私も、彼の手をぎゅっと握りしめる。

この手の温もりさえあれば構わない。

今日この日、父と母に〝さよなら〟を告げても、私は決して一人ではない。

母はその後、父の写真だけを胸に抱えて、戦意喪失のまま大人しく帰っていった。

帰り際の複雑そうな顔から、まだ何も納得していないのだろうなと思ったけれど、それでも今日のところは引いてくれるらしい。

ただ、後から玄関を出た六美が、振り返って私に言ったのだ。

「六花。あたし、また遊びに来てもいい？」

「……？　ええ。勿論」

「やった。じゃあねー」

六美は無邪気に笑って、一度だけ文也さんの方を見てから、長い黒髪と花柄のワンピースを靡(なび)かせて、足取り軽くこの屋敷を出ていった。

そうして、嵐が去っていった。

なかなか玄関先から動かない私に、隣に立っていた文也さんが問う。

「よかったのですか。六蔵さんを、あの方に譲って」

文也さんは今でも、死期が近づいた父の言動を、月帰病の症状だと思っているのだろう。

そうかもしれないし、そうじゃないかもしれない。

だけどやっぱり、私はこう思う。

「譲るも何も、最初から、父の最愛の人は母でした」

たとえその母が、子どもを嫌い、憎しみ、傷つけるような人だったのだとしても。

それでもお父さんは、最後までお母さんを愛していた。憎みきれなかった。

もし私自身が、母と父を〝見返したい〟とか、二人に〝思い知らせたい〟とか思うのなら、そのための最良の方法は、私がただただこの場所で、幸せになることなのだと思う。

いつか必ず結婚する。そういう予言と、約束から始まった、私の恋。

芽生(めば)えたこの感情を大切にしながら、私は文也さんと共に、ここで生きていく。

死が二人を、分かつまで。
そのために私は、生まれてきたのだ。

# 第十一話　七月七日

七月七日。天気予報は晴れ。

この日はちょうど休日で、文也さんと葉君が小ぶりの笹を切って持って来て、それを庭先に飾っていた。

水無月家で七夕飾りをするのは毎年のことらしいが、高校生の男子が律儀に七夕飾りを用意している様は、なんだかちょっとだけ可愛らしいと思ってしまう。

「お二人とも、少し休憩しませんか？　冷たい麦茶もありますよ」

ちょうど、三時のお茶時であった。

「やったー。暑くて死にそう。喉渇いて死にそう」

葉君が縁側で下駄を脱ぎ捨て、座敷に転がり込む。その下駄を文也さんが後から整えつつ、沓脱石に並べて、彼もまた縁側から室内へと上がり込んだ。

卯美ちゃんもやってきて、私たちはみんなでお茶の時間にする。

本家にはよく贈り物が届くので、茶菓子が尽きることはない。今もおまんじゅうや、おかきの詰め合わせ、チョコレートなどを出して、各々が好きなように摘んでいる。

「そう言えば、七夕伝説も水無月家に所縁があると言ってましたよね。確か、伏見の千鳥さんが〝織姫〟と呼ばれていましたけれど……やはり七夕と関係が？」

ふとそのことを思い出し、何気なく尋ねる。

葉君が「何だっけ？」と文也さんの方を見る。

「そうですね……織姫も、いわゆる〝天女〟ですから。竹取物語、七夕伝説など、天女が出てくるお話は羽衣伝説と接点があり、月界に纏わる何かを秘め隠した伝承であると、我々水無月の一族は考えています。それゆえ、水無月家では特別な女性に、天女に近しい姫の名を冠する風習がずっと昔からあるのです。六花(りっか)さんも今後度々、水無月家の人間に〝輝夜姫〟と呼ばれると思いますよ」

「あ、あはは」

それは少し勘弁願いたいけれど、水無月家の風習とあれば、避けられないことなのだろうな。

「んーとね、他にもいるよ。弁天とか、乙姫(おとひめ)とか、菊石姫とか、豊受(とようけ)姫とか……。そうやって天女を崇拝していなければ、やってらんなかったんだろうなー水無月的に」

卯美ちゃんが、大好きなガリガリ君ソーダ味を齧りながら、呆れ顔で述べた。

知らない名前の天女もいるけれど、結局、水無月家の始祖である天女は、どの天女なのだろう？　本家の輝夜姫？　それとも……どれでもないのだろうか？

「卯美ちゃんも、何か特別な呼ばれ方があるのですか？」

「ケッ。あたしはねーし、そんな二つ名いらねーよ」

この反応、実は二つ名が欲しかったということだろうか……

一方、文也さんはお座敷の箪笥をゴソゴソと探っていた。

何をしているのだろうと思っていたら、細長い色紙を取り出して、座卓の上に置く。

「はあ、毎年恒例のコレがやってきましたよ」

葉君が遠い目をしている。まさかコレは……

「ええ、短冊です。コレに好きなように願いごとを書いてください」

「………」

あくまで文也さんは大真面目だし、手には四本、筆ペンが握られている。

短冊に願いごとを書くなど小学生以来だったので、驚いた。

だけど七夕飾りをするのだから、当然といえば当然だ。

「けっ。四人ぼっちで願いごと書いたって、地味な七夕飾りができるだけじゃん。あれが欲しいこれが欲しいって書いたって、誰かが買ってくれる訳でもないし。クリスマスの方が、もうちょっと期待できるっつーの」

とか言いながらも、卯美ちゃんは短冊を何枚も使って、あれこれ書いている。

全部、欲しいゲームの名前を連ねているようだ。

一方、葉君は文也さんの願いごとが気になっている様子だ。

「兄貴はなんて書くの？　受験合格？」

「受験の心配はしていない」

「うわっ、よゆー。京大志望のくせに」

……え？　文也さん、超難関の京大志望なの⁉

家のお仕事もしているし、塾に通っている風でもないし、この余裕の佇まい。流石だ。

というか、いつ勉強しているんだろう。

「そういうお前は何を書くんだ、葉」

「俺は決まってるよ。もうちょっとデッサン力が欲しいですねえ。あと元気に長生き！」

文也さんは間をおいて「そうか」と答えた。

この時ばかりは、なぜか卯美ちゃんも真顔だった。

「で、六花さんは？」

「え、わ、私ですか⁉」

いや、聞かれるとは思っていたけれど……

私は自分の短冊をおずおずと見せる。

「わ、私は……今日が楽しい日でありますように、と。文也さんのお誕生日ですし」

「…………」

あれ、何だろうこの沈黙。

「ねえ、もっと強欲にいこうよ六花ちゃん。欲しいもの書いてたら、なんだかんだ文兄が買ってくれると思うよ？　あたしはそう願ってるよ？」

「お前はそうやって他力本願な欲望をむき出しにするのをやめろ、卯美」

文也さんにつっこまれてもどこ吹く風で、卯美ちゃんは自分の短冊を飾り付けに、縁側から外に出る。後からぞろぞろと、文也さんと葉君、そして私も外に出る。

私たち四人の願いごとを書いた短冊を飾っても、確かに貧相な七夕飾りができるだけだったので、残りの色紙もあちこちに飾ることにした。

「ああっ」

飾り付けをしながらあることを思い出し、私にしては大きな声を上げた。

そのせいで、皆さんを随分驚かせてしまった。

「ケーキ！　ケーキを用意しなければ！　どうしよう、すっかり忘れていました。この辺に洋菓子店ってあるのでしょうか」

私が青い顔をして小刻みに震えていると、葉君が「ああね」と言う。

「大丈夫だよ、六花さん。誕生日ケーキってことなら、伏見のお祖母様が用意して届けてくれるよ。俺たちの誕生日には絶対」

「伏見の……千鳥さんが？」

「洋菓子嫌いな曾じい様が、あたしたちの誕生日にケーキを用意することなんてなかったからさ。それで、伏見のお祖母様がこっそりケーキを届けてくれるようになったんだ」

卯美ちゃんは飾り付けをしながら、すでにケーキを待ちきれないという様子で教えてくれた。そのお話に、文也さんが付け加える。

「先代の十六夜は、伏見のお祖母様には少しだけ弱かったんです。伏見のお祖母様が用意したケーキだけは、僕ら兄弟が食べても許してくれました」

なんだかそれは、とても心温まるエピソードだ。厳しいように見えて、千鳥さんはやはり孫思いのお祖母様なのだった。

その時、ちょうど玄関のインターホンが鳴った。

「絶対ケーキだ！」

「んー、ちょっと早くね？」

「ケーキ以外に何が届くってんだよ！」

卯美ちゃんと葉君がそんな風に言い合う中、私が行くより先に、文也さんが庭から直接、来客用の玄関へと向かった。私もまた、その後を追う。

「やあ水無月君。お誕生日おめでとう。そして六花君、先日はどうもありがとう！」

「カレンさん!?」

「芦屋も。二人揃って珍しい」

何と我が家にやってきたのは、土御門カレン生徒会長と、生徒会役員の芦屋という男子だった。あの、ツンツン髪のちょっと目つきの鋭い人。

カレンさんは、大きな箱を抱えて後ろに控えていた芦屋さんに目配せした。

芦屋さんは「どうぞ」と言って、それをズイと文也さんに差し出す。

私と文也さんは、顔を見合わせた。

「六花君へのお礼と、水無月君への誕プレを兼ねて、土御門家から特別大サービスな贈り物だ。今夜は家族揃って、活き車海老の踊り食いパーティーでもしたまえ！」

「く、車海老⁉」

私は飛び上がる。そんな高級食材、生まれてこのかた食べたことがないからだ。

文也さんは箱を受け取ると、どこか申し訳なさそうに頭を下げた。

「会長、芦屋も、毎年すみません。そもそもあのカクレ形代の件は、水無月のイザコザが原因だったというのに」

「アッハッハ。その件について、君はもう生徒会室で十分謝罪したではないか。土下座で」

「土下座⁉」

私はまたまたびっくり。あの一件、生徒会の皆さんにどう説明したのだろうかと気にはなっていたのだけれど、文也さんは土下座までして謝ったのか。

「あまりに美しい土下座だったので生徒会役員はみんな、感動したり爆笑したり、ドン引きしたりしていたぞ！　なあ芦屋」

「まあ、そっすね。ちょっと笑いました」

「私は感心した！　流石は由緒ある水無月家のご当主、土下座姿まで完璧であったか、と」

「………」

「それにな、水無月君。あの手のトラブルはお互い様だ。我が家と水無月家の仲じゃないか！　はっはっは」

カレンさんは、文也さんの肩を力強く叩いて、軽快な笑い声を上げていた。

「あの。お二人とも、上がっていかれませんか？　お茶をお出ししますよ」

「残念だが、今からちょっと狸と狐の縄張り争いを仲裁するという、野暮用があってね！　また今度にさせてもらうよ、六花君」

カレンさんたちは忙しそうだった。狸と狐の縄張り争いとは、いったい……

カレンさんと芦屋さんをお屋敷の門まで送った後、石段を下っていく二人の背中を見送りながら、文也さんは私にこんな問いかけをした。

「六花さんは、あの二人の関係を、どう見ました？」

「え？　どう、というと……」

私は少し考えてみる。

生徒会の先輩と後輩。従者、いや護衛？　いや、もしかして、パシリ……⁇

「あの二人、実は許嫁同士なんですよ」

「えっ⁉　うそ、そうなんですか⁉」

かなり驚かされた。というか随分失礼な想像をしてしまった。

「芦屋は、名門芦屋家の三男です。ああ見えてかなり才能のあるやつで、少し前に土御門家への婿入りが決まったのです。今はまだ、先輩後輩って感じですけどね」

文也さんはその視線を、ゆっくりと私の方へ向ける。

「あの二人が、京都陰陽界の次世代を担うことは間違いありません。この先、とても長い付き合いになるでしょう。僕がいうのもなんですが、あの二人のこともどうぞよろしくお願いします、六花さん」

「……はい。勿論です」

私は深く頷いた。

そして、本当に、不思議な世界に足を踏み入れたものだと、しみじみ思った。

時代に逆行するような許嫁という関係が、当たり前のように存在する。

ここは確かに現代日本で、私たちは高校生であるはずなのに。

しかしそうしなければ成り立たない世界があり、彼らが存在しなければ守られない秩序がある。それを受け入れている人々がいて、だからといって不幸な訳では決してない。

あの二人は、私と文也さんの関係とは違う雰囲気だったけれど、確かな信頼関係がありそうだと、並び立つ背中を見て思ったものだ。

さて。私たちはお屋敷に戻り、いそいそと活き車海老の箱を居間へと運ぶ。

ちょっとみんなで確認してみたかった。

「おお、すげえ。マジで車海老だ！」

「これ、生きてるの？」

葉君は目を輝かせ、卯美ちゃんはしゃがんで車海老をつつく。箱の中の車海老はお行儀よくおが屑(くず)に包まれており、まだ生きているため、一匹がビチビチっと跳ねてみんなを驚かせた。

「よかったじゃん、兄貴。兄貴エビフライ好きだし、六花さんに作ってもらえよ」

そして、ポンと文也さんの肩に手を置く、笑顔の葉君。

文也さんはしばらく無言で突っ立っていた。

「あの。……文也さん、エビフライが好きなんですか？」

私は聞き返す。ここに来て文也さんの好物が判明したからだ。

すると、なぜか顔を覆って恥ずかしがる文也さん。

「……すみません、好きです」

「ギャハハッ、いいじゃん。なんか可愛いじゃん高校生男子って感じで！」

葉君と卯美ちゃんが爆笑している……。

いや確かに、旧家のご当主の好物がエビフライというのは意外な気もするけれど、正直そんなところが私も可愛いと思います。はい。

「では今日は車海老のエビフライにしましょう！　よかった、文也さんのお誕生日に好物が聞けて」

「えー、あたし生で食べたいぞ」

「たくさんあるので、お刺身とエビフライ、両方しましょう」

また玄関のインターホンが鳴った。

卯美ちゃんが「今度こそケーキだ！」と言って玄関へと飛んでいく。

しかし玄関先から「ギャアッ！」と声がしたので、私と文也さんと葉君は顔を見合わせ、急いで玄関へと向かった。

するとそれは、ただの宅配便だったのだが、

「おい文兄！　長浜の信長(のぶなが)からだぞ！」

卯美ちゃんが汚いものでも触ってしまったというように、手をゴシゴシ着物で拭いている。そんなに嫌いなのだろうか？　許嫁の信長さんが。

「マジかよ。信長からの贈り物とか、開けたら呪われそうだな」

葉君もこんなことを言っている。

文也さんは「んー……」と低い声で唸りながら、ダンボール箱を開ける。

するると中から、黄色いパッケージに包まれた細長いコッペパンがたくさん出てきた。しかも同じものばかり。

「あっ、サラダパンだ！」

卯美ちゃんの顔色が、パッと変わった。

葉君も「なんだあいつ、わかってんじゃん」と言って、一つ取り出していた。

「えっと、これは一体どういうことでしょう？」

状況がよくわかっていないのは、私だけ。

「これは滋賀の長浜で有名な、つるやパンというお店の〝サラダパン〟です。どうやら、信長から僕への誕生日プレゼントらしく、手紙も入っていました。『お前の誕生日プレゼントだ。これでも食らえ！』と」

「………」

それでも律儀に、誕生日プレゼントを送ってくるんだ……

以前会った時、それはもうただならぬ雰囲気で向かい合い、仲の悪さだけを見せつけられたものだけど、やっぱり歳の近い親戚だし、実は仲がいいのかな？

「とりあえず礼を言っておこう」

文也さんはスマホを取り出し、素早く信長さんにメッセージを飛ばしたようだった。

『サラダパンをありがとう。家族がみんな喜んでます』

するとすぐに既読がついて、返事があった。

『琵琶湖に沈めてやる』

あ、やっぱり信長さんだ。文也さんのことが大嫌いな信長さんだ。

そしてサラダパンというのが卯美ちゃんと葉君にやたらと大好評なんだけど、いったいどんなパンなのだろう。

「マヨと刻んだたくあんを混ぜてペーストにして、ふわふわコッペパンに塗ったやつ。美味いんだよ、これが」

と、卯美ちゃん。すでに一本をぺろっと平らげてしまっていた。

マヨネーズとたくあんの組み合わせというのが絶妙で、病みつきになるらしい。

「滋賀県民のソウルフードって前にテレビでやってたなー。信長のやつ、ああ見えてほんと地元愛が強いよなー」

と、葉君。彼もまた、明日の部活中のおやつにするつもりらしい。たくさんあるので、部活のみんなにも配ろうと言っていた。

「賞味期限は明日までか。まあ、うちはみんなよく食べるので何とかなるでしょう」

「朝ごはんにもちょうどいいですね」

私と文也さんもニコッと微笑み合う。

本人がそれを意図していたのかはわからないが、信長さんのプレゼントは、私たちにとても喜ばれたのだった。

「玄関で何を騒いでいるのでしょうね、はしたないですよ」

「あ、お祖母様」

いつの間にか、玄関先に千鳥さんが立っていた。本日はしっとりとしたベージュの着物だが、帯の菱模様の刺繡がおしゃれで、やはりサングラスをかけている。

「あ、お祖母様、ではございません、ご当主！」

「……わかっている千鳥。先ほど長浜の信長から贈り物が届いた。それで玄関に集まっていただけだ」

文也さんが千鳥さんに説明したところ、千鳥さんはサングラスを外し、玄関先のダンボールを怪しげに見下ろす。それはもう、しげしげと。

「長浜の信長さんから？　毒など入っておりませんでしょうね」

あ、信長さんって、千鳥さんからも警戒されてるんだ。

千鳥さんは「まあいいでしょう」と言った後、ゴホンと咳払いをして、そろりそろりとこの場を離れようとしていた卯美ちゃんと葉君に目ざとく声をかけた。

「卯美さん！　あなたはまたそんな格好をして！　髪もボサボサではありませんか。もう少し恥じらいを持ち、見栄えに気をお配りなさい」

「あー」

卯美ちゃんはどこでもない場所を見て、何とも言えない返事をした。

「葉さん、あなたは文也さんの弟なのだから、たまには本家のお仕事を手伝われますよう。たまには！　うちの着物も着るように！」

「あはは、はーい、お祖母様」

葉君は後頭部に手を当てて、そつなく返事。

「そして文也さん」

千鳥さんは改めて文也さんと向き合い、持っていた箱を文也さんに差し出した。

「今年もお誕生日のケーキをお持ちしました。十八歳のお誕生日、誠におめでとうございます」

「ああ。毎年ありがとう……」

ケーキを受け取ろうとした文也さんに対し、千鳥さんはその箱から手を離すことなく、彼に凄んだ。

「ご当主、十八歳で、ございますよ！」

「……やけに強調するな、十八を」

「あたりまえです。成人し、ご結婚できるお歳になったのですから。一族の当主、そして一家の大黒柱として、今まで以上に気を引き締めて、ご兄弟と、許嫁である六花様をしっかりとお守りされますよう」

文也さんは「わかっている」と答え、少し照れ臭そうに視線を横に流した。

「そして六花様」

「は、はいっ」

私も何か、至らぬところを指摘されるだろうかと思ったが、千鳥さんはフワッと柔らかな笑みを浮かべて、美しくお辞儀をする。

「当主・文也をこれからもどうぞ、末長くよろしくお願い致します。今日はこの子を、たんと祝ってあげてくださいませ」

「……はいっ!」

私も頭を下げ、そこのところを、しっかりと承る。

千鳥さんがそのまま帰ろうとしたので「お茶でもいかがですか」と声をかけたのだが、千鳥さんは首を振る。

「ありがとうございます六花様。しかしわたくしがいては、あれこれと小言を言ってしまって、せっかくの家族水入らずのお誕生日を、台無しにしかねませんので」

……いやもう小言を言ったあとですが?

みたいな皆さんの視線をものともせず、千鳥さんはダンボール箱からサラダパンをいくつか手に取り「それでは」と言って、颯爽と帰っていった。

ちょうど門の辺りで、スーツのジャケットを脱いだ皐太郎さんが煙草を吸っていて、こちらの視線に気がつくとヒラヒラと手を振ってくれた。

それにしても、サラダパン人気だなあ……

さて。様々なお祝いの品が届いたように、今日は七夕でありながら、文也さんのお誕生日である。

先ほど千鳥さんが持ってきてくれた、美味しそうなイチゴのホールケーキがあるとして、

「あとは車海老のエビフライと、車海老のお刺身と」

ちなみにカレンさんからいただいた活き車海老は、氷水で仮死状態にしてから調理するのがいいらしく、現在、居間にて文也さんと葉君と卯美ちゃんが車海老と格闘中である。

とにかく活きが良く、暴れて、飛び跳ねて部屋中におが屑を撒き散らすので、一匹一匹を氷水に入れるのにも一苦労だ。

文也さんはともかく、葉君と卯美ちゃんはこういうのが苦手みたい。

騒ぎを聞きつけてやってきた月鞠河童たちも、派手に飛び跳ねる海老に怯えて、部屋の隅っこでブルブル震えて固まっていた。低級とはいえ妖怪なのに……

私はというと、生の魚や海老を調理することはままあるので、それほど怖がらず素手で

ポイポイ摑んでいたのだが、文也さんに「こちらは任せてください」と言ってもらったので、先に台所で、夕食の準備に取り掛かろうとしているところだ。

居間から、ぎゃーとか、わーとか、聞こえてくる……

念動を使ったら負けな気がする、という謎の意地によって、三兄弟の戦いが今もなお続いているのだった。

「うーん、海老料理以外に、何かお祝いのお料理を作れないかな」

七夕らしいお料理もあったらと思うのだけど……

七夕と言えばそうめんで、そうめんと言えば本家の皆さんが「しばらくいいかな」と思うくらい、食べ過ぎていた料理であった。

なので、そうめんは皆さんがもう少しその味を忘れ、暑くなって食べたくて仕方がなくなるまで封印しようと思う。

であるならば、どうしよう。

私は大皿を探して戸棚を探っていたのだが、その時、今まで開けたことのなかった一番上の戸棚がなんとなく気になって、踏み台に登って開けてみた。

「何もない……?」

いや、奥の方に、薄い何かがある。

手を伸ばし取り出すと、それは、古い料理帖（ちょう）のようだった。

もしや、水無月家で代々作られているお料理のレシピでは……？

パラパラとめくってみる。季節や行事ごとに区切られた、手書きの料理帖。

色鉛筆で描いた可愛らしいイラストもあったり、この料理帖の持ち主の素朴な呟きもあったりして、読んでいてワクワクする。

ちょうど、夏のお料理のページを開いた。

七夕飾りの絵と共に、華やかなイラストがあって目についたのだ。

「夏のハレの日のお料理……香味の黒酢ちらし寿司……？」

なんだかとても美味しそうなレシピだ。

五目ちらしと違って、ミョウガや大葉などの香味を黒酢の酢飯に混ぜ込むらしい。

あれば煮穴子や蒸し海老、鱧の湯引きを飾るとある。鱧って京都の夏の風物詩と聞いたことがあるけれど、食べたことはないなあ……

「あ。そういえば冷蔵庫に、貰い物の高級煮穴子があったはず」

どう使おうかと思っていたのだが、ちらし寿司の具にしてしまおう。そうしよう。

水無月家は旧家であり、深い繋がりのあるお家や商売相手、お客様が多く、また特殊なお仕事の背景もあり、様々な贈り物やお礼の品が届けられるのだが、それを活用できる人がいなかったせいで、宝の持ち腐れ状態に陥っているのだった。黒酢もそう。鹿児島から届いた立派なものがある。これがお中元やお歳暮の時期になったらどうなることやら……

さて。早速ちらし寿司づくりに取り掛かろう。

この料理帖によると、酢飯用のお米をダシ汁で炊くらしい。今まで市販の寿司酢でしか酢飯を作ったことがなかったので、こういう作り方をするのは初めてだ。

といだお米に、ダシ汁、昆布、酒を入れて、炊飯器にセットして炊く。

お米が炊き上がるまでの間、ちらし寿司の具を用意する。

料理帖によると、このちらし寿司は薬味が主役だ。

ミョウガと大葉は、文也さんが好んで育てているものだし、たっぷり使いたい。この二つの香味を刻んでおいて、後から酢飯に混ぜ込むのだ。

ミョウガは癖のある食材だが、和食が好きな葉君だけでなく、卯美ちゃんも好んで食べるので、本当に小さな頃からよく食べてきた食材なのだとわかる。ミョウガの酢漬けは、文也さんが常に作り置きしていて、みんながよく摘んでいるほどだ。

他の具材は、煮穴子と錦糸卵、そしてオクラとキュウリを使うつもりだ。

オクラには塩を振って板摺りをし、さっと塩茹でしたら水にさらす。そしてヘタをとって輪切りにする。そうするとオクラは星のような形になって、とても可愛い。

キュウリは〝三日月瓜〟を使用する。これは水無月家の人間もよく食べるという月界由来の野菜で、月鞠河童たちがこよなく愛する食べ物だ。味もほぼキュウリ。薄く輪切りにして、塩を振って水気を絞っておく。

ダシ汁で炊いたご飯ができたので、昆布を取り出し、寿司桶に移す。

このご飯がとってもいい香り。湯気からふわっとおダシが香る。

料理帖通りに、黒酢と砂糖と塩を合わせて作った寿司酢がある。これをご飯に振りかけ、切るように混ぜる。ほんのり色付いた酢飯を冷ますためうちわで扇いでいると、酢飯の香りが立ち込める。黒酢のおかげか、少しクセと、深みのある香り。

寿司桶の酢飯がもう少し冷めるまで、清潔な濡れ布巾を被せて、置いておく。

あとはもう具を混ぜたり散らしたりするだけなので、この間に他のおかずを作ってしまおう。

そう。文也さんの大好物は、何と言ってもエビフライなのだから！

「うわっ、やっべー。超うまそー。六花さんこれ全部作ったの？」

「はい。頑張りました」

揚げたエビフライを大皿に盛り付けていると、葉君が台所にやってきて、並んでいる出来立てホカホカの料理を覗き込む。そして居間に料理を運ぶのを手伝ってくれた。

縁側を開けっ放しにしている居間では、文也さんと月鞠河童たちが散らばったおが屑を掃除していて、ちょうどそれが終わるところだった。

集めたおが屑は、月鞠河童たちが巣材に使うらしい。

ふわふわの寝床を作るでしー、とか言って、張り切ってそれを巣に持ち帰っている。

文也さんはお料理が出てくるのを見て、いそいそと手を洗いに行った。

「あー、お腹すいたー」

いつの間にか卯美ちゃんがお馴染みの席にちょこんと座っていて、いろんなおかずを前にお腹の虫を鳴らしていた。

座卓には、大盛りのエビフライと、車海老のお刺身を並べた大皿がある。

そして寿司桶に入っているのは、料理帖とにらめっこしながら作った、夏野菜と香味のちらし寿司だ。輪切りのオクラが星のようにちりばめられていて、ここに気持ち程度だが七夕っぽさを演出した。香味と煮穴子も食欲をそそる。

他にも、冷やしトマトと千切りキャベツを山盛り用意した。

お好みで使えるよう、切った大葉やネギ、レモンをたくさん並べたお皿もある。

「生の車海老は、背わたを取って殻を剝いているので、お好みでお醬油やわさびをつけて食べてください。海老の頭は、お味噌汁にしました」

早くも葉君と卯美ちゃんが、車海老のお刺身に舌鼓を打っている。

「あー、うめー」

「幸せ〜」

実は私も、台所で先に味見してしまったのだが、これが驚くほどプリプリの嚙みごたえで、とんでもなく甘くて美味しかった。

文也さんはというと、好物のエビフライが気になっているご様子だが、月鞠河童の6号がチョロチョロお座敷に上がってきて、文也さんがあぐらをかく膝の上に登ろうとしてくるので、それを制するのに必死そうだった。

「エビフライは、タルタルソースとオーロラソースを作ったので、お好みでそれをつけて食べてください。塩コショウで味付けをしているので、レモンをギュッと搾るだけでもいいかもしれません」

私はエビフライをいくつか小皿に取り分け、文也さんに手渡した。ついでに6号に三日月瓜の切れっ端を渡した。

文也さんは「すみません」と言って、エビフライを盛った小皿を受け取った。

6号が三日月瓜に夢中になった隙に、文也さんがエビフライを齧る。最初はレモンを搾っただけで、シンプルに。

「どうですか……?」

「おそらく、この世で一番美味しいです」

率直かつ、壮大な感想を頂きました。

確かに車海老のエビフライは、身がぎゅっと引き締まっていて味わいが深い。

新鮮な車海老から作ったので、こんなに美味しいエビフライは初めて食べたと、私も味見をしていて思ったほどだ。

これは素材の良さに助けられたし、何より文也さんのお誕生日に振る舞うことができて嬉しい。とても嬉しい。

「ちらし寿司は、うまく作れたかわからないのですが、七夕らしいかなと思って挑戦してみました。ご賞味ください」

というわけで、寿司桶に盛り付けた〝香味の黒酢ちらし寿司〟を、漆塗りの取り皿に取り分けて振る舞う。

刻んだミョウガと大葉、薄切り三日月瓜をふんわりと混ぜ込んだ黒酢の酢飯に、錦糸卵と刻んだ煮穴子、輪切りのオクラをトッピングしている。

この家にある器はどれも上品で高級そうなので、もうそれだけでお料理の美味しさが三割アップしているのでは、という気さえする。

「ちらし寿司って、見てるだけでワクワクするよな。お祝い事って感じで」

「あ、煮穴子のってる！　あたし穴子多めで！」

「あ、こら卯美、袖に気をつけろ。醤油がつくぞ」

取り分けた器が行き渡った後、各々が香味の黒酢ちらし寿司を口にした。

「…………」

そしてなぜか、三人みんなして黙り込んでしまった。

「み、みなさん？」

私は流石に考える。

これはもう、とてつもなく不味かったのではないか、と。

そんな。どうしよう。何か手順や調味料などに間違いがあったのだろうか⁉

どっと冷や汗をかいて、慌てて私も一口食べるが、特に問題はない気がする。

むしろ、今まで作ったどんなちらし寿司よりも、上手くできている。

お米をダシ汁と昆布で炊いたからか、はたまた黒酢を使ったからか。深みがありまろやかな酢飯と、混ぜ込んだ香味の爽やかな香り、その調和が見事で……

しかし、気がつけば卯美ちゃんがボタボタ涙をこぼしていた。

葉君もまた、俯きがちになって、目元が少し潤んでいる。

文也さんは顔を背けて「すみません」と言った。少しだけ涙声だったのを私は聞いた。

「すみません六花さん。あまりに、母の作ったちらし寿司の味に似ていたので」

「お母様の……ちらし寿司に？」

それでやっと、私は理解した。

台所の一番上の戸棚で見つけたあの料理帖は、文也さんと葉君と卯美ちゃんの、お母様のものだったのだ。

「母は、料理が好きな人でした。父も、僕たちも、みんな母の手料理が大好きで。母は水無月家に代々受け継がれてきた伝統的なレシピを、子どもが食べやすいよう現代風にアレンジしたり、全国から届く頂き物を上手く使ったりして、愛情と共にたくさん食べさせてくれたのです。おかげで僕たちはほとんど好き嫌いもなく、皆、元気に育ちました」

文也さんが、ダラダラと涙を垂れ流す卯美ちゃんの顔をティッシュで拭きながら、眉を寄せて苦笑した。

「そうだったのですね。私、何も知らずに、レシピを……」

私は一度台所に戻って、見つけ出した料理帖をみんなの元へと持ってきた。

文也さんたちは、その料理帖を久々に見たというような、驚いた顔をしていた。

「六花さん、これをどこで？」

「あっ、その、台所の一番上の棚で発見したんです。それで、レシピを見ていると、このちらし寿司がとても美味しそうだなと思って」

それが、皆さんのお母様のものだとは気がつかなかった。

よく考えれば、そうとしか思えないのに。私ったら……

だけど、皆さんはまた箸を取り、それを食べてくれた。泣き顔が少しずつ笑顔に変わっていって、美味しい美味しいと言ってくれる。

ちらし寿司だけではなく、他のお料理も味わってくれた。

文也さんはエビフライが好きというだけあって、これもたくさん食べてくれた。

私も、いつもよりたくさん食べてしまった。

人並み以上にお腹いっぱい食べても、それはここでは普通のこと。

咎（とが）める人など誰もいない。本当に、幸せな満腹感だ。

水無月家の人間にとって、食事はその特異な体質や神通力を維持するために、とても大事だという。きっと、文也さんたちのお母様も、それを意識してたくさん美味しいものを作って、料理帖に彼らの好きなものを書き残していたのだろう。

いつか、誰かがそれを受け継ぐように……


食後、私は決意を新たに庭先に出た。

昼間に飾った短冊の重さで垂れ下がる笹の葉に、もう一つ、お願いごとを書いた短冊を飾ろうと思ったのだった。

「あ。天の川……」

水無月の敷地からは、夜になるといつも綺麗な星空を見ることができるが、今日は一段と、その星々の輝きが冴えている気がする。

七夕がそうさせるのか。

笹の葉が、サラサラと風に吹かれて繊細な葉ずれの音を奏でている。

「六花さん、なんて書いたの？」

いきなり後ろから葉君に声をかけられ、びっくりして心臓が飛び出すかと思った。

「きゃあ！」

「〝着付け。料理。笑顔。〟……ナニコレ暗号？」

「私の、次の目標を連ねているのです」

「連ねてるって、メモじゃねーだろ」

いつの間にか、卯美ちゃんも私の傍で短冊を見ていた。

そんなことを言ったって、葉君のは「長生き」だし、卯美ちゃんのは「ゲーム」だし。

人のこと言えないと思うけど……

「……………」

文也さんが、少し離れた場所で、夜空を見上げていた。

天の川を見ているのか。それとも月を見ているのか。

その姿に、一瞬だけ父の姿が重なったが、それもすぐに薄れていく。

ただ文也さんがそこにいて、夜風に吹かれて佇んでいるだけで、私の胸が軋むのだ。

私は引き寄せられるように、彼のもとへと向かっていた。

「あの、文也さん」

「六花さん」

「その、天の川が綺麗に見えますね、ここは」

文也さんはゆっくりと頷き、改めて今夜の星を見上げる。

そして、澄んだ空気によく通る声で言う。

「六花さん。ありがとうございます。あなたが来てくれて、僕らは家族で食卓を囲む機会が増えました。母がこの家を出てからというもの、兄弟揃って食事というのは、あまりなかったので……」

以前まで、兄弟の仲はよかったものの家で料理をする人がいなくて、各々が自分で時間を見つけて勝手に食事をするということが多かったようだ。

私はこの家に来たばかりだけど、文也さんの言葉がとても嬉しくて、切ない気持ちでいっぱいになる。

できることを頑張って、この家の方々に報いたいと誓ったばかりだ。

「あの、文也さん。十八歳のお誕生日、おめでとうございます」

私は改めて、お祝いの言葉を述べた。今更すぎるので文也さんはキョトンとしている。

それでも私は、今の気持ちを伝えなければと思っていた。

今一度文也さんと向かい合い、その顔を見上げる。

「私が十六歳になった日のことを覚えていますか？　あの日、文也さんが私を迎えに来てくれて、私の誕生日を祝ってくれました。私は、私が生まれた日を、あの瞬間まで忘れたかった」

「……六花さん」

あの日から、私の再生の日々が始まった。

私は私も知らずにいた、未来の家族の手を取ったのだ。

「今は、生きていることが嬉しいと、ここにいることが嬉しいと……そう思っています。あなたが、この世でもっとも純粋な肯定の言葉を、私に教えてくれたからです」

──生まれてきてくれてありがとう。

死ぬ間際に、そう言い合って人生を終われるよう、私たちは出会った。

お互いに見つめ合っている。すぐに、私はとてつもなく恥ずかしいことを告げた気がして、頬も頭も熱くなってきた。

きっと、リンゴのように真っ赤な顔をしているんだろうな。

月明かりで、それが見えなければいいけれど……

「もしかして、照れてますか?」

「は、はい。とっても恥ずかしいです……っ」

やはり、文也さんにはバレていた。じーっと私の顔を見ているなと、思っていた。

「ふふっ」

文也さんが、口元に手を当てて、珍しく声を上げて笑った。

「あなたは本当に、可愛らしい人だ」

「…………」

ああ、とてつもない。

文也さんのダイレクトアタックは健在だ。

サラッと言ってくるものだから、私の心臓は、この先どれほど保つかわからない。

高鳴る胸を押さえるように、胸元に手を引き寄せて、祈るように握り締める。

そして、今ならば文也さんが最初に言った言葉も、理解できると思った。


『僕はこんな、血の因縁でがんじがらめの婚姻であっても、恋はできると思っています』


本当にその通りだ。少なくとも私は、恋を知ったし、この先も思い知る。

その感情を知ってしまったら、もう、知らなかった頃には戻れない。

恋と、青春と、結婚が、同時進行で煌めいて。

万華鏡のように色鮮やかに、高らかに響き合い、私の日常を駆け抜けていく。

天を仰ぎ、天の川を流れる無数の星々と、ただ一つのお月様に向かって、私は願った。

どうか、私の、この恋が――
あなたの幸せと、笑顔溢れる人生に、繋がっていますように。

# 裏　文也、逃げ場のない結婚に祝福を。

僕の名は、水無月文也。

天女の末裔である、水無月家本家の当主である。

――誠実であれ。強かであれ。

これは父が、僕に常々言い聞かせていた言葉だった。

六花さんを迎えに行った日、彼女はまるで、水の足りていない枯れかけた花のようだった。

水というのは愛情だ。

彼女にはまるで足りてなかった。哀れなほど、枯れかけていた。

「よかったやないですか、ボン。六花さん、許嫁の話をすんなり受け入れてくれて」

あの日の夜、皐太郎は煙草の火をつけながら、僕に言った。

「あとはうまくやってくださいよ。花の水やりは得意でしょ。特に枯れかけたやつを再生させるの」

「……六花さんは花じゃない。人間だ」

嫌われて、泣かれて、そんなのは気持ち悪いと、拒絶される覚悟で許嫁の話をした。

だけど六花さんは、僕の考えとは真逆の言葉を言ったのだ。

恵まれ過ぎている、と。

この、逃げようのない結婚を。

「いつか絶対結婚するんやったら、そら嫌われない方がええに決まってる。無理強いなんてボンは嫌でしょう？　まあ水無月にはありがちですが、形だけの夫婦って、空しいだけですし」

「違う」

低く単調な声音で言い切る。

「六花さんは、僕に頼る以外の道がなかった。外堀を埋められた。ただそれだけだ」

そういう状況に追い込んで、彼女の孤独と病を利用して、本家に誘った。

母に愛されなかった傷が癒えない中で、最愛の父が死んだ。彼女は絶望の淵に沈んでいた。そこに、僕がタイミングよく現れただけの話だ……

「しかしまあ、あの子はなかなか、重たいですよ、ボン」

「……何が言いたいんだ、皐太郎」

「いや、ね。ああいう親の愛の足りてへん子は、ボンみたいなんが現れたら、依存しがちですよって話です」

皐太郎は吸っていた煙草の灰を、トントンと灰皿に落とす。

緩やかに煙草の煙が漂う中、僕はただただ、目を細めた。

「……望むところだ。僕は、彼女の全てを受け止める」

六花さんは知らない。

僕とあなたの婚姻に隠された、本当の意味を。

十五年前に下された、予言の意味を。

「ま、ボンにその覚悟があるなら、ええんですけどね」

皐太郎は立ち上がり、縁側に立って煙草の煙を吐いた後、

「月帰病の引き金は、絶望」

その日の三日月を見上げて、皮肉めいた口調で囁いた。

「ボン、絶望したらあきません。絶望させてもあきません。この先あなた方に何があったとしても……せめて、予言された二人の子どもが、生まれるまでは」

「…………」

「正当な跡取りがいてこその、本家。天女の羽衣を、分家などに奪われる訳にはいかへんのですから」

僕は皐太郎を睨む。

しかしあいつは、振り返りながら、憎たらしい笑みを浮かべただけだった。

＊

水無月の一族には〝予言〟の力を持っている朔台院様という大御所様がいる。

朔台院様は盲目で、先代当主・水無月十六夜の二番目の妻でもあったが、数年で離縁して出家した方だった。

予言の力を持っているといっても、自由に何事をも見通せる訳ではない。

しかし水無月の一族には欠かせない指針であり、あの妖怪クソジジイでさえ、朔台院様には一目置いていた。

十六夜は僕を連れて朔台院様の元を訪れ、一度、予言を賜ったことがある。


『水無月文也の妻となるのは、水無月六花――』


朔台院様の予言の力が、六花さんの存在を暴いた。

それは六蔵さんが家を出てからずっと、水無月家の誰もが知らずにいた、本家の血筋の娘の存在だった。

『水無月六蔵の娘〝六花〟は、三百年ぶりの本家の女長子である。六花と文也の子は本家をあるべき姿に戻し、水無月の繁栄と、千年の悲願を成就するであろう』

六花さんの存在を知った十六夜は、この予言に歓喜し、咽び泣いた。

「おお、おお！　なんということか！　待ちわびた女子が、本家の長子に！」

そして僕の肩を強く摑んで言ったのだ。

「必ず〝六花〟と結婚し、子をなせ、文也。お前はそのためだけに生まれてきたのだ！」

この時、僕はわずか三歳であった。

その言葉の意味が何一つわからなかったけれど、ギラついた曾祖父の瞳があまりに恐ろしく、涙を流したのを覚えている。

十六夜はきっとこの時から、全てを計画していたのだろう。

十六夜は自らが死ぬ前、天女の羽衣をこの世のどこかに隠してしまった。

そして遺言書に、天女の羽衣を見つけ出した水無月の人間に、これを相続する、と書いていたのだ。

何のためにこのようなことをしたのか、十六夜の真意はまるでわからない。

天女の羽衣。

それは水無月家が、天女の血を引く子孫であることの証(あかし)であり、権威の象徴。

月の遺産の頂点に君臨する、月界への入り口を開くための、鍵――

水無月家の悲願とは、本能的に〝月へ帰ること〟であり、実際にそれが可能なのかはわからなくとも、その主導権を摑むことのできる天女の羽衣は、一族の誰もが欲しているのだ。

血で血を洗う遺産争いは、六花さんの存在が暴かれたことにより、始まっていた。

水無月六花という少女。

水無月家でも期待されていた強い神通力を持つ水無月六蔵――その娘。

予言を授かってからというもの、十六夜の強いる修行や教育は、それまでのものより一段と厳しく辛いものになった。そして常々、僕は十六夜に言われ続けていた。

――お前は、六花のために存在する。

――ただそれだけのために、生まれてきたのだ。

それから僕は、どうして自分がこんなに辛い思いをして、水無月家のしきたりや因果を引き継ぎ、それを後世に残さねばならないのかを考え続けた。

虐待にも似た当主教育に耐えながら、考えた。

十六夜に利用され続け、命を擦り減らした両親。

その能力のせいで理不尽な目に遭う弟や妹を、どう助けられるだろうかと。

本来の本家の跡取りであった水無月六蔵という男が、自分の使命を投げ捨て、恋に生きたせいで、僕の家族がこんな目に遭うことになった。

それなのに、僕はその娘と結婚しなければならない。

六花という娘は、父の罪も僕らの苦労も何も知らずに、のうのうと、この世界の何処(どこ)かで自由に暮らしているのだ。

だが一方で、将来結婚を予言された娘の存在は、僕にとって一縷(いちる)の希望でもあった。

嫉妬と、憧れ。

憎悪と、焦がれ。

相反する、それらの複雑な感情が僕を苦しめる。

次第に僕は、予言された花嫁である水無月六花に、会いたいと思うようになっていた。

六蔵さんが本家に来たのは、曾祖父、水無月十六夜が没した後のこと。

六蔵さんは十六夜の死をどこか疑いながらも、十六夜が最後に残した遺言書を読み、半(なか)ば呆然と仏壇を参った。

彼は、月帰病を患っていた。

かなり進行していて本家でも手の施しようがないほどだった。

六蔵さんはすでに死を覚悟していたが、残される娘のことが気がかりで心配なのだと言って、泣いた。そして僕に六花さんを託したいと言った。

理由は単純だ。結局水無月の血を引く人間は、その血が濃く、力が強いほど、水無月の中でしか生きられないからだ。

勝手なものだと思った。好きに生き、何もかもを敵に回して本家を出て行ったくせに、今になって僕に頭を下げて、娘を託したいなどと言う。

しかもこの男が、一族を捨ててまで愛した女性は、生まれた娘の特異な体質を受け入れられず、六花さんを激しく拒絶していたという。どうしてそんな女性を愛したのだと理解ができなかったが、六蔵さんは言っていた。

それでも妻は、優しく素晴らしい女性だったのだ、と。

そんな人を豹変（ひょうへん）させてしまったのは、自分と、水無月の血なのだ、と。

まあいい。そんなことは僕には関係ない。

僕はこの時、僕のために、ある提案をした。

六花さんと僕との婚約を許していただけるのなら、その申し出を引き受けよう、と告げたのだ。

六蔵さんは驚いていたが、僕が六花さんを望む理由を、理解できないはずはない。

「必ず六花を幸せにすると誓ってください」

六蔵さんはそう言って、苦悩しながらも、六花さんが十六歳になるまで待つという条件付きで、それを受け入れた。

自分はそこから飛び出したくせに、娘はそこに、閉じ込めるのか……

しかし、もとより予言されていた。こうなることが月の導きによって定まっていた。

「これが、娘の六花になります」

そう言って、六蔵さんに手渡された六花さんの写真がある。

初めて見た、許嫁の姿。

写真の中の六花さんは、美しい漆黒の髪を持ち、薄らと色づいた頬をしていた。

薄く小さな赤い唇は弧を描き、目元は儚げに細められ、少し寂しげに微笑んでいる。

この写真を見た瞬間、僕は少し、泣きそうになった。

水無月とはまるで無関係な普通の娘に見えて、チクリと胸が痛んだのだ。

僕はこの女の子を、陰湿な水無月の争いに巻き込み、利用しようというのか。

だけど、いつか必ず僕たちは結婚する。

予言は絶対だ。なぜなら、僕が必ずそうするからだ。

ならば君は、この微笑みを、いつか僕に向けてくれるのだろうか。

いつか、僕を、この苦しみから救ってくれるだろうか。

真実を知っても、僕を嫌わずに、側にいてくれるだろうか。

僕を一人にしないでくれるだろうか――

逃げ場のない結婚に、祝福を。

僕にできることといえば、この水無月という名の虫籠の中で、あなたが寂しくないと思える居場所を、家族を、作ることだけ。

小さな幸せを、雪のように降り積もらせるだけだ。

あなたが僕のもとに来てくれる日を、ずっと、待っている。

## あとがき

こんにちは。友麻碧と申します。

この度、講談社タイガ様で初めて執筆させて頂きました。

あれは2年以上前のお話。

講談社の編集さんに執筆のご依頼メールを頂き、お話をすることになりました。とはいえ複数シリーズを並行し、必死こいて進めていた友麻にとって、新規のお仕事のご依頼はかなり待って頂くことになるのと、講談社さんには硬派な印象を抱いていたので友麻の小説は浮くんじゃないか……？　などという謎の心配をしていたのでした。

神楽坂の某カフェでお会いした講談社の編集さんは、まだ入社1年目のピカピカの新人の方でした。そして学生時代に友麻の作品を読んでくださっていた読者さんでもありました。出版社の編集になったら、最初に声をかけようと思っていた作家の一人が私だったとおっしゃるのです。やる気に満ちたキラキラした瞳と、純粋なお言葉に、何か色々スレ気味だった友麻の心がグラグラと揺さぶられたのでした。

この編集さんが楽しんでくれる作品であれば、きっとそれが正解だろう……

それから2年間。この『水無月家の許嫁』という作品を準備して参りました。

編集さんは大変辛抱強く原稿を待ってくださいましたし、こまめに連絡をとってくださいました。度々意見を交わし合い、迷いに迷った時は「我々こそが読者層ド真ん中」であることを思い出し、理屈ではなく、私たちが直感的に良いと思った選択をして、この作品を作りました。


さて。『水無月家の許嫁』とは、羽衣伝説や竹取物語を下地に置いた、天女の末裔水無月家のお話です。時代に逆行するような血統主義の〝やんごとなき一族〟ですから、遺産騒動とか跡取り問題とか、まあ色々とあるわけです。そういうドロドロしたものに負けないよう、逃げ場のない結婚であっても純愛を育もうとする若い男女の和風婚姻譚です。

第一巻は、主人公の六花が、若き本家の当主文也に、命と心を救われるお話でした。

ここから先は、本格的に水無月家のお家騒動が幕を開けていく……予定でございます。

あやかしものをいくつか書いてきた友麻ですが、羽衣伝説にはもともと特殊な印象を抱いており、竹取物語含め調べれば調べるほど不思議な感覚を抱くというか、興味深い逸話でありました。異星人である天女の物語は、ＳＦ的なロマンがあります。

オーソドックスなあやかしものとは少し違う〝不思議な感覚〟を、この作品を通して皆さまにお届けできればと思っております。また自分自身も、書き進めていくのがとても楽しみなシリーズです。

それでは、お世話になった方々に感謝を。

講談社の担当編集様。この作品の為にたくさん頑張ってくださり本当にありがとうございました。おかげさまで満足のいく作品づくりができました。シリーズは始まったばかりで、ここからが長くしんどい戦いになるのではありますが（笑）、今後とも「水無月家の許嫁」シリーズをどうぞよろしくお願い致します！

イラストレーターの花邑（はなむら）まい先生。

カバーイラストの素晴らしさは、一目見ただけで誰もが理解してくださるかと思います。

あっちこっちで言っていますが、こちらの表紙を初めて見た時、友麻は朝食に食べていたバナナを噴き出してしまうほどの衝撃を受けました。美しいだけではなく、水無月家に潜むシリアスさや、切なさのようなものも伝わってきて……イラストを頂いた日は一日中落ち着きがありませんでした。凄いです。お忙しい中、『水無月家の許嫁』のイラストを手がけて頂き、本当にありがとうございました！

また、告知されております通り、『水無月家の許嫁』はコミカライズが決まっております。

漫画版も冒頭から非常にエモいので、ぜひぜひチェックしてみてください！

今作の発売と同日に、ＫＡＤＯＫＡＷＡの富士見Ｌ文庫さんで『かくりよの宿飯 十二』が発売されております。同時刊行ということで一緒に色々な施策などして頂いております。

他社作品でありながら、友麻の新作にご協力くださったＬ文庫の担当編集様には感謝ばかりです。本当にありがとうございました！


そして、読者の皆さま。

改めまして「水無月家の許嫁」をお手にとって頂きありがとうございました。

竹取物語は学校の古文で習う誰もが知るお話ですし、羽衣伝説も何となくだけど知っているという方は多いかと思います。誰もが知る伝承のその後……のようなお話を友麻らしく超解釈し、面白く描けたらと思っております。今後とも、六花と文也の恋の行方を見守って頂けますと幸いです。

それでは、二巻で皆さまにお会いできます日を心待ちにしております。

友麻 碧

本書は書き下ろしです。

〈著者紹介〉

友麻 碧（ゆうま・みどり）

福岡県出身。2015年から開始した「かくりよの宿飯」シリーズが大ヒットとなり、コミカライズ、TVアニメ化、舞台化など広く展開される。主な著書に「浅草鬼嫁日記」シリーズ、「鳥居の向こうは、知らない世界でした。」シリーズ、「メイデーア転生物語」シリーズなどがある。

# 水無月家の許嫁（みなづきけのいいなずけ）

## 十六歳の誕生日、本家の当主が迎えに来ました。

2022年3月15日　第1刷発行　　定価はカバーに表示してあります
2022年4月1日　第2刷発行

著者……友麻 碧（ゆうま みどり）



発行者……鈴木章一
発行所……株式会社 講談社
〒112-8001 東京都文京区音羽2-12-21
編集03-5395-3510
販売03-5395-5817
業務03-5395-3615

本文データ制作……講談社デジタル製作
印刷……株式会社ＫＰＳプロダクツ
製本……株式会社国宝社
カバー印刷……株式会社新藤慶昌堂
装丁フォーマット……ムシカゴグラフィクス
本文フォーマット……next door design



ISBN978-4-06-527378-4　N.D.C.913　378p　15cm

遠藤 遼

# 平安姫君の随筆がかり　一

## 清少納言と今めかしき中宮

イラスト
シライシユウコ

「後宮って本当に面倒くさい」宮仕えに馴染めぬ清少納言。だが衆人環視の中で突如現れた仏像事件など、宮中はいとをかしな謎があふれる場所だった。清少納言はそりの合わない助手・紫式部とともに持ち前の機知で次々解決、その謎解きばなしを孤独に耐える后・中宮定子へお聞かせすることに。身分の上下を超えて始まる心の交流。ところがなぜか権力者・藤原道長が邪魔をして!?

# 芹沢政信

## 吾輩は歌って踊れる猫である

イラスト
丹地陽子

バイトから帰るとベッドに使い古しのモップが鎮座していた。「呪われてしまったの」モップじゃない、猫だ。というか喋った⁉ ミュージシャンとして活躍していた幼馴染のモニカは、化け猫の禁忌に触れてしまったらしい。元に戻る方法はモノノ怪たちの祭典用の曲を作ること。妖怪たちの協力を得て、僕は彼女と音楽を作り始めるが、邪魔は入るしモニカと喧嘩はするし前途は多難で⁉

# 凪良ゆう

## 神さまのビオトープ

イラスト
東久世

うる波は、事故死した夫「鹿野くん」の幽霊と一緒に暮らしている。彼の存在は秘密にしていたが、大学の後輩で恋人どうしの佐々と千花に知られてしまう。うる波が事実を打ち明けて程なく佐々は不審な死を遂げる。遺された千花が秘匿するある事情とは？機械の親友を持つ少年、小さな子どもを一途に愛する青年など、密やかな愛情がこぼれ落ちる瞬間をとらえた四編の救済の物語。